百年乡愁

中国乡土小说经典大系

11

张丽军 主编

满月儿

——当代陕西乡土小说

山东城市出版传媒集团·济南出版社

图书在版编目（CIP）数据

满月儿：当代陕西乡土小说 / 张丽军主编 . -- 济
南：济南出版社，2023.6
（百年乡愁：中国乡土小说经典大系）
ISBN 978-7-5488-5721-1

Ⅰ.①满… Ⅱ.①张… Ⅲ.①乡土小说 - 小说集 - 中
国 - 当代 Ⅳ.① I247.7

中国国家版本馆 CIP 数据核字（2023）第 107262 号

满月儿——当代陕西乡土小说
MANYUEER

张丽军 / 主编

出 版 人	田俊林	
责任编辑	贾英敏　林小溪	
装帧设计	郝雨笙　张　倩	
出版发行	济南出版社	
地　　址	山东省济南市二环南路 1 号（250002）	
编辑热线	0531-86131722	
发行热线	0531-86116641　87036959　67817923	
印　　刷	济南龙玺印刷有限公司	
版　　次	2023 年 6 月第 1 版	
印　　次	2023 年 7 月第 1 次印刷	
成品尺寸	145 毫米 × 210 毫米　32 开	
印　　张	10.5	
字　　数	207 千	
定　　价	58.00 元	

编委会

总　序

记录百年中国乡愁　传承千年根性文化

　　面对急剧迅猛的乡土中国城市化、现代化、高科技化浪潮，我们惊讶地发现，曾被认为千年不变、"帝力于我何有哉"的中国乡村根性文化正面临着从根源深处的整体性危机。"谁人故乡不沦陷？"千百年来，孕育和滋养乡土中国文化、文明的乡村及其根性文化正以某种加速度的方式消逝，甚至被连根拔起。这不仅是乡土中国城市化、现代化的问题，而且是一个全球化、人类性的整体危机。早在 20 世纪 60 年代，法国社会学家孟德拉斯就提出，在工业文明入口处，数十亿农民向何处去的问题。而在 1948 年，中国学者费孝通就在《乡土重建》中提出传统的乡土社会所面临的现代性失血危机，进而提出了"乡土重建"的深邃思考。显然，在 21 世纪的今天，思考乡村、乡土、农业、农民乃至整体性人类向何处去的问题，显得无比重要而迫切。

作为一个从事乡土文学研究二十多年的研究者，我在苦苦思考：中国乡土文学向何处去？乡土中国社会向何处去？乡土中国农民向何处去？新时代乡村如何振兴？……苦苦思考之后，我突然意识到，既然看不清去处，何不回顾自己的来路？未来的道路，并不是冥思苦想来的，而是从过去的来路而来。历史的来路，决定了我们未来的去处，即未来的去处正蕴藏在历史来路之中。这让我重新思考百年中国乡土文学，重新回顾晚清以来中国仁人志士的文化选择和文学审美思考，乃至从更远的历史、文学中寻找智慧和启示。正是在这样一种文化思考中，我与济南出版社不谋而合，立志从众多乡土中国文学中选编一套"中国乡土小说经典大系"，来为 21 世纪的新一代中国青年提供一个关于百年乡土中国心灵史的文学路线图，慰藉那些因完整意义的乡土中国乡村消逝而无从获得纯粹乡土中国体验的 21 世纪中国读者。此外，从中汲取智慧和灵感推进新时代中国乡村振兴，也是本套丛书的应有之义。简单归纳之，《百年乡愁：中国乡土小说经典大系》（以下简称"大系"）具有以下特点：

一是强烈的经典意识。文学、文化的传承与经典的建构是由一个个经典化的环节与步骤完成的。从古代文学的"选本"，到 20 世纪中国新文学大系，在中国文学经典化中，"选本"文化起到了某种极为重要的，乃至核心的作用，为经典化提供了不同时代不断接续的核心动力源。本套"大系"选编了现当代文学史中具有重要影响的作家作品，力图使"大系"具有乡土中国现代化思想史的重要功能，展现中华民族的百年心灵史。

二是浓郁的地方气息。乡土文学是最接地气的文学，是"土气息、泥滋味"的文学，是由不同地域文化包孕、滋养的文学，又是最能显现和表达乡土中国各个地方独特文化的审美形态的文学。本套"大系"就是百年中国各地民俗文化最大、最美、最迷人的表达。齐鲁、燕赵、三秦、三晋、江南、东北、西北、岭南等不同地域的文化，在本套"大系"中得到了较完整的展现。从这个意义上而言，本套"大系"既是一部百年中国民俗文化史，也是一部最精彩的地方文化志。

三是典雅的审美意识。文学是审美的艺术。言之无文，行而不远。文学性、审美性是文学的自然属性。文学应该是美的，是诗，是生命舒展的自由吟唱。正是在这个审美维度上，我们来选编百年乡土中国小说，让读者、研究者在美的文字诗意流动中获得对千年中国乡村根性文化之美的感悟，从而思考人与自然、人与大地、人与世界的精神建构问题。因此，本套"大系"是"乡土中国最后的抒情诗"，是千年乡土中国根性文化的当代吟唱，是具有深厚乡土生命体验的文化乡愁。

乡愁是感伤的，是一种甜蜜优美的感伤。不是每个人都有乡愁的。乡愁是一种深厚的文化情怀，是对大地、故乡、世界的一种深刻的生命眷恋。而《百年乡愁：中国乡土小说经典大系》就是让我们这些具有乡土中国完整经验的最后一代人，以文化传承的方式，把这种纯粹、完整、具有审美意义的文化乡愁，传递给21世纪中国青年，乃至未来的中国青年。我们曾有过这样一种乡土生活，这样一种乡土中国乡村根性文化——这就是我们的文化根基、我们的精神基因，它蕴含未来的路径和种种可能性。

我们常言，越是民族的，就越是世界的。而我想说的是，越是地方的，越是中国的，也越是世界的。中华文化是一个整体，是由一个个具有地方文化特性的地域文化组成的，是千百年来文化交融凝聚而成的。地方性文化的丰富和多样，恰恰是中华文化的活力与魅力所在。《百年乡愁：中国乡土小说经典大系》就具有鲜明的、浓郁的地方性文化特征，不同地域的读者不仅可以从中读到自己家乡的影子，而且可以由一个个乡土文化而建立起丰富、感性、美美与共的中华文化世界。

本套"大系"适合研究乡土文学文化的学者、学生阅读，也适合对中华文化、地域文化感兴趣的读者阅读。事实上，这套"大系"对于世界各国读者而言，是理解和思考千年中国根性文化、百年中国社会变迁的最佳读本，是具有世界性意义、最接中国地气、最具中国民俗文化气息的文学读本。

是为序。

张丽军

2023 年 7 月 1 日凌晨于暨南园

导 读

　　陕西是当代乡土文学创作重地。新时期以来的陕西文学更是中国当代文学不可绕过的一环。这也许与陕西悠久的文化和历史、南北与中西交接地的优越地理位置和文化独特性不可分割。当然，更与柳青、路遥、陈忠实、贾平凹、陈彦等一代代乡土作家的努力分不开。这些作家用一部部经典的乡土文学作品，创造了陕西文学乃至整个中国乡土文学的传奇与佳话。

　　陈忠实的作品数量不算太多，但经典性不输任何一位当代乡土作家。他的创作有着明显的关中文化情结，其对关中乡土民情、一草一木的创作，都是他内心深处对关中文化执着坚守的结果。他的《白鹿原》同样是一部现象级作品，不论是作品抵达的艺术高度，还是传播广度，都在当代文学史上占据重要位置。《信任》《日子》是他早期的作品，都获得过国家级短篇小说奖，可以说一问世即是经典。作品所呈现的叙事风格、语言特色和思想深度，为《白鹿原》的创作打下了坚实的基础。

贾平凹的创作可以说与改革开放"同频共振",他是当代最具创作活力的作家之一。从早期的《小月前本》《腊月·正月》《满月儿》到近几年创作的《老生》《山本》《暂坐》等,可以说贾平凹的创作既反映了改革开放的发展史,也展现了新时期以来中国文学的思潮史。贾平凹也是几十年来为数不多的能在长、中、短篇小说和散文等领域均有较高建树的作家。《满月儿》在1978年荣获首届全国优秀短篇小说奖。《腊月·正月》是他在改革开放初期的现实主义乡土佳作,表现了乡村能人之间的矛盾斗争。

曾被读者誉为"西北第一才子"的程海,1993年出版的长篇小说《热爱命运》使他成为"陕军东征"主将之一。他的短篇小说《三颗枸杞豆》入选中学语文教科书。该文讲述了作者和三叔的故事,通过三叔的一生告诫人们要抓紧有限的时间做有意义的事情。

早在2005年,高建群就被《中国作家》评为当代最具有影响力的中国作家之一。他的代表作有中篇小说《雕像》《大顺店》,长篇小说《最后一个匈奴》《愁容骑士》,散文集《我在北方收割思想》《穿越绝地》《西地平线》等。高建群的作品具有古典精神和史诗风格,是一位具有崇高感和理想主义色彩的写作者。《遥远的白房子》以民间传说为题材,在当代意识的观照下,为我们描述了一个生动感人的故事。

杨争光是一位多栖型文艺创作者,长期从事诗歌、小说、影视剧写作,且在多个领域都有着较高成就。文学创作方面,他著有《土声》《南鸟》《老旦是一棵树》《黑风景》《棺材铺》《从两个蛋开始》等作品。《老旦是一棵树》从形式到内容都具有浓烈的西部风情，呈现出典型的西部古朴文化特点。

温亚军是军人、作家，也是编辑，他创作的《麦香》《苦水塔尔拉》都是军旅题材的优秀代表作品。他尤其擅长中短篇小说的创作，他的《成人礼》具有西北民俗风味，描述了7岁男孩"成人礼"前后发生的一些事情，其间流露出父母对孩子深深的爱，读来令人动容。

陕西作家群的重要代表，除曾经震动文坛的"陕军东征五虎将"——陈忠实、贾平凹、高建群、京夫、程海之外，还有近年来创作出诸多长篇佳作的作家陈彦等，他们共同奠定了陕西文学在中国新时期文学史上的重要地位。

目录

百年乡愁：中国乡土小说经典大系

信任

/// 陈忠实

一

一场严重的打架事件搅动了罗村大队的旮旯拐角。被打者是贫协主任罗梦田的儿子大顺，现任团支部组织委员。打人者是"四清"运动补划为地主成分、今年年初平反后刚刚重新上任的党支部书记罗坤的三儿子罗虎。

据在出事的现场——打井工地的目睹者说，事情纯粹是罗虎寻衅找茬闹下的。几天来，罗虎和几个"四清"运动挨过整的干部的子弟，说话带刺，一唱一和，挖苦臭骂那些"四清"运动中的积极分子。

参与过"四清"运动的贫协主任罗梦田的儿子大顺，明明能听来这些话的味道，仍然忍耐着，一句不吭，只顾埋头干活。这天后响，井场休息的时光，罗虎一伙骂得更厉害了，粗俗的污秽的话语不堪入耳！大顺臊红着脸，实在受不住，出来说话了："你们这是骂谁啊？"

"谁'四清'运动害人就骂谁！"罗虎站起来说。

大顺气得呼呼儿喘气，说不出话。

罗虎大步走到大顺当面，更加露骨地指着大顺臊红的脸挑逗说："谁脸发烧就骂谁！"

"太不讲理咧！"大顺说，"野蛮——"

大顺一句话没说完，罗虎的拳头已经重重地砸在大顺的胸口上。大顺被打得往后倒退了几步，站住脚后，扑了上来，俩人扭打在一起。和罗虎一起寻衅闹事的青年一拥而上，表面上装作劝解，实际是拉偏架。大队长的儿子四龙，紧紧抱住大顺的右胳膊，又一个青年架住大顺的左胳膊，一任罗虎拳打脚踢，直到大顺的脸上哗地窜下一股血来，倒在地上人事不省……这是一场预谋的事件，目睹者看得太明显了。

一时间，这件事成为罗村街谈巷议的中心话题。那些参与过"四清"运动的人，那些"四清"运动受过整的人，关系空前地紧张起来了。一种不安的因素弥漫在罗村的街巷里……

二

春天雨后的傍晚，山清水秀，空气清新；片片云彩悠然漫浮；麦苗孕穗，油菜结荚；南坡上开得雪一样白的洋槐花，散发着阵阵清香，在坡下沟口的靠茬红薯地里，党支部书记罗坤和五六个社员，执鞭扶犁，在松软的土地上耕翻。

突然，罗坤的女人失急慌忙地颠上塄坎，颤着声喊："快！不得了……了……"

罗坤喝住牛，插了犁，跑上前。

"惹下大……祸咧……"

罗坤脸色大变："啥事？快说！"

"咱三娃和大顺……打捶，顺娃……没气……咧……"

"现时咋样？"

"拉到医院去咧……还不知……"

"啊……"

罗坤像挨了一闷棍，脑子嗡嗡作响，他把鞭子往地头一插，下了塄坎，朝河滩的打井工地走去，衣裙的襟角，擦得齐腰高的麦叶刷刷作响。

打井工地上，木柱、皮绳、镲、锨胡乱丢在地上，临近的麦苗被攘践倒了一片，这是殴斗过的迹象。打井工地空无一人，井架悄然矗立在高空中。

从临时搭起的夜晚看守工具的稻草庵棚里，传出轻狂的说话声。罗坤转到对面一看，三儿子罗虎正和几个青年坐在木板床上打扑克哩。

罗坤盯着儿子："你和大顺打架来？"

儿子应道："嗯！"

罗坤问："他欺负你来？"

儿子不在乎："没有。"

"那为啥打架？"

于是，儿子一五一十地述说了前后经过，他不隐瞒自己寻事挑衅的行动，倒是敢做敢当。

罗坤的脸铁青，听完儿子的述说，冷笑着说："是你寻大顺的事，图出气！"

儿子拧了一下脖子，翻了翻眼睛，没有吭声，算是默认。那神色告诉所有人，他不怕。

罗坤又问："我在家给你说的话忘咧？"

"没！"儿子说，"他爸'四清'时把人害扎咧！我这阵不怕他咧！他……"

罗坤再也忍不住，听到这儿，一扬手，那张结满茧甲的硬手就抽到儿子白里透红的脸膛上——

"啪！"

儿子朝后打个闪腰，把头扭到一边去。

罗坤转过身，大步走出井场，踏上了暮色中通往村庄的机耕大路。

这一架打得糟糕！要多糟糕有多糟糕！罗坤背着手，在绣着青草的路上走着，烦躁的心情急忙稳定不下来。

贫协主任罗梦田老汉在"四清"运动中，是工作组依靠的人物，在给罗坤补划地主成分问题上，盖有他的大印。在罗坤被专政的十多年里，他怨恨过梦田老汉：你和我一块耍着长大，一块逃壮丁，一块搞土改，一块办农业社，你不明白我罗坤是啥样儿人吗？你怎么能在那些由胡乱捏造的证明材料上盖下你的大印呢？这样想着，他连梦田老汉的嘴也不想招了。有时候又一想，"四清"运动工作组那个厉害的架势，倒有几个人顶住了？他又原谅梦田老汉了。怨恨也罢，原谅也罢，他过的是一种被专政的日子，用不着和梦田老汉打什么交道。今年春天，他的问题终于平反了，恢复了党籍，支部改选，党员们一口腔又把他拥到罗村大队最高的领导位置上，他流了眼泪……

他想找梦田老汉谈谈，一直没谈成。倔得出奇的梦田老汉执意回避和他说话。前不久，他曾找到老汉的门下，梦田婆娘推说老汉不在而谢绝了。不仅老贫协对他怀有戒心，那些"四清"运动中在工作组"引导"下对干部提过意见的人，都对重新上台的干部怀有戒心。党支书罗坤最伤脑筋的就是这件事。想想吧，人心不齐，你防我，我防你，怎么搞生产？怎么实现机械化？正当他为罗村的这种复杂关系伤脑筋的时候，他的儿子又给他闯下这样的祸事……

三

罗坤径直朝梦田老汉的门楼走去。当他跨进木门槛的时候，心里做好了最坏的准备，准备承受梦田老汉最难看的脸色和最难听的话。

小院停着一辆自行车，车架上挂着米袋面包和衣物之类，大约是准备送给病人的。上房里屋里，传出一伙人嘈嘈的议论声：

"这明显是打击报复……"

"他爸嘴上说得好，'保证不记仇恨'，屁！"

"告他！往上告！这还有咱的活处……"

说话的声音都是熟悉的，是几个"四清"运动的积极分子和梦田的几个本家。罗坤停了步，走进去会使大家都感到难堪。他站在院中，大声喊："梦田哥！"

屋里谈话声停止了。

梦田老汉走出来，站在台阶上，并不下来。

罗坤走到跟前："顺娃伤势咋样？"

"死了拉倒！"梦田老汉气哼哼地顶撞。

"我说，老哥！先给娃治病，要紧！"罗坤说，"只要顺娃没事情，一切就归组织处理。"

"算咧算咧！"梦田老汉摇着手，"棒槌打人手抚摸，装样子做啥！"

说着，跨下台阶，推起车子，出了门楼。

罗坤站在院子当中，麻木了，血液涌到脸上，烧臊难耐，他是六十开外的人了，应当是受人尊重的年龄啊！他走出这个门楼的时光，竟然不小心撞在门框上。

走进自家门，屋里围了一脚地人，男人女人，罗坤溜了一眼，看出站在这儿的，大都是"四清"运动和自己一块挨过整的干部或他们的家属。他们正在给胆小怕事的老伴宽解：

"甭害怕！打咧就打咧！"

"谁叫他爸'四清'运动害了人……"

"他梦田老汉，明说哩，现时臭着咧！"

这叫给人劝解吗，这是煨火哩！罗坤听得烦腻，又一眼瞥见坐在炕边上的大队长罗清发，心里就又生气了：你坐在这里，听这些人说话听得舒服！他和大队长搭话，大队长却奚落他说："你给梦田老汉回话赔情去了吧？人家给你个硬顶！保险！你老哥啊！太胆小咧！简直窝囊！"

罗坤坐在灶前的木墩上，连盯一眼也不屑。他最近以来对大队长很有意见：大队长刚一上任，就在自己所在的三队搞得一块好庄基地。这块地面曾经有好几户社员都申请过，队里计划在那儿盖电磨磨房，一律拒绝了。大队长一张口，小队长为难了，到底给了。好心的社员们觉得大队长受了多年冤屈，应该照顾一下，通过了。接着，社办工厂朝队里要人，又是大队长的女儿去了，社员一般地没什么意见，也是出于照顾……这该够了吧？你的儿子伙着我的三娃，还要打人出气，闯下乱子，你不收拾，倒跑来给女人撑腰打气。"把你当成金叶子，原来才是块铜片子！"

罗坤黑煞着脸，表示出对所有前来撑腰打气的好心人的冷淡。他不理睬任何人，对他的老伴说："取五十块钱！"

老伴问："做啥？"

"到医院去！"

大队长一愣，眼睛一瞪，明白了，鼻腔里发出一声重重的嘲弄的响声，跳下炕，径自走出门去了。屋里的男人女人，看着气色不对，也纷纷低着眉走出去了。

罗坤给缩在案边的小女儿说："去，把治安委员和团支书叫来！叫马上来！"

老伴从箱子里取出钱和粮票，交给老汉："你路上小心！"

罗坤安慰老伴："你放心！自个也甭害怕！怕不顶啥！你该睡就睡，该吃就吃！"

治安委员和团支书后脚跟着前脚来了。

罗坤说："你俩把今日打架的事调查一下，给派出所报案。"

治安委员说："咱大队处理一下算咧！"

"不，这事要派出所处理！"罗坤说，"这不是一般打架闹仗！"

团支书还想说什么，罗坤又接着对她说："你叔不会写，你要多帮忙！"

说罢，罗坤站起身，拎起老伴已经装上了馍的口袋，推起车，头也不回，走出门去。朦朦月光里，他跨上车子，上了大路。

四

整整五天里，老支书坐在大顺的病床边，喂汤喂药，端屎端尿，感动得小伙子直流眼泪。

梦田老汉对罗坤的一举一动都嗤之以鼻！做样子罢了！你儿

子把人打得半死，你出来落笑脸人情，演的什么双簧戏！一旦罗坤坐下来和他拉话的时候，他就倔倔地走出病房了。及至后来看见儿子和罗坤亲亲热热，把挨打的气儿跑得光光，"没血性的东西！"他在心里骂，一气之下，干脆推着车子回家了。

大顺难受地告诉罗坤，说他爸在"四清"运动中被那个整人的工作组利用了。"四清"后，村里人在背后骂，他爸难受着哩！可他爸是个倔脾气，错了就错下去。"四清"运动的事，你要是和他心平气和说起来，他也承认冤枉了一些人；你要是骂他，他反硬得很："怪我啥？我也没给谁捏造喀！'四清'也不是我搞的！盖了我的章子吗？我的头也不由我摇！谁冤了谁寻工作组去……"

罗坤给小伙子解释，说梦田老汉苦大仇深，对新社会、对党有感情，运动当中顶不住，也不能全怪他。再说老汉一贯劳动好，是集体的台柱子……

第七天，伤口拆了线，大顺的头上缠着一圈白纱布出院了。罗坤执意要小伙子坐在自行车后面的支架上，小伙子怎么也不肯。"你的伤口不敢挣！医生说要养息！"罗坤硬把小伙子带上走了。

"大叔！"大顺在车后轻轻叫，声音发着颤，"你回去，也甭难为虎儿……"

罗坤没有说话。

"在你受冤的这多年里，虎儿也受了屈。和谁家娃耍恼了，人家就骂'地主'，虎儿低人一等！他有气，我能理解……"

罗坤心里不由一动，一块硬硬的东西哽住了喉头。在他被戴上地主分子帽子的十几年里，他和家庭以及孩子们受的屈辱，那是不堪回首的。

小伙子在身后继续说："听说你和俺爸，还有大队长清发叔，旧社会都是穷娃，解放后一起搞土改，合作化，亲得不论你我……前几年翻来倒去，搞得稀汤寡水，娃儿们也结下仇……"

罗坤再也忍不住，只觉两股热乎乎的东西顺着鼻梁两边流下来，嘴角里感到了咸腥的味道。这话说得多好啊！这不就是罗坤心里的话吗？他真想抱住这个可爱的后生亲一亲！他跳下车子，拉住大顺的手："俺娃，说得对！"

"我回去要先找虎儿哩！他不理我，我偏寻他！"小伙子说，"我们的仇不能再记下去！"

俩人再跨上车子，沿着枝叶茂密的白杨大路，罗坤像得了某种精神激素，六十多岁的人了，踏得车子飞快地跑，后面还带着个小伙子哩。

可以看见罗村的房屋和树木了。

五

罗坤推着自行车，和大顺并肩走进村子的时候，街巷里，这儿一堆人，那儿一堆人，议论纷纷，气氛异常，大队办公室外，人围得一大伙。路过办公室的时候，有人把他叫去了。

办公室里，坐着大队委员会的主要干部，还有派出所所长老姜和两个民警，空气紧张。大队长清发须毛直竖，正在发言："我的意见，坚决不同意！这样弄的结果，给平反后工作的同志打击太大！他爸含冤十年……"

罗坤明白了。他瞥了一眼清发，说："同志，法就是法！那不认人，也不照顾谁的情绪！"

罗清发气恼地打住话，把头拧到一边。

罗坤对姜所长说："按法律办！那不是打击，是支持我工作！"

姜所长告诉罗坤，经上级公安部门批准，要对罗虎执行法律：行政拘留半个月。他来给大队干部打招呼，大队长清发坚持不服判处。

"执行吧，没啥可说的！"罗坤说，"法律不认人！"

民兵把罗虎带进办公室里来，小伙子立眉竖眼，直戳戳站在众人面前，毫不惧怕。直至所长拿出了拘留证，他仍然被一股气冲击着，并不害怕。

清发重重地在大腿上拍了一巴掌，把头歪到另一边，脖上青筋暴起，突突跳弹。

罗坤瞧一眼儿子，转过脸去，摸着烟袋的手，微微颤抖。

就在民警把虎儿推出门的一刹那，一直坐在墙角，瞪着眼、噘着嘴的贫协主任梦田老汉，突然立起，扑到罗坤当面，一扑踏跪了下去，哭了起来："兄弟，我对不住你……"

罗坤赶忙拉起梦田老汉，把他按坐在板凳上。梦田老汉又扑到姜所长面前，鼻涕眼泪一起流："所长，放了虎娃，我……哎哎哎……"

这当儿，在门口，大顺搂着虎儿的头流泪了，虎儿望着大顺头上的白纱布，眼皮耷拉下来，鼻翼在急促地扇动着。

虎儿挣脱开大顺的胳膊，转进门里，站在爸爸面前，两颗晶莹的泪珠滚了出来："爸，我这阵儿才明白，罗村的人拥护你的道理了！"说罢，他走出门去。

六

罗村的干部们重新在办公室坐下，抽烟，没人说话，又不散去。社员们从街巷里、大路上也都围到办公室的门前和窗户外，他们挤着看党支部书记罗坤，那黑黑的四方脸，那掺着一半白色的头发和胡茬儿，那深深的眼眶，似乎才认识他似的。

罗坤坐在那里，瞧着已经息火而略显愧色的大队长，和干部们说：

"同志们，党给我们平反，为了啥？社员们又把我们拥上台，为了啥？想想吧！合作化那阵咱罗村干部和社员中间关系怎样？即便是三年困难时期，生活困苦，咱罗村干部和群众之间关系怎样？大家心里都清白！这十多年来，罗村七扭八裂，干部和干部，社员和社员，干部和社员，这一帮和那一帮，这一派和那一派，沟沟渠渠划了多少？这个事不解决，罗村这一摊子谁也不好收拾！想发展生产吗？想实现机械化吗？难！人的心不是操在正事上，劲儿不是鼓在生产上，都花到勾心斗角，你防备我，我怀疑你上头去了嘛！"

"同志们，我们罗村的内伤不轻！我想，做过错事的人会慢慢接受教训的，我们挨过整的人把心思放远点，不要把这种仇气，再传到咱们后代的心里去！"

"罗村能有今天，不容易！咱们能有今天，不容易！我六十多了，将来给后辈交班的时候，不光交给一个富足的罗村，更该交给他们一个团结的罗村……"

办公室门里门外，屏声静气，好多人，干部和社员，男人和女人，眼里蓬着泪花，那晶莹的热泪下，透着希望，透着信任……

一九七九年五月　小寨

日子

/// 陈忠实

一

发源地周边的山势和地形，锁定了滋水向西的流向。那些初来乍到的外地人，在这条清秀的倒淌河面前，常常发生方向性迷乱。

在河堤与流水之间的沙滩上，枯干的茅草上积一层黄土尘灰，好久好久没有降过雨了。北方早春几乎年年都是这种缺雨多尘的景象。

两架罗筛，用木制三脚架撑住，斜立在掏挖出湿漉漉的沙石的大坑里。男人一把镢头一把铁锨，女人也使用一把镢头一把铁锨；男人有两只铁丝编织的铁笼和一根水担，女人也配备着两只铁丝编成的铁笼和一根水担。

铁镢用来刨挖沉积的沙石。

铁锨用来铲起刨挖松散的沙石，抛掷到罗网上。石头从罗网的正面哗啦啦响着滚落下来，细沙则透过罗网隔离到罗网的背面。

罗网成为男人和女人劳动成果的关键。铁丝编织的笼筐是用来装石头的。

水担是用来挑担装着石头的铁笼的。

从罗网上筛落下来的石头堆积多了，用铁锨装进铁笼，用水担的铁钩钩住铁笼的木梁，挑在肩上，走出沙坑，倒在十余米外的干沙滩上。

男人重复着这种劳作工序。女人也重复着这种劳作工序。他们重复着的劳动已经十六七年了。他们仍然劲头十足地重复着这种劳动。从来不说风霜雨雪什么的。

干旱的冬季和早春时节是滋水水量最稳定的季节，也是水质清纯的季节，清纯到可以看见水底卵石上悠悠摆动的絮状水草。水流上架着一道歪歪扭扭的木桥。一个青年男子穿着军大衣在收取过桥费，每人每次五毛。

我常常走过小木桥，走到这一对刨挖着沙石的夫妇跟前。我重新回到乡下的第一天，走到我的滋水河边就发现了河对面的这一对夫妇。就我目力所及，上游和下游的沙滩上，支着罗网埋头这种劳作的再没有第二个人了。

在我的这一岸的右边河湾里，有一家机械采石场，悬空的输送带上倾泻着石头，发出震耳挠心的响声。

沙坑里，有一个大号热水瓶，红色塑料皮已经褪色，一只多处脱落了搪瓷的搪瓷缸子。

二

早春中午的太阳已见热力，晒得人脸上烫烫的，却很舒服。

"你该到城里找个营生干。"我说，"你是高中生，该当……"

"找过。也干过。干不成。"男人说。

"一家干不成，再换一家嘛！"我说。

"换过不下五家主儿，还是干不成。"女人说。

"工作不合适？没找到合适的"我问。

"有的干了不给钱，白干了。有的把人当狗使，喝来喝去没个正性。受不了啊！"他说。

"那是个硬熊。想挣人家钱，还不受人家白眼。"她说。

"不是硬熊软熊的事。出力挣钱又不是吃舍饭。"他说。

"凭这话，老陈就能听出来你是个硬熊。"女人说，"他爷是个硬熊。他爸是个硬熊。他还是个不会拐弯的硬熊——种系的事。"

"中国现时啥都不缺，就缺硬熊。"他说。

"弓硬断弦。人硬了……没好下场。"她说。

"这话倒对。俺爷被土匪绑在明柱上，一刀一刀割。割一刀问一声，直到割死也不说银圆在哪面墙缝里藏着。俺爸被斗了三天两夜，不给吃不给喝不准眨眼睡觉直到昏死，还是不承认'反党'……我不算硬。"

"你已经硬到只能挖石头咧！你再硬就没活路了。硬熊——"

"噢！好腰——"

我看见男人停住了劳作，一只手叉在腰间，另一只手拄着铁锹木把儿，两眼专注地瞅着河的上方。我转过头，看见木桥上走着一位女子。女子穿一件鲜红的紧身上衣，束腰绷臀，许是恐惧那座窄窄的独板桥，一步一扭，腰扭着，臀也扭着，一个 S 身段生动地展示在凌水而架的小木桥上。

"腰真好。好腰。"男人欣赏着。

"流氓！"女人骂了一句，又加一句，"流氓！"

那个被男人赞赏着被女人妒忌着的好腰的女子已经走过木桥，坐上男友摩托车的后座，呜噜噜响着驰向河堤，眨眼就消失了。

"好腰就是好腰。人家腰好就是腰好。"男人说，"我说人家腰好，咋算流氓？"

"好人就不看女人腰粗腰细腰软腰硬。流氓才贼溜溜眼光看女人腰……"

"哈呀！我当初瞅中你就是你的腰好。"男人嘻嘻哈哈起来，"我当初就是迷上你的好腰才给你写恋爱信的。我先说你是全乡第一腰。后来又说中国第一腰，你当时听得美死了，这会儿却骂我流氓。"

女人羞羞地笑着。

男人顺着话茬说下去。他首先不是被她的脸蛋儿而是被她的腰迷得无法解脱。他很坦率又不无迷津地悄声对我说，他也搞不

清自己为什么偏偏注意女人的腰，一定要娶一个腰好的媳妇，脸
蛋嘛倒在其次，能看过去就行了。

　　他大声慨叹着，不无讨好女人的意思："农村村太苦太累，
再好的腰都给糟践了。"男人把堆积在罗网下的石子铲进笼里，
用水担挑起来，走上沙坑的斜坡，木质水担吱呀吱呀响着，把笼
里的石头倒在石堆上。折返身回来，再装再挑。

　　女人对我说："他见了你话就多了。嘎杂子话儿也出来了。
他跟我在这儿，整晌整晌不说一句话。猛不丁撂出一句'日他妈
的！'我问他你日谁家妈哩？他说：'谁家妈咱也不敢日，干乏
了干烦了撒口气嘛！'"

　　男人朝我笑笑，不辩白也不搭话。

三

　　"把县委书记逮了。"

　　"哪个县的县委书记？"

　　"我妹子那个县的。"

　　"你怎么知道？"

　　"我晌午听广播听见的。"

　　"犯了啥事？"

　　"说是卖官得了十万。"

　　我已不太惊奇，淡淡地问："就这事？还有其他事没有？"

　　"广播上只说了卖官得钱的事。"男人说，"过年时我到我

妹子家去给外甥送灯笼，听人说这书记被'双规'了。当时我还没听过'双规'这名词。我妹家来的亲戚，都在说这书记被'双规'的，瞎事多多了。广播上只说了受贿卖官一件事。"

"老百姓早都传说他的事了？"

"我给你说一件吧。县里开三级干部会，讨论落实全县五年发展规划。书记作报告。报告完了分组讨论，让村、乡、县各部门头头脑脑落实五年计划。书记作完报告没吃饭就坐汽车走了，说是要谈'引资'去了。村上的头头脑脑、乡上的头头脑脑、县上各部局的头头脑脑都在讨论书记五年计划的报告。谁也没料到，书记钻进城里一家三星级宾馆，打麻将，打了三天三夜。第三天后晌回到县里三级会上来作总结报告，眼睛都红了肿了，说是跟外商谈'引资'急得睡不着觉……"

"有这种事呀？"

"我妹子那个县的人都当笑话说哩。你想想，报告念完饭都不吃就去打麻将。住在三星宾馆，打得乏了还有小姐给搓背洗澡按摩。听说'双规'时，从他的皮包里搜出来的尽是安全套儿壮阳药。想指望这号书记搞五年计划能搞个屎……"

"你生那个气弄啥？"女人这时开了口。

"我听了生气，说了也生气。我知道生气啥也不顶。"

"那就甭说。"

"广播都说了，我说说怕啥。"

"广播上的人说是挣说的钱哩，你说是白说，没人给你一分钱。"

"你看看这人……"

"书记打麻将，你跟我靠捞石头挣钱；书记不打麻将不搞小姐，咱还是靠掏沙子捞石头过日子。你管人家做啥？"

男人翻翻白眼，一时倒被女人顶得说不上话来。闷了片刻，终于找到一个反驳的话头："你呀你，我说啥事你都觉得没意思。只有……只有我说那个女人腰好，你就急了臊了。"

"往后你说谁的腰再好我也不理识你了。"女人说，"我只操心自家的日子。"

"你以为我还指望那号书记领'奔小康'吗？哈！他能把人领到麻将场里去。"男人说，"我从早到黑从年头到年尾都守在这沙滩上掏石头，还不是过日子吗！我当然知道，那个书记打麻将与咱尿不相干，人家就不打麻将还与咱尿不相干喀！他被逮了与咱尿不相干，不逮也尿不相干喀！"

"咱靠掏挖石头过日子哩！"女人说。

"我早都明白，石头才是咱爷。"男人说。

听着两口子无遮无掩地拌嘴，我心里的感觉真是好极了。男人他妹家所在县的那个浪荡书记，不过是中国反腐风暴中荡除的一片败叶，小巫一个。即使大巫如胡长清之流在，也不过是过眼云烟罢了。我更感兴趣的，或者说更令我动心的，或者说最容易引发我心灵深层最敏感的那根神经的，其实是这两口子的拌嘴儿。

他们两口子拌嘴的话所涉及的内容和范围，我都不大在意。

我只是想听一听本世纪第一个春天我的家乡的人怎样说话，一个高考落榜的男人和一个曾经有过好腰的女人组成的近二十年夫妻现在进行时的拌嘴的话。我也只是到现在终于明白，我频频地走到河滩走过小木桥来到这两口子劳动现场的目的，就在于此，仅在于此。我头一次来到他俩的罗网前是盲目的，两回三回也仍然朦胧含糊，现在变得明白而又单纯了，看这一对中年夫妻日常怎样拌嘴儿。

"呃！这书记而今在劳改窑的日子可怎么过呀！"男人说。

"你看你这人！老陈你看他这人——就是个这！"女人说，"刚才还气呼呼地骂人家哩，这会儿又操心人家在劳改窑里受苦哩！"

"享惯了福的人呀！前呼后拥的，提包跟脚的，送钱送礼的，洗澡搓背的，问寒问暖的，拉马坠镫的，这会儿全跑得不见人影了。而今在号子里两个蒸馍一碗熬白菜，背砖拉车可怎么受得了？"男人说。

"你是闲（咸）吃萝卜淡操心。"女人说。

"他这阵儿连我都不如。我在这河滩想多干就多干，想少干就少干，不想干了就坐下抽烟喝水，运气好时还能碰见一个腰好的女子过河，还能看上两眼。他这阵儿可惨了，干不动得干不想干也得干，公安警卫拿着电棍在尻子后头伺候着哩！享惯了福的人再去受苦，那可比没享过福只受过苦的人要难熬得多吧？"

没有人回答他的发问。我没有。他的她也没有。他突然自问自答——

"我说嘛，人是个贱货！贱——货！"

……

太阳沉到西原头的这一瞬，即将沉落下去的短暂的这一瞬，真是奇妙无比景象绚烂的一瞬。泛着嫩黄的杨柳林带在这一瞬里染成橘红了。河岸边刚刚现出绿色的草坨子也被染成橘黄色了。小木桥上的男人和女人被这瞬间的霞光涂抹得模糊了，男女莫辨了。

四

应办了几件公务，再回到滋水河川的时候，小麦已经吐穗了。

我有点急迫地赶回乡下老家来，就是想感受小麦吐穗扬花这个季节的气象。我前五十年年年都是在乡村度过这个一年中最美好最动人的季节的。我大约有七八年没有感受小麦吐穗扬花时节滋水河川和白鹿原坡的风姿和韵致了。

太阳又沉下西原的平顶了。河堤和石坝的丁字拐弯的水潭里，有三个半大小子在游泳戏水。我看见对岸的沙滩上，支撑着一架罗网。女人正挥动铁锨朝罗网上抛掷着沙石。石头撞击的唰啦唰啦的声音时断时续，缺乏热烈，有点单调。

男人呢？

那个尤其喜欢欣赏女人好腰又被嗔骂为流氓兼硬熊的男人呢？

我脱了鞋袜，涉过浅浅的河水。水还是有点凉，河心的石头滑溜溜的。我走到她的罗网前的沙梁上，点燃一支烟。

"那位硬熊呢？"

"没来。"

我便把通常能想到的诸如病啦、走亲戚啦、出门办事啦这些因由一一询问。她只有一个字回答：没。

我就自觉不再发问了。她的脸色不悦。我随即猜想到通常能想到的诸如吵架啦、与邻居村人闹仗啦、亲戚家里出事啦等等这些令人烦心丧气的事。然而我不敢再问。

她轻轻叹了一口气。

我还是决定发问："咋咧？出什么事了？"

她停住手中的铁锨，重重地深深地吁出一口气："女子考试没考好。"

"就为这事？"我也舒了一口气，"这回没考好，下回再争取考好嘛！"

她苦笑一下："这回考试不是普通考试，是分班考试。考好可进重点班。考得不好就分到普通班里。分到普通班里就没希望咧。"

这是我万万没有料想得到的事。她这时话多了：

"女子自个儿不敢给她爸说。"

"他听了就浑身都软了，连镢头铁锨都举不起来了。"

"他在炕上躺了三天了，只喝水不吃饭，整夜整夜不眨眼不睡觉，光叹气不说话。我劝了千句万句，他还是一句不吭。"

"女子在哪儿念书？高中还是初中？"

"县中。念高一。这学期分出重点班。"

我也经历过孩子念书的事。我也能掂出重点班的分量。但我还是没有估计到这样严重的心理挫败。

她伤心地说："这娃娃也是……平时学得挺好的，考试分数也总排前头。偏偏到分班的节骨眼上，一考就考……"

"直到昨日晚上，他才说了一句话：我现在还捞石头做啥！我还捞这石头做啥……"

"你不是说他是个硬熊吗？这么一点挫折就软塌下来了？"我说。

"他遇见啥事都硬，就是在娃儿们上学念书的事上心太重。他高考考大学差一点点分数没上成，指望娃儿们能……"

"他常说，只要娃儿们能考大学，他准备把这沙滩翻个个儿……"

"他现时说他还捞这石头做啥哩！"

"我去跟他说说话儿能不能行？"我问。

"你甭去，没用。"

我自然知道一个农民家庭一对农民夫妇对儿女的企盼，一个从柴门土炕走进大学门楼的孩子对于父母的意义。我的心里也沉沉的了。

"他来了！天哪！他自个儿来了——"

我听见女人的叫声，也看见她随着颤颤的叫声涌出的眼泪。

我瞬即看见他正向这边的沙梁走来。

他的肩头背着罗网，扛着镢头铁锨，另一只肩头挑着担子，两只铁丝编织的笼吊在水担的铁钩上。

他对我淡淡地笑笑。

他开始支撑罗网。

"天都快黑咧，你还来做啥！"她说。

"挖一担算一担嘛。"他说。

我想和他说话，尚未张口，被他示意止住。

"不说了。"他对我说。

女人也想对他说什么，同样被他止住了。

"不说了。"他对她说。

"再不说了。"他对所有人也对自己说。

"不说了。"他又说了一遍。

我坐在沙梁上，心里有点酸酸的。

许久，他都不说话。镢头刨挖沙层在石头上撞击出刺耳的噪声，偶尔迸出一粒火星。

许久，他直起腰来，平静地说：

"大不了给女子在这沙滩上再撑一架罗网喀！"

我的心里猛然一颤。

我看见女人缓缓地丢弃了铁锨。我看着她软软地瘫坐在湿漉漉的沙坑里。我看见她双手捂住眼睛垂下头。我听见一声压抑着的抽泣。

我的眼睛模糊了。

满月儿

/// 贾平凹

去年夏天，我在乡下老家养病，末了的日子里到姨家去，正好是农历六月六。这一天，农民都讲究把皮毛丝绸拿出来晒日头，据说这样虫就不蛀。姨家的大杂院前，杨树上拴了一道一道铁丝，晒着皮袄、毛袜、柞绸被子、狗毛毡子，使人眼花缭乱。正欣赏着，就听见有咯咯咯的笑声，绕过杨树一看，原来是一个十七八的姑娘和一个老婆婆在拽被面。两人一松一拉，那洗后未干的被面就平展开来。姑娘很调皮，用力太大，把老婆婆一个劲儿拽着往前走，那老婆婆就骂道：

"这死女子！让娘夸你力大哩！轻点，轻一点！"

那姑娘只是笑，并不让步，把娘一直拽了过来。

"没正经！"娘生气了，使劲一拽，那姑娘只管笑，没留神让被面脱手了，娘一个后趔趄，快要倒下去，姑娘箭步上前拉住，娘儿俩就势儿坐在地上。姑娘又咯咯笑起来，娘狠狠地用手指在她眉心一点，自己也逗笑了。突然，娘捂了女儿嘴，拿手指指东边窗子，姑娘便轻手轻脚走到窗前，不小心，撞翻跌烂了窗台一页瓦；她一跳跳出二尺地来，叫道："出来晒晒日头吧，别尽坐着发了霉了！"

这时候，姨发现了我，喜欢得沏了茶出来，让我在门前荫凉地坐了。我瞧见那姑娘还在那儿笑，就招呼她来喝喝茶，她立即过来了。她娘笑着用手戳脸羞她，她说：

"不该喝吗？我还要叫她大姐哩！"

"这好派风，见人熟！"姨说，"我这外甥女是农学院的'秀才'，你要叫老师哩！"

我便笑着问她刚才在窗口看什么，她说："那里边住着一个宝贝蛋儿！"

姨告诉我："这是月儿，屋里住的那是她姐姐，叫满儿，是大队科研站的，正在屋里搞试验哩；搞试验的时候，全家人连她娘也不许惊动的。"

"人家嘛，是全家的重点，要保证重点呢！"月儿说。

"那你呢？"我问。

"咱是万人嫌！哼，我真怀疑我是不是娘从哪儿要来的？"

大家都笑了，月儿她笑得最响。

月儿开始翻我带的网兜了，她拿出了两本书来，看看里边尽是外国字，就问：

"这是哪国字呢？"

"英文。"

"你看得懂吗？"

姨说："人家一看一上午，坐在那儿纹丝不动，头晕都不晕。"
月儿高兴了，说她姐姐也有这样的书，只是没有这么厚；她顶爱
听姐姐念那书了，但姐姐偏不让她听。

可是，我刚给她念了半页，她却跑走了；大场上，一个小伙
踩着碌碡碾芦苇篾，她跳上去，一边踩得碌碡呼噜噜滚，一边咯
咯咯地笑。

晚上，我正在灯下一边熬着中药，一边看外文书，突然听见
门轻轻敲了一下，就没动静了，我以为是风吹的，但是，又是轻
轻两下，接着就有人问：

"陆老师，你睡了吗？"

"谁呀？"我拉开了门，是一个二十四五的姑娘倚在门框上，
当我看她的时候，她脸微微一红，就低下头摩挲起那长辫子，说：
"我叫满儿，住在斜对门的。这么晚了，打搅你了。"

我高兴了，赶忙让她进来坐。一挑门帘，她轻轻闪进来，连
个声儿也没有，就稳稳地坐在炕沿上不动了。

"真不像是姊妹俩儿！"我想起了月儿，说。

"一个人一个脾性嘛，"她轻轻一笑，"下午我听她说你来了，
还带了外文书，我喜得……陆老师，你住多长时间呢？"

"十天左右吧。"

"其实还可以长些。"她说，突然看见了药罐，"你有病吗？"

我告诉她，我患有慢性胃溃疡，这次主要是来疗养的。她眉心就一直打个疙瘩，末了说："明天我给胜文写个信吧，他是我同学，现在是赤脚医生，他治这病有个偏方，灵验得很。本来我要求你一件事，但是你却病了……"

她说着，就坐在药罐前，拿筷子搅药。

"是学外语吗？"

筷子不动了，她抬起头问：

"你怎么知道了？"

"月儿说的。"

她扑哧笑了："陆老师，原来只说咱农民嘛，学那些个外文干啥用呀？可搞起科研后，才知道多重要哩！自己就开始自学，可惜没个老师，费了好大的劲，才认得几个单词。"

"那我教你吧。"

她高兴得笑出声来。原来她笑得也是这么动人呀！她靠近灯前，用发夹挑了一下灯芯，我们便立即开始教学了。她从口袋里掏出一个单儿来，上边是"小麦，燕麦，分蘖，开花，授粉"，说她正搞小麦、燕麦远缘杂交，就先学会这几个单词吧。我教过三遍，她就开始默写，刚写好"授粉"单词，药罐就咕嘟嘟滚开了，她"呀"的一声就去取罐子，却"啊啊"地惊叫着，刚把罐子放到桌上，就把手搁嘴上直吹气。我忙看时，中指已烧起一个水泡来。我慌了，她却从头上拔下一根长发来，用针引过，挑破水泡，说：

"不要紧，让它慢慢往外流水。你看我'授粉'写得对吗？"

她写得完全正确，而且那字母清晰、流利，就像她人一样苗条、温柔、漂亮。

临走，她向我约法三章：

一、每天晚上教她两个小时外文。

二、隔天晚上考试前一天的成绩。

三、每天三次中药由她煎熬。

从此，每天早上我还在炕上躺着，就听见满儿在斜对门的屋里念英文了。她学得很快，几乎每天晚上的考试，成绩都是优秀。晚上十点左右，月儿回来了，她在大队农田基建队里，每天没有早回来过；一回来，就来我这儿，立即便满房子是她的笑声了。她话题总不离他们基建队，我已经很熟悉他们那些未见面的战友了。我知道李三虎是个顽皮的家伙，他会一眨眼功夫就蹿上五丈高的白杨树梢上，而且一个猛子扎下河湾，好大一阵都不露出水面。基建队扛木头、挖河泥什么的，他是第一个少不了的。我知道张用是个憨头，他不喜欢和她们姑娘家在一块干活，她们就说他"封建分子"。可有一次她和他抬石头，他却总是偷偷把绳拉到自己跟前，她偏嫌他是小看女同志，和他吵，他竟委屈得抹眼泪水儿。我还知道韩芳儿说话最尖刻，她月儿谁都不怕，就怕芳儿，因为芳儿当众给她起了个外号"笑呱呱鸡"，搞得现在人人都这样叫她！

当月儿这么又说又笑的时候，那满儿不知什么时候拿了本书进自己的房里去了。她娘就在上屋骂开了："月儿！没黑没明，你笑不死！"

她就问我："陆老师，笑也是错吗？"

娘又在上屋骂："我像你这么大，一天啥事没干？哪有你这么笑的！"

月儿就说："你那时想笑笑不起来。你没笑过，就嫉恨别人笑！"

"这死女子！"娘说，"你还小哩？十八的人啦，也该生个心啦！"

"年纪大了就不准笑了吗？"

娘噎住了，过了会说："你也该学学你姐的样……"

"我学不会。她学外语有用，我用不着。就是用得着，我也坐不住，你不是说我是属猴的吗？"

我说："月儿，你也可以给你姐做个帮手嘛！"

她想了想，说："对。可不知人家稀罕不稀罕。"

我便到厨房给药罐添水，回来要给她再说什么时，却见她一头歪在我的炕上睡着了。

我就势拉了门，到满儿的房子来了。这里可真是个试验室了：盆盆罐罐、筐筐袋袋，装的全是各类种子，上边一律贴着型号，"丰产1号""丰产10号""东风206号""争光38号"；那墙上则挂满了各种试验比较图、观察记录本、历年时令变化表。本来就很小的屋子，被挤的那张简单的床铺只好安在屋角了。满儿正坐在灯下，用放大镜看几样麦种；我发觉了窗纸上贴着一幅"布谷飞过麦海"的窗花，那布谷的红嘴儿张着，似乎使人能听到那悦耳的丰收的序歌。

"又搞出什么新品种了？"

"你快来看看！"她喜欢地叫着，"你给它起个名儿吧。"

我走近一看，原来是一把奇怪的麦粒：那颗粒儿比一般麦粒儿长一倍，两头尖尖的，泛着淡绿色。这是什么麦粒呀？她说：这就是他们搞了三年多的远缘杂交新品种。

我惊呼起来，掂着麦种在手里，只觉得沉甸甸的，它里面包的面粉比一般麦粒多一倍呀！哪里是面粉呢？它是满儿她们的心血啊！我不禁叫道：

"就叫它'胜利麦'吧！"

"不，"她轻轻笑了，"这还不能算胜利了，它还有很多明显的不足：一是粒儿不饱，再是颗粒间差大，还有个儿太高，我们还要向理想的高度攀登，就叫它'攀登麦'吧。"

好名字！我问起下一步怎么个攀登法，她说：他们准备以这"攀登麦"为基础，再和别的良种麦杂交，到那时出了新成果，一定要叫它"胜利麦"！近几天，外地给他们寄来了好多良种麦，明年就分片杂交试种。但是，为了多方面杂交比较，他们决定到后山队采集一些高寒优良麦种，只是人手抽不过来；去后山又得走三十里路。我高兴地说："月儿说，她可以给你做帮手。"

"我常怨她单纯，慌三慌四的。"

"那我俩去吧，我也可以看看后山是什么地方。你们这儿麦子早收清了，那儿才刚收，差异为什么这么大？"

第二天一早，我和月儿过了清影河，赶到了后山。后山果真麦子正收到紧张处，我问月儿为什么山下山上这么大差异，她又反问说："那我为什么就爱笑呢？"

"谁知道你为什么呢？"一时把我问傻了。

"那你去问我姐姐吧。"她笑着说，"要问我吗？我可以告诉你：修田为什么土层不能乱？筑坝为什么是拱形？破石头怎样认纹路？打炮眼怎样套八字锤？"

征得后山大队同意，我们就在麦田里选种。终于发现有五株小麦秆儿高出一般麦来，那穗儿又粗又长，颗粒饱满；我们就像捡宝贝似的掐下穗来。日头在廊下端了的时候，开始往回走，月儿就一路摆弄着麦穗，又笑开了，说：她姐姐一定会高兴的，再也不会说她是只会笑的傻姑娘了。我问：

"你姐姐爱你吗？"

"爱，也不爱。"她说，"人家爱……爱科研。"

"为什么爱科研呢？"

"她说她有个理想。"

"什么理想呢？"

"她说队里规划是两年建成大寨队，他们科研站就要首先做出贡献，最少拿出四项新成果！"

我心里一震，要说出什么，却不知怎么说。抬头看着天空，天空晴得万里无云，清潭一般地蓝。天空有多高呢？路两旁的生产队大场里，是一座麦堆、一座麦堆，人们在那里装粮，时不时传来过秤员那长长的报数声……

这当儿，我们来到清影河上，月儿让我从桥上走，她偏脱了鞋从水里走。见我好久不言语了，下河时，突然问道：

"陆老师，什么叫恋爱？"

我惊奇了：她怎么问起这个？

她冲着我就咯咯咯地笑了，凑近耳朵悄声细气说：

"我姐姐一定爱上什么人了，她的信天天都有！我查对了，有一种笔体的信来得最多。"

我被逗乐了："这本来是应该的呀，再说，来信多的就是在恋爱吗？"

"她天天在盼信，盼得可慌哩！"

说完，她就笑着向前跑去了。那河水溅着白花儿。河风刮起她的红衫子，就像河中开了一朵荷花。我喊她慢点慢点，她跑得更欢了。突然一个趔趄，倒在水里了；赶忙爬起来，但立即又扑在水里了。原来她手中的麦穗儿被水冲走了，她没命地去抓。我害怕出事，大喊大叫要她别管了，她不理我，终于抓住了，但是只剩下了一穗，其余都被卷进河底去了。

她从河里爬起来，浑身精湿，坐在岸边哭起来了。我劝说幸好还有一穗嘛；再说，光哭就能把麦穗儿哭回来吗？她不哭了，却要我一定坐下，自己又跑到河沿乱石堆去，掀掀这块石头，翻翻那块石头，一会儿逮来五只大螃蟹，站在我面前时，咯咯咯地又笑了："陆老师，我不是干姐姐那号事的料子。我将功补过，逮了这几个螃蟹烧给姐姐吃！"

夜里，我已经躺下了，突然听见门外有哭声。谁怎么啦？我穿起衣服出来看时，院里没有人，走出院外，就在月儿和她娘拽布的地方，坐着一个人，月光下搐动着肩膀，哭得好伤心。走近一看，竟是月儿！原来姐姐知道她白天在河里丢失麦种的事后，对她发了火，那火大极了，她从来没见过，而且把那几个螃蟹一下子扔出几丈远。

"她老早就怨我没理想，没心机，她这次是存心和我过不去！"月儿愤愤地说。

"她对你还有什么过不去的事？她还不是为了种子？"我说。

"种子就那么金贵？明年试种不了，后年不会种吗？"

"那就错一年啊！如果明年试验成功了，早推广一年，那就要增产多少粮食啊！"

月儿不言语了，倒在我怀里说："陆老师，我以后再不笑了，你监督吧！"

"又傻开了！"我笑着说，"为什么不笑呢？姐姐不是叫你整天哭丧个脸，是要你生心，也有个理想啊！"

"那我现在怎么办呢？"

"走，向姐姐赔不是去。"

我们走进满儿的房里，灯亮着，人却不在。桌面上是一叠来信的信封，那信已用铁夹夹在一处，挂了墙上。月儿一看那第一页上的字迹，就叫着说：

"陆老师，又是那一个来信了！"

"哪一个？"

"你念吧。我还嫌臊哩！"

她笑得要死，坐在一边翻报纸，却竖起耳朵听我念：

满儿：

接到你的信，我高兴透了，我在床上连翻了三个筋斗，叫着你的名字，哎呀，天知道我做了些什么！现在，请接受我的祝贺：举起茶杯来，干杯！

月儿呀呀地叫起来，赶忙用手捂耳朵："丑死了！丑死了！"我继续念下去：

算起来，毕业已经六七年了，我做了些什么呢？医疗技术上提高得太慢了，可你，培育了"丰产1号"后，又和你的战友培育了"攀登麦"！说句笑话吧，昨儿夜我做了个梦，那"攀登麦"经过杂交，又培育出了一个新品种，那麦粒儿比普通的要大两倍，已经全国推广。哈，那麦浪滚滚，我坐在那麦穗上，怎么跳，怎么蹦，也掉不下来！

满儿，在我们团支部大会上，我念了你的信，大家提出一定要支持你们的试验，尽快使"攀登麦"成功。我们集中力量挑选了这一袋最好的麦种给你寄去，让它和"攀登麦"杂交吧。还需要什么帮忙的，尽快告知，我们尽一切力量，做你的帮手；因为这不是你个人的事，而是一场革命啊！

再：随信寄去偏方药单，一日一剂，五剂一个疗程，共需三个疗程……

我大声地念着，突然觉得手上有热乎乎的东西，抬头一看，月儿不知什么时候站在我的身边，两眼盯着信，那眼泪正从眼眶里扑扑簌簌往下掉……

"你怎么啦？"我赶忙问。

"姐姐是我的姐姐吧？可我……"

我紧紧搂住了月儿！我感觉到一个天真少女的一颗纯洁、美好的心在跳动，跳得那样地厉害！

"陆老师，"她又问道，"我笨不？"

"不呀。"

"我坐得下来吗？"

"能呀。"

"那你教我测量知识吧，队里搞人造平原，要我参加规划，可我不敢上场……"

我说我不懂测量，她就要我到城里后给她捎买几本有关测量方面的参考书籍。我答应了。我看见她又咯咯咯地笑了。那满脸的泪珠儿全笑溅了，像荷花瓣上的露水珠儿一样。这时，我们听见门外有脚步声。月儿说姐姐回来了。果然，一会儿，我就听见了轻轻地背诵英语单词的声音。

满儿回来说，刚才大队党支部书记叫她去，通知她到省里去参加一个科技交流大会。明日一早就要动身了。

鸡叫三遍的时候，我和月儿送满儿搭上了汽车。这以后几天，月儿每天起得很早，就在院子里背梯形地、扇形地、圆形地、三角地的测量公式。我隔窗看见她就站在井台葡萄架下，一边掐着葡萄叶，一边低声地念。当大家都起床了，就见她用扫帚扫出一堆撕成碎末的葡萄叶去。晚上回来，就到我房子来让我出各种地形的题让她算。她竟比满儿还要聪明，每次算完以后还要给我讲解一番。但是，当她每次从我房子满意而走时，那咯咯咯的笑声就在满院子响开了。

我该回校了。那天，姨和月儿娘把我送到村口，却没见月儿。她娘说，她上工去了，派人去叫她，还没见回来。我只好怏怏地向车站走去，只说见不上她了，可快到车站时，她却满头大汗地跑来了。

"陆老师，你能永远不走就好了。你可以督促我学得快些。"她说。

"我放假了，一定再来！回城后，马上把有关测量知识的书寄来。"我说，突然想起了什么，从网兜掏出那几本外文书让她转交给满儿。她高兴地说：

"好，这回你送我们书，到明年，我和姐姐就送你'胜利麦'！"

正好，到省城后，我竟与满儿在电车上相遇了，她正抱着一本《英汉对照小丛书》看。我问起会上的事，她说关于远缘杂交，外地提供了好多经验，对她的启发很大，她决心回去后，下功夫加紧试验。我说：啥时候能成功呢？她说：这怎么回答呢？一年不行，再干一年！困难可能不少，但是，她用英语告诉我：

"Sure to be successful！（一定会成功！）"

腊月·正月

/// 贾平凹

一

这地方很小，却是商州的一大名镇。南面是秦岭；秦岭多逶迤，于此却平缓，孤零零地聚结了一座石峰。这石峰若在字形里，便是一个"商"字；若在人形里，便是一个坐翁。但"山不在高，有仙则灵"，秦时，商山四皓：东园公、角里先生、绮里季、夏黄公，避乱隐居在此，饥食紫芝，渴饮石泉，而名留青史。

于是，地以人传，这地方就狭小到了恰好，偏远到了恰好，商州哪个不知呢？镇前又有水，水中无龙，却生大娃娃鱼，水便也"则名"，竟将这黄河西岸的陕西的一片土地化拙为秀，硬是归于长江流域去了。

地灵人杰，这是必然的。六十一岁的韩玄子，常常就要

为此激动。他家藏一本《商州方志》，闲时便戴了断腿儿花
镜细细吟读；满肚有了经纶，便知前朝后代之典故和正史野史
之趣闻，至于商州八景，此镇八景，更是没有不洞明的。镇上
的八景之一就是"冬晨雾盖镇"，所以一到冬天，起来早的人
就特别多。但起来早的大半是农民，农民起早为捡粪，雾对他
们是妨碍；小半是干部，干部看了雾也就看了雾了，并不怎么
知其趣；而能起早，又专为看雾，看了雾又能看出乐来的，何
人也？只是他韩玄子！

　　他是民国年代国立县中毕业生。当时的县中是何等模样？
他只说一班仅有十一个人，读四书，诵五经，之乎者也的倒比
现在的大学生文墨深。这一点他极自信：现在的学生可以写对
联，但没他的对仗工整；现在的学生可以写文章，但他却能写
得一手好铭旌。他一生教了三十四年书，三年前退休，虽谈不
上是衣锦还乡，却仍是踌躇满怀。因为他的学生"桃李满天下"，
有当县委书记的，也有任地委部长的；最体面的是，他的长子，
叫大贝的，竟是全镇第一个大学生，现又做了记者，在省城也
算个了不得的人物！如今在村中，小一辈的还称他老师，老一
代的仍叫他先生，他又被公社委任为文化站长，参与公社的一
些活动，在外显山露水的并不寂寞。他家里，四间堂屋，三间
厦房，墙砌一砖到顶，脊雕五禽六兽，俨然庙宇一般坚固。小
儿二贝已结婚；大女叶子也已出嫁；他坐在院中吃吃茶，看看报，
养花植草，颇为自得。他口里不说，心上迷信，自认为是家宅

方位好；住在镇东高处，门正对商字山正中，屋近靠秦时四皓墓的左侧。

现在，又是一个冬天，商字山未老，镇前河不涸，但社会发生了变迁，生产形式由集体化改为个体责任承包。他欢呼过这种改革，也为这种改革担忧过，为此身子骨还闹过几场大病，却每每都得以康复，康复之后，依旧能走能动，饭量极好，能吃得一海碗羊肉泡馍；依旧天天早起，看晨雾来盖镇，日出消散，便慢慢纳闷起这天地自然变化的莫测。

今天早晨，门才打开一条缝，雾便扑进来，一团一团的，像是咕涌而来一群绒嘟嘟的羊羔，也像是闹腾而来一伙胖乎乎的顽童，他挡不住，也抓不住，一觉得鼻子呛，就张嘴，张嘴便要打喷嚏，这呼吸气管的突然关闭，又突然地打开，响声是极大的。但院子里没有任何反应，东厦房门严关着，那是新婚的二贝的卧室，他们不睡土炕，已经文明了，做了清漆刷染的有床头的床，吱吱响了几下，又复归静寂。西院墙下，是竹子搭就的鸡棚，一个红冠耷拉的雄鸡，统率着二十三只温顺的母鸡，全歇在那斜棍儿上，黎明的雾朦胧，它们的眼蒙眬，但全然未动，保持睡眠后在高枝儿上的平衡，是它们聪明过人的本领。只有门楼旁葡萄架下的包谷秆儿，被风吹了一夜，叶子散的散去，聚的聚起，又被霜杀蔫了，软软地静伏着。好事的猫儿悄没声息地踏上去，又跳上砖垒的花台上，拿爪子在霜上划道儿。霜是一铜钱的厚。

他沏茶，沏得好浓呢。这一百三十里外的商南茶，一定是那些个体户货摊上的物品了，炒得过焦，土气又大；二贝给他买来后，他是从不喝第一遍的；当下在院里泼了，又冲上第二遍水，就一边吹着茶面上的一层白气，一边端了，蹲在门外照壁前慢慢地品。

三十四年的教学生涯，使他养成了喝茶的嗜好，即便做了乡民，每天早晨还要喝一保温壶水，直喝得肠肚滋润起来，额上微微有了细汗，村里人才大都起来。

雾真如古书上讲的，如烟，如尘。商字山入了远空，虚得只是一个水中的倒影，一个静浮的抛物线，一个有与没有之间。不远的漫坡下，镇子只看见个轮廓，偶有灯亮，也是星星点点的橘黄色。院外右侧的四皓墓地，十五株参天古柏，雾里似断了几截，却愈显得高耸，柏枝在风里作响，嘎嘎如鸦噪声从天而降。而照壁前的一丛慈竹，却枝叶清楚，这是他亲手植的，在整个镇子上，唯有他这一片竹子。夏天的早晨，他在这里喝茶，残月未退，那竹影就映上照壁，斑斑驳驳，蛐蛐的争鸣也似乎一起反映在了照壁上，他就老记得一副对联：

> 生活顿顿宁无肉，
> 居家时时必有竹。

当然这一切都"俱往矣"！因为去年春天以来，村里、社里许许多多的人和事，使他不能称心如意，情绪很不安静；而秋后，风雨又比任何年里都多，这照壁就全部剥脱了墙皮，还垮掉了一个角，竹影爬上来，再也没有那番可人的景致了。

在这一带，人们很讲究照壁，那是房子的衣服，是主人的脸面，以韩玄子的话讲，这照壁若在一个县，是百货商场的橱窗；若在一个省，是吞吐运载的车站；若在我们国家，就是天安门城楼了。他因此给二贝说过多次，找时间修补起来。二贝竟越来越不听从，总是今天拖到明天，明天拖到后天，已经到腊月里了，还没有修理！他给大贝发了三封信，要他回来整顿整顿家庭。大贝却总是来信说工作忙，走不脱；还说，这个家只能团结，不能分裂。可怎么个团结呢？他韩玄子在外谁个不把他放在眼里？二贝如此别扭，会给外界造成怎样的影响呢？一气之下，便擅自决定把二贝两口分出去，让他们单吃、单喝，住到东厦屋里去了。

"我太丢人！"他曾经当着二贝两口的面，自己打自己耳光，"我活到这么大，还没有人敢翻了我的手梢！好好一个家，全叫你们弄散了！"

他一生气，手就发抖，吃水烟的纸媒儿老是按不到烟哨子上，结果就丢了纸媒儿，大骂一通。说什么要破这个家，就都破吧，我六十多岁的人了，风里的一盏残灯，要是扑忽灭了，看你们以后怎么活人啊！末了，又挖苦老伴：

"瞧着吧，你要死在我前头，算你有福，你要死在我后头，有你受的罪。现在的世事是各管各了，咱二贝也给咱实行责任制了。我一死，国家会出八百元的，你怕连个席也卷不上呢！"

老伴老实，在家里起着和事佬的作用，一会儿向着他，一会儿向着小儿子，常气得在屋里哭。

二贝当然是不敢言语的。打他骂他，他只能委屈得待在他的小房里抹眼泪，抹过了，就又没皮没脸地叫爹，给爹笑，是打不跑的狗。媳妇白银却不行了，骂了她，她会故意去问婆婆：

"娘呀，二贝是不是你抱别人的？"

"抱的？"婆婆解不开话，"我一个奶头吊下来大贝、二贝，我抱谁家的？"

"那怎么我爹这样生分他？！"

婆婆气得直瞪眼，夜里枕头边叙说给了韩玄子，韩玄子翻下床，把二贝叫来质问：

"生分了你，怎么生分？在这个县上，谁不知道四皓墓？又谁不知道四皓墓旁的韩玄子把饭碗让给了儿子？儿子，儿子就这样报应我吗？"

说着气冲牛斗，打了二贝一个耳光。二贝又去捶打了一顿白银，拉着来给爹娘回话。

提起让饭碗的事，韩玄子就显得十分伤心。二贝高中毕业后，几次高考都未考中，便一直闲在家里。按照国家规定，职工退休，子女可以顶替。三年前，他五十八岁，还未达到年龄，就托熟人在医院开了病历，提前让二贝"子袭父职"，在本公社的学校里任教了。

"哈，我现在也是在商字山下隐居了！"他回到村里，见人就这么说。

于是，便有人又叫起他是商字山第五皓了。

二贝有了工作，婚姻自然解冻。年轻人善于幻想，知道进省城已没有可能，但找一个自带饭票的女子，却不算想入非非。可韩玄子不同意：种谷防饥，养儿防老，大贝已经远走高飞，若二贝再找一个有工作的媳妇，自然男随女走，那将来谁来养老呢？二贝毕竟是孝子，作难了半年，依了爹，便和三十里外县城关的白银"速战速决"。没想，绳从细处断，本来就担心儿媳不伺候老人，偏偏这白银家在城关，见的人多，经的事广，地里活计不出力，家里杂事没眼色，晚上闲聊不早睡，早晨贪睡不早起，起来就头上一把、脚上一把地打扮不清。甚至买了一双塑料拖鞋，趿出趿进，三、六、九日集市，也趿着走动。

这使韩玄子简直不能忍受！

当他一天天在村里有了不顺心的事后，只说回到这个家来，使他心绪清静一点，但白银的所作所为，令他对这个家失去了信心。他再读《商州方志》上有一文人传略，其中说："为人为文，作夫作妇，绝权欲，弃浮华，归其天籁，必怡然平和；家窠平和，则处烦嚣尘世而自立也。"此话字字刺目，似乎正是为他反意而作。他不止一次地叹息：大清王朝——他却又忌讳说这个家，偏就记得同治皇帝的话——要完了吗？

他开始没心思待在院子里养花植草。抬头悠悠见了商字山，嗜上了喝酒，在公社大院里找那些干部，一喝就是半天；有时还找到家中来喝，一喝便醉，一醉就怨天尤地，臧否人物。

愈是酗酒，愈是误村事、家事；愈是误事，愈使二贝、白银不满。这种烦躁的恶性循环，渐渐使韩玄子脱去了老文人的秉性，家庭越来越不和，他的脾气越来越不好了。整整一个冬天，雾盖镇的奇景出现过不少次，但他没一次再能享受这天地间的闲趣。早晨起来，只是站在四皓墓地的古柏下，久久地出神，直到天色大白，方肯回来。今早，当他又在古柏下待够了，重新回到院子的时候，老伴已经起来，头没有梳，抱了扫帚在扫院子。从堂屋台阶下到院门口，是一条有着流水花纹的石子路，她竭力要扫清花纹上的泥土，但总是扫不净。扫到东厦房的门口，摇着单扇门上的铁环，低声叫：

"白银，白银，你还不起来！你爹已经喝罢茶，出去转了！"

房子里先是窸窸窣窣的声音，接着是白银大声叫喊二贝，问她的袜子，然后说：

"腊月天，何苦起得这么早！我爹人老了，当然没瞌睡……"

"放你的屁！"老伴在骂了，"谁不知道热被窝里舒服？怪不得你爹骂你，大半早晨不起来，你还像不像个做媳妇的？起来，让二贝也起来，一块到白沟去，你妹子在家做立柜，你们当哥当嫂的，也该去帮帮忙呀！"

韩玄子大声咳嗽了一声，恨不得将五脏六腑都吐出来；吐出来的却是一口痰，说：

"你那么贱！扫什么院子？你扫了一辈子还没扫够吗？你叫

人家干啥？人家有福，就让人家往死里睡。咱叶子结婚，与人家哥嫂什么相干？！”

老伴扬了一下扫帚，制止老头，说：

“你话咋那么多！白银，你再不起来，我就砸门啦！村里哪一个没起来？总看人家王才吃哩喝哩，王才担了几担麦面才回去，人家在水磨上整整熬了一夜哩！你们谁能下得那份苦？！”

韩玄子已经在堂屋里训斥老伴话太多，又要去喝茶，保温壶里却没有水了。就又嚷着正在梳头的小女去烧水，小女噘了嘴，不肯去，他便开了柜子，取出一瓶酒来揣在怀里，出门要走。

“你又要哪里去？”老伴挡在门口。

“我到公社大院去。”韩玄子说。

“又去喝酒？”老伴将瓶子夺了过来，说，“大清早又喝什么酒？整天酒来酒去，挣的钱不够酒钱！人家王才，不见和公社的人熟，人家这几年什么都发了。咱倒好，说是全家几个挣钱的，不起来的不起来，喝酒的去喝酒，这个家还要不要？”

韩玄子说：“你要我怎样？你当是我心里畅快才喝酒呀！我为什么喝酒？我为什么一喝就醉？你倒拿我比王才，王才是什么东西？全公社里，谁看得起他！儿子、媳妇这么说，你也这么说，一家人就我不是人了？哼，我过的桥倒比你们走的路多呢，什么世事我看不透？当年退休顶替，你们劝我过几年再退，怎么着，现在还准顶替不？别看他王才现在闹腾了几个钱，你瞧着吧，他不会长久的！我不是共产党，可共产党的事我也已经得多了，是不会让他成了大气候的；他就是成了富农，地主，家有万贯，我眼里也看他不起哩！大大小小整天在家里提王才，和我赌气，那就赌吧，赌得这个家败了，破了，就让王才那些人抿了嘴巴用尻子笑话吧！"

老伴见老汉动怒了，当下也不敢再言语。白银也赶忙开门出来了。

这是一个丰腴的女子，新婚半载，使她的头发迅速变黑，肩膀加厚，胸部高高地耸起来了。最是那一头卷发，使她与这个镇子上的姑娘、媳妇们有了区别。那是结婚时在省城烫的，曾经招惹过不少非议。她虽然五天就洗一次头，闲着无事就拿手去拉直那卷发的曲度，现在仍还显出一层一层的波纹。她给婆婆笑笑，就夺过扫帚要扫，婆婆正在气头，说：

"谁稀罕你扫！披头散发的难看成什么样子？现在你看看，烫发多好，梳都梳不开了，像个鸡窝，恐怕要吃鸡蛋，手一摸，就能摸出一个呢！"

白银受娘一顿奚落，返回小房，让刚起床的二贝去倒尿盆，自个对着镜子梳起头来，然后就洗脸，搽油，端了瓷缸站在门口台阶上刷牙。

皮肤很黑，就衬得牙齿白，一晚一早还是刷不够；腊月天自然是很冷的，而她刷牙的时候依旧趿着那双拖鞋。韩玄子将堂屋窗子打开了，"砰"地又关上，他觉得扎眼。婆婆站在堂屋门口叫道：

"白银，嘴里是吃了屎吗？那么个打扫不清？什么时候了，还不收拾着快往白沟去！"

二

白沟是商字山后的一个坳，离镇子七里，离商字山顶上的商芝庙三里，是全公社最偏僻的地方。这镇子既然是名镇，坐落的风水也是极妙的。以镇子辐射开去的，是七个大队，七个自然村。东是林家河，马门湾；西是箭沟垭，西坡岭；北是夜村，堡子坪；南是白沟。东西北三面几乎全在河的北岸，村村有公路通达，唯这白沟地处山坳，交通很不方便。从镇子走去，穿河滩地，过了老堤，过新堤，河面上有一座木板桥。桥是五道支架，全用原木为桩，三十六斤重的石柱打砸下去，冬冬夏夏，水涨潮落，木桩没有能冲去。这条河一直流归汉江，据《商州方志》记载：嘉庆年间，汉江的船可以到达这里，镇子便是沿河最后一站码头。那时候，湖北、四川、河南的商船运上来食盐、棉花、火纸、瓷器、染料、煤油；秦岭的木耳、黄花、桐油、木炭、生漆往镇上集中，再运下去。镇街上便有八家客栈。韩玄子的祖先经营着唯一的挂面坊，有"韧、薄、光、煎、稀、汪、酸、辣、香"九大特点，名传远近。至今，韩玄子还记得，他小时候，仍见过家里有上挂面架的高条凳，一人多高，后来闹土匪，一把火烧了韩家的宅院，那凳子也没能保留下来。

或许由于日月运转，桑田变迁吧，这条河虽然还是"地间犹是一"者，但毕竟渐渐水变小了，而且越来越小，田地便蚕食般侵占了河滩。如今的老堤，谁也说不清筑于何年何代，即使那个新堤，也是韩玄子的父亲经手，方圆十几个村的人联名修的。当然喽，汉江的船就再不会上来。以致到了这些年，河水更小，天旱的时候，那木板桥并不用架，只支了一溜石头，人便跳着过去了，猫儿狗儿也能跳着过去。

过了河，就顺着商字山脚下一个沟道往里走，走五里，进入一个深坳，这就是白沟村。坳中有一个潭，常年往外流着水，沿潭的四边，东边低，西边高，于是住家多集中在西边，正应了"靠山吃山，靠水吃水"的俗语。这些人家就用石板铺了村道，一台一台拾级而上，那屋舍也便前墙石头，后墙石头，除了石头还是石头。地是没有半亩平的，又满是料浆石，五谷杂粮都长，可又都长不多。唯有那黑豆，随便在埝埝畔畔挖窝下种，都必有收获，然而产量也是低得可怜。白沟人就年年用豆油来镇上粜换麦子、苞谷。总而言之，是全公社最苦焦的大队。

二贝常常记得他们小时候的事。那时大贝领着他和叶子，三天两头到商字山上割草，拾柴，采商芝，挖野蒜，满山跑得累了，就到白沟村来讨水喝，或者钻到人家的黑豆地里，扯几把还嫩的豆稞子，在地头点火来烤，烟冒上来，呛得就要打喷嚏。于是被主人发觉。一阵呼喊叫骂，主人可以撵出沟来，甚至追至河边；他们就飞速跑过木板桥。拉掉一块板，放大胆地隔河向怒不可遏却又无可奈何的主人们扮鬼脸。

他们也认识了一个叫巩德胜的，是个没妻没子的驼背。这驼背是追不上他们的，他们便常常向他的黑豆地进攻。时间长了，这驼背再看见他们到商字山来，竟殷勤地招呼他们去家喝水，还拿了一碗炒豆儿让他们大吃大嚼。他们从此就不好意思去骚扰了，还时常将采得的商芝送给他们一捆二捆。直到五年前，这驼背看中镇上一位大他三岁的寡妇，就男进女门，做了人家的老女婿，还是和韩家有来有往。

土地承包的前二年，公社在这里办了个油坊，四乡八村的黑豆都集中到白沟，白沟人差不多家家都有卖油的，卖油饼的；手是油的，脸是油的，衣着鞋袜油串串，大凡一见面听打招呼："哎，油棰子！"就知道是白沟人来了！

土地承包以后，油坊也承包给了私人。王才的媳妇是白沟人，他便入了承包队，油腻得人不人、鬼不鬼的，很是让镇上人耻笑了许久。二贝就去找过他一次。

油坊是在村后一条小土沟里，沟里流一条水道子，沿沟畔凿七八孔土窑。二贝一进小土沟，就听见"咚！咚！咚！"的响声，闷得像打雷，雷却像是在高高的云层之上，也像是在深深的地心之中。他钻进一孔大窑，里边蒙沉沉的，一股热腾腾的、油腻腻的气味便往外喷，看得见深处是几盏灯，恍恍惚惚，犹如进了魔窟，那"咚！咚！"的响声就从里边传来。他摸摸索索往里走，脚下尽是软软的草，眼睛不能适应，蓦地看见了人影，竟是七八个汉子，一律光头、光身、光脚、光腿，只穿一条短裤，全抱着一个大夯——是一个屋的大梁，在空中吊了———声呐喊，退后去，极快地瞄准油槽上的大木桩，一个震耳欲聋的"咚"声便砸出来了！

他从未见过这样的场面，感到了野蛮和雄壮，感到了原始和力量，他喊一声"王才哥"，呛人的油的烟和汗的气味，就灌进了他的口鼻，他简直要窒息了。

王才却从旁边的一个拐窑里钻出来，他五短身材，更是剥得精光。他将二贝拉到拐窑去。原来他的分工是将磨碎的黑豆蒸成半熟，再用稻草包裹成一个一个的"豆包"。他满身满脸的油垢，只有眼睛小小的，聚光而黑明。

"你怎么干这个？"二贝说。

"我没力气嘛，包豆包你以为轻省吗？"王才说，"一天包四十个豆包，我就只挣得一元五角哩。"

二贝把王才拉出窑，告诉这小个子："你没力气，干这活吃不消，我是专门来告诉你要重寻门路的。"王才一脸哭相，说地分了，粮够吃了，可一家六口人，没有一个挣钱的，只出不入，他又没本事，只有这么干了。

二贝说："你是没力气，可你一肚子精明，这事只能你干，谁也干不了。咱商字山上产商芝，天下独一无二，每年春上，镇街上卖商芝的一篓挨一篓，你何不全收买了，蒸熟晒干，向城市销售？我已经对县上商业局干部谈了，他们直拍大腿叫好，建议用塑料袋包装，每包不要多，只装一把，你五角钱收一篓，一小包可以赚七角八角，不出一年，你就是先富起来的农民了！"

王才说："我的兄弟，这商芝是咱山里人的野菜，谁要这玩意儿？"

二贝说："你哪里知道，现在的城里人大鱼大肉吃腻了，就想吃一口山货土产的鲜，又都讲究营养，这商芝营养价值最高，听说能活血，健胃，滋精益神，要不秦时四皓隐居这里，长年不吃五谷，吃这东西倒活得很久。要经营，每袋附两份说明，一份讲清它的营养价值，一份说明食用方法。袋子上的名字我已经想好了，就叫'商字山四皓商芝'！"

王才当下也就热了，辞退了油坊工作，四处筹款，一等春季到来，大量收购商芝，二贝也忙着为他到县塑料厂订购袋子，又着手起草说明书内容。但是，韩玄子竟将二贝臭骂了一顿：

"你小子逞什么能？那王才是什么角色？他能办成了什么？现在政策变了，是龙的要上天，是虫的也要上天；看老牛屙屎，把小牛尻子撑破也不行！你一天尽跟了什么人闹腾？"

二贝说："爹不了解王才，那是不显山露水的人哩，只是没力气，他要干这些事，保准成功。现在土地承包了，各人管了各人，能人多得很。你要看重这些人，别一天到黑只和公社大院的来往。"

韩玄子倒不高兴，甚至是火了：

"亏你倒来教训我了？现在是不比了以前，可天还是天，地还是地，公社的领导还是领导！人家能看得起你爹，你爹能给个冷脸，不尿睬，活独人、死人吗？你知道什么叫社会？！"

二贝的行动受到了限制，王才自然搞不来塑料袋，也写不了说明书。人却是有志气的，一股气憋着，春天收了几麻袋商芝拿到省城去卖。结果，大折其本，可怜得坐在城墙根呜呜地哭。亏得他人勤眼活，在城里一家街道食品加工厂干了两个月临时工，回来就又闹腾着也办食品加工厂。当然，一张嘴对人只是叙说当临时工的"过五关斩六将"，至于折本之事，则绝口不提。

二贝没能为王才办成事，心里极愧，和爹也就闹起意见来。王才办起了食品加工厂，他在家里只字不说，一切顺爹的话儿转，暗地里却总在王才那里出主意，帮手脚。韩玄子也看得出来，对他和白银就烦了，终于为修补照壁的事，矛盾激化，导致一家分了两家。

事情过去也就过去了罢，可二贝万万没有想到，爹和他的认识越来越不统一。为了叶子的婚事，他又要经常到这白沟村来了。

叶子是他的大妹，二十出头，出脱得万般儿人才，高挑个，细腰身，长长的两条腿，眼睛极大，双层皮儿包着，一忽闪看人，两包清水似的。人长得俏，性情却全是娘的，说话细声慢气，走路轻手轻脚，三、六、九日集市，很少抛头露面，偶尔去一趟，别人一看她，她就不吭不哈，也不笑，小猫似的往回走。人都说，现在的女子疯张了，难得叶子这样温顺！因此，提亲说媒的特别多，又大多是这几年发了财的、富了家的专业户。叶子性子软，拿不准主意，要听爹的，韩玄子却是一概反对。

"爹是怎么啦？"二贝疑惑起来，"这家反对，那家反对，你要给叶子找什么样的人家呀？"

韩玄子只是一句话："什么人家都行，就是不能嫁那些专业户！"

这当儿，有人就提起白沟三娃。三娃家住潭水的东头，家里人口不兴，父辈弟兄仨，三家却只有他同一个哥哥。哥哥是地质工人，没想三年前一次施工事故中，不幸丧命。地质队将他照顾招了工。家里三间上屋、两间厦房的小院，从此门就锁了。韩玄子看中了这门亲，说这家好处有四。一是三娃吃商品粮。工作虽然艰苦，工资却高，其哥死于事故，当然可见其施工之危险，但天下地质人员百万，别人不死，偏偏死他，也是他阳寿到了的缘故。二是家有房有院，其父兄弟仨守这一个后根，可谓三海碗合盛了一小碗，家底必是丰厚的。当然，好儿不在家当，好女不在陪妆，但家资丰裕毕竟有益无害。三是其父母过世，上无老的要孝敬，下无小的要扶携，过门便是掌柜。这样，叶子不免身单力薄，屋内屋外之活无人指拨，却落得不生是作非，安然清静。四是离爹娘不远，叶子有甚作难事，他们可以照顾，他们往后年岁大了，叶子也能常来伺候。

二贝不同意爹的看法。先嫌三娃个头不高，又嫌家里太是孤单，再嫌白沟不是个地方，说来道去，样样都不如专业户的子弟好。韩玄子不听他的，让叶子自己定主意，叶子还是依了爹，二贝一肚子不悦意。

婚事订后，说要结婚，好日子订在腊月初八。因为三娃家没人料理，若在家办事，亲朋至友、街坊邻居必是要招待的。粗粗计算，就是三十多席，不说花销多少，谁来受这份劳累呢？于是就决定出外旅行结婚，这是极文明的事。出外回来，叶子就是白沟的人了，开始在家里请木匠，做家具，修屋顶，泥院墙，忙活起她的小家庭了。本来一场大事已经过去，但韩玄子却一定要在家再待一次客。二贝和爹又吵开了：

"事过又待客，那何必旅行结婚？花那钱给别人吃了喝了干啥？"

韩玄子说："咱就说是给叶子送路，只待本家本族的，外人除了相好的，不叫不行的，任何人也不请。不待怎么成呢？你爹是爱热闹的，不说有多少能耐，总还在人面前走动，别人会笑话咱待不起！人情世故就是这样嘛，待一次客，也是咱的体面。咱对好多人家也有过好处，他们也想趁机会谢呈咱呢。"

二贝说："爹说了这话，倒引起我一肚子意见！你是退休了的人，公社的事，他们要你参与，你本是不该去的，你按你的看法处理事，保不准会有差错，对一些人好了，这些人要来谢呈，可势必又要得罪一些人，对爹有了忌恨。咱若这么待客，肯定要来一些谢呈的，那影响不好呢。"

韩玄子说："谁忌恨了？我就是想待客，请谁不请谁，让那些人看哩！你和白银愿意也行，不愿意也行，这客我是要待的，给你妹子办事，你们都是这个样子？"

二贝就岔了爹的话，说爹说这话，会破坏他们兄妹的关系，爹既然决心下定，就依爹的来，花多少钱，他可以和大贝分着出，只是家里的事他以后什么也不管了。今早娘又让去白沟，爹又发了火，他和白银便只能听从，不敢多言多语，也不想多一言多一语。

<h1 style="text-align:center">三</h1>

韩玄子看着二贝和白银从门道里走出去，就长长出了一口气，说："唉，这镇子里多少家庭不和，都是我去调解的，到了咱自己，我倒束手无策了！"

老伴说："罢了，罢了，现在分房另住了，你睁一只眼，闭一只眼吧！咱还能活几天？眼一闭，这一切还不都是人家的。"

韩玄子说："分是分了，外人倒有说我太过分了。我也是不愿意分的，我是让他们分出去后试试艰难，若回心转意，顺听顺说，咱就再合起来。可你瞧瞧，人家倒越发信马由缰了！"

韩玄子愁云上了脸，闷坐了一会儿，就翻出那本《商州方志》来。书已经发黄，破烂不堪，他是用布夹儿重换了封面，平日压在炕席底下，常常要拿出来看的。今天又看了一段商字山四皓的传说，寻思：在那秦乱之期，这四个老汉在此又是怎么个愁法呢！呆呆做了一阵痴，就站在院子里看花台上的花。冬天的花全冻死了，唯有水流纹的石子踏道两边是两株夹竹桃，还长得翠绿绿的。就又往鸡棚前蹲了一会儿，便又坐回屋里去生炭火。

老伴知道这是老汉最百无聊赖的时候，就不再插言插语。自己从柜子里往外舀稻子，舀一升，倒在筐笼里，舀一升，倒在筐笸里；她是过日子细法惯了的人，一升就是一升，不及亦不过，末了问道："舀了四斗，你看够吗？"

"你看着办吧。"

"我看着办？"老伴说，"我知道你准备待几席客？"

韩玄子说："我也说不清，还没计算呢；多舀一斗吧。"

老伴就又舀出十升来，却见老汉披了那件羊皮大袄顺门出去了。

"你又要到哪儿去？"

韩玄子并没有回答，脚步声从院门口响到照壁后，听不见了。老伴叹了一口气，停下手中的升子，过来将刚刚生起的炭火拨开来，唾几口唾沫，让它灭了，嘟囔道："没了魂似的，又往哪里去了呢？"

韩玄子是去找巩德胜的。这驼背从白沟进了镇街寡妇的门，夜夜有暖脚的，得了许多人生好处，也吃了好多光棍不吃的苦头：那寡妇是泼人，一张嘴骂街，舌头如刀子一般，凡事大小，只能我亏人，不能人亏我，好强要胜，偏偏争不了一口气——不会生儿。三个女子三个客娃，四十岁上抱养了一个男的，长到五岁，还不会说话，只以为说话迟点，到了十六七岁，还不开口说话，才相信果然是个哑巴。如今两个女儿都出嫁了，哑巴儿子又百事不中，日子过得紧紧巴巴。就来给韩玄子说好听的，央求能帮他办个营业执照，他要办杂货店。韩玄子去公社说了一回，从此驼背就成了杂货店主，仅仅两年工夫，手头也慢慢滋润起来，人模狗样的再不是当年的"油棰子"相了。韩玄子半年以来，酒量增大，少不得心中有事，就在那里喝开了。

今早的雾不比往常，太阳已经冒花了，还没有散尽。韩玄子站在塬头上，镇子街口依然还是看不分明。这镇子真是好风水，河水从秦岭的深外七拐八弯地下来，到了西梢岭，突然就闪出一大片地面来，真可谓"柳暗花明"！河水沿南山根弓弓地往下流，流过五里，马鞍岭迎头一拦，又向北流，流出一里地，绕马鞍岭山嘴再折东南而去，这里便是一个偌大的盆地了，西边高，东边低，中间的盆底就是整个镇街。韩玄子对镇街的二千三百口人家，了如指掌；知道谁家的狗咬人，谁家的狗见人不咬。

他披着羊皮大袄从竹丛边小路往下走，下了漫坡，到了大片河滩地，再往西走，就是镇街了。他家的二亩六分地全在河滩，初冬播下麦后，他和二贝来灌过一次水，好长时间没来了。现在顺脚拐到自家地边，见麦子长得还高，只是黄瘦瘦的。有几家人开始担着锅灰、炕土，在地里施浮肥，老远看见他了，就都笑笑的，说："韩先生，起得早啊！"

他吭了一声，看着那些人乌烟瘴气地撒灰，说："施得那么厚，不怕麦子将来倒伏吗？"

这是一个光头汉子，冬冬夏夏，胸口的衣扣不系，其实并没有衣扣，那么一抿，用一根牛皮裤带紧了。老年人腰里紧一条粗布腰带，青年人绝对觉得难看；他却离不开腰带，腰带又必是牛皮裤带，是个老小之间的过渡人，说："我不能和你老比呀，你老能买下化肥。别看你家的麦子黄黄的，开春撒了化肥，就手提一般地疯长！我家没有牛，踏不出粪，种时甜甜种的，再不上些炕土，真要长出蝇子头大的穗穗了！"

光头的话，多少使韩玄子心中有了些安慰。土地承包后，村子里的牛全卖给了私人。但现在的人，脑袋都是空的，做农民，也做生意，是卖主，也是买主，有买有卖，翻手为云，覆手为雨，这牛几经倒手，就全卖给了山外平原上的人，抓了现钱了。这样，地里没有可施的肥，化肥就成了稀罕物。韩玄子为此也发过牢骚，认定这几年，粮食丰产，那是人出了最大的力，地也出最大的力，若长期以往，地土都板结起来，还会再丰收吗？

退一步又想：罢了，罢了，咱不是政府，又不能制定政策，天下如此，我也如此了！可幸的是，每年公社拨化肥指标，别人买不到，他能买到，至今炕角还堆有两袋化肥，当他提着化肥在田里撒的时候，让那些人眼红去吧！

"唉，"他却偏要叹息，"能收多少麦呀，化肥钱一年就得几十元呢！"

光头撇撇厚嘴，低声说："你愁什么呀，又有钱，又能买到化肥！"说着，丢下担笼，过来搓着手，从棉袄怀里掏出一包烟来，递给韩玄子一支，"等过了年，你老能不能替我买几袋呢？"

韩玄子望着那一颗青光脑袋，心里说：要我办事，就拿出一支烟来；买几袋化肥，就值这一支烟吗？

"那费了我什么了，我不是也常托你帮忙吗？我说狗剩，你就这几亩地，炕土上得这么厚厚一层，还用得着化肥呀！"

光头狗剩却说："你还不知道呢，我现在是六亩地哩。王才家忙着搞他的加工厂，他家的三亩多地转让我种了。"

王才，又是王才，韩玄子一听到这个名字，心里就窜上一股气来。他问道："你说什么？他转让地了？这事经谁允许的？他这么大本事，敢随便出租土地，他这是剥削你，雇你的长工！"

狗剩见韩玄子变脸失色起来，当下心里怦怦作响，忙四周斜眼看看，没有外人，便将火柴擦着，为老汉点着烟，说："你老快不要声张，这是我两家协商的。王才家先是要卖商芝，不成了，还买了压面机要压面，现在只是一心张罗他的食品加工，买了好多机器，院里搭了作坊，能做点心、酥饼，还有豆角砂糖，吃起来倒比县食品加工厂的油重，又酥得直掉渣渣。小商小贩都来买他的货哩。他现在一家大小八口，还有两个女婿，正招收人入股，开春想大干哩！这地当然腾不出手脚来种，咱是粗脚笨手的人，做生意没有脚蟹，只会刨扒这土疙瘩。我们商定三亩多地一年两季给他家二担粮，这也是周瑜打黄盖，他愿意打，我愿意挨。"

韩玄子叫道："胡来，胡来！谁给他的政策？他要转你，你就敢接？"

狗剩说："当初我也不敢，王才说，河南早就这么干了，恐怕很快上边也要有条文下来。我也想，现在的政策也是边行边改，真说不定会这样。再说，现在是能人干事的社会，谁能干，国家都支持，咱只会种庄稼，仅仅那三亩地，咱就能发了？韩先生，韩伯，这事你千万不要对公社的人讲啊！"

韩玄子支吾了一句，从麦地边走过去了。

地的中间，本来是有一条宽宽的路，可以过马车，一头通到镇街上，一头通到马鞍岭下，可以直下河南、湖北。早年路畔有一庙，是汉代建造，庙里的四个泥胎就是四皓，"文化大革命"中倒坍了。随之不久，公路在塬上修通，这条路就荒芜起来。韩玄子每每走到这里，就要对着四皓庙倒坍后的一堆石条大发感慨。好久未到这里来了，今见种地人都在扩大自己土地的面积，将路蚕食得弯弯扭扭。韩玄子一面走，一面骂着"造孽！"

"唉唉，人心都瞎了，瞎了，没人修路了！"

对于土地承包耕种的政策，韩玄子是直道英明的；他不是那种大锅饭的既得利益者。那些年里，他在外教书，老伴常年有病，四个孩子正是能吃而不能干，家里总是闹粮荒，每月的工资几乎全贴在嘴上了。而今分地到家，虽然耕种不好，但够吃够喝，还有剩余，挣得的钱就有一个落一个，全可用在家庭文明建设上了。他是信服一句老话的：天下最劳力者，是农民；农民对于国家，是水，国家对于农民，是船；水可以浮船，水亦可以覆船。如果那种大锅饭再继续下去，国穷民贫，天下将会大乱，恐怕是不可避免的。

但是，新政策的颁发，却使他愈来愈看不惯许多人、许多事。当土地承包的时候，生产队曾经开了五个通宵会，会会都炸锅。因为无论怎样，土地的质量难以平等，谁分到好地，谁分到坏地，各人只看见自己碗里的肉少。结果，平均主义一时兴起，抓纸蛋儿十分盛行，于是平平整整的大块面积，硬是划为一条一溜，界石就像西瓜一样出现了一地。地畔的柳树、白杨、苦楝木，也都标了价，一律将钱数用红漆写在树上，凭纸蛋儿抓定。原则上这些树不长成材，不能砍伐，可偏偏有人就砍了，伐了，大的做梁做柱，小的搭棚苦圈。水渠无人管理，石堰被人扒去做了房基。这些乱七八糟的现象，韩玄子看不上眼，心里便估摸不清农村的前途将会如何发展。他毕竟是有文墨的人，每一天的报纸都仔细研究。政府的政策似乎并没有改变，他便想：承包土地一定是国家的权宜之计。可这想法时不时又被自己否定了。最又是那些轻狂的人，碗里饭稠了，腰里有了几个钱就得意忘形。他不止一次警告着那些人："大凡人事、国事、天下事，都是合久必分，分久必合啊！"后边的话，他不说出口，其实他也不知道该怎么说了对，只是自己想想；自己给自己想的，何必说出来呢。

如今，王才竟又转让起了土地，使他本来就被家事、村事搅得乱乱的心绪越发混乱了。

王才，那算是个什么角色呢？韩玄子一向是不把他放在眼里，但是，王才的影响越来越大，几乎成了这个镇上的头号新闻人物！人人都在提说他，又几乎时时在威胁着、抗争着他韩家的影响，他就心里愤愤不平。

他还在县中教书的时候，王才是他的学生，又瘦又小，家里守一个瞎眼老娘，日子恓惶得是什么模样？冬天里，穿不上袜子——麻秆子细腿，垢甲多厚，又尿床，一条被子总是晒在学校的后墙头上。什么时候能体面地走到人前来呢？

初中二年级，王才的姐姐要出嫁，家里要的财物很重，甚至向男方要求为瞎眼娘买一口寿棺。这事传到学校，好不让人耻笑，结果王才就抬不起头，秋天里偷偷卷了被子回家，再也不来上学了。

当了农民，王才个子还是不长。犁地，他不会，撒种，他不会，工分就一直是六分。直到瞎眼娘下世、新媳妇过门，他依旧是什么都没有。

就这么个不如人的人，土地承包以后，竟然爆发了！

"哼，什么人也要富起来了！"韩玄子一边往镇街上走，一边心里不服气。远远看见河边的水磨坊里，一人半高的大水轮在那里转着，他知道王才一家还在那里磨麦子，就恨恨地唾了一口：我不如你吗？就算你有钱，有粮，可你活的什么人呢；我姓韩的，一家八口，两个在省城挣钱，两个在本地挣钱，我虽不在公社大院，这镇子上谁不晓得我呢，我倒怵火了你？！

走进镇街，一街两行的人家都在忙碌。街道是很低的，两边人家的房基却高，砖砌的台阶儿，一律墨染的开面板门。街面上的人得天独厚，全是兼农兼商，两栖手脚。房间十分拥挤，满是门和窗子，他们虽不及上海人的善于拥挤，但一切都习惯于向高空发展：家家有大立柜；木房改作二层砖楼，下开饭店、旅店、豆腐坊、粉条坊，上住小居老，一道铁丝在窗沿拴了，被子毯子也晾，裤衩尿布也挂。正是腊月天里，"腊八"已过，家家开张营业，或是筹备年货。有的将一切家什搬上街道，登高趴低地扫尘刷墙；有的在烟腾雾罩地做豆腐，酿米酒；更多的是一群一伙地在逛街。那些专业户、个体户的子弟已经戴上了手表，穿上了筒裤，三个人、四个人，一排儿横着在街上走，一见韩玄子，哗地就散开，钻进什么人家的店里去了。几家正在修理房子，木工一群，泥瓦工一群，乱糟糟的不可开交。他们见了韩玄子，却全停下手中的活，笑着打招呼。韩玄子走过去，站在修理房子的一家门前，对着山墙头脚手架上的一个人说："哈，真要过年了，收拾房子呀！"

"啊，是韩先生呀！给先生散烟呀！"脚手架上的人喜欢地叫着，就跳下来，"房子也旧了，不收拾不行了，我想再盖出一间，办代销店呀！"

"让巩德胜的生意惹红眼了？"韩玄子笑着说。

"能寻几个钱是几个钱吧，地里活一完，就没事干了嘛。韩先生，我啥时要去找你呢，眼看房子修好了，营业证还没办哩。"

韩玄子知道他要说什么事了，便叫道："都在办店了，天神，有多少人来买呢？真不得了，公社王书记给我说，现在要办营业证的人家多得排队哩……"

"是难办。"那人说，"咱不认识人，怕还办不成哩，这全要靠你老了。"

"好说。我可以给王书记说说，看行不行。"

韩玄子想立即走掉，那人却还死死拉住他，说：

"只要你一句话，还能不行吗？先生是什么人，谁不知道呢！哎，听说咱女子出嫁了，你怎么不声不吭的，把我也当了外人了？"

韩玄子说："现在讲究旅行结婚嘛，娃的事腊月初八就办了。"

那人说："旅行是旅行，可咱这里有这里的风俗嘛，总要给娃送个'路'吧！日子定在几时？"

"算了，不惊动镇上人了。"

那人说："那怎么行？你不说，我会打听出来的。"

韩玄子只是笑着不言语，要走，又走不脱，就听见有人锐声叫道："他韩伯，怎么不来屋里坐呀！"

众人扭过头去，见是巩德胜的老婆。这是个枣核女人，头小脚小，腰却粗得如桶。想必是清早掏了一篮胡箩卜去河里洗了，才回到街上。一只手提着篮子，一只手伸在衣襟下取暖，看见了韩玄子，就大声吆喝。这吆喝声小半是叫韩玄子听，多半是让一街两行的人家听的。

"这枣核精！"那人低声骂一句，对韩玄子说，"进屋歇会儿吧，屋里有炭火哩。"

韩玄子说："不啦，我去买些酒去。"

说罢就走，还听见那人在后边说："先生，那事就托付你老了！"

巩德胜的杂货店台阶最高。三间房里,一间盘了柜台,里边安了三个大货架,摆着各式各样百货杂物,两间打通,依立柱垒了界墙,里面是住处,外边安放方桌。桌是两张漆染的旧桌,凳是八条宽板儿条凳,是供吃酒人坐的。巩德胜背是驼的,衣服只能做得前边短,后边长。鼻子很大,又总是红的。一辈子的风火眼,去年手中有了积蓄,才去县医院就诊,良药没有,便配了一副眼镜戴上。

一见韩玄子上了台阶,巩德胜就从柜台里走出来,说:"四天了,不见你来,我估摸你那酒也该喝完了,不是晌午就是晚上该来了,没想大清早的……"

招呼坐了,取了纸烟递过,就对老婆说:"切一盘猪耳朵,我和他韩伯喝几盅!"

枣核女人就刀随案响,三下两下切了一盘酱好的猪耳朵,又拿了酒壶到瓮子上,用酒勺子一下一下慢慢地倒。

韩玄子说:"甭喝了吧,要喝我来买,你们做生意的,哪能招得住这样。"

枣核女人把勺子慢慢端上来,却并不端平,手那么一动,让酒洒出了几滴,说:"计较别人,还计较你呀!"

韩玄子笑了笑,心里说:人真不敢做了生意,把钱看得金贵了!瞧,让我来喝,还一勺子一勺子计算,又端不平,使奸哩,哼,那瓮里的酒能不掺了水吗?酒端上来,拿缸子里的热水烫了,韩玄子喝了一口,就尝出里边果然是掺了大量的水。问道:"这几天生意还好？"

"凑合。"巩德胜说，"小打小闹，总算手头不紧张了，这还不是全托了你的福吗？"

酒喝过了两壶，两人都晕晕乎乎起来，巩德胜问起韩玄子家里的事来，韩玄子一肚子的闷气就随酒扩散到全身毛细血管，脸色顿时紫红，一宗一宗数说起白银的不是——从她的发型，到她的一件西式春秋衫以及脚上的拖鞋——越说越气。巩德胜每一句话都是投韩玄子之所好，韩玄子便认作知己，脱了羊皮大袄，说："兄弟，这话哥窝在肚里，对别人说不起啊，咱是什么人家，怎么就出了这种东西！世道变得快呀，变得不中眼啊！现在你看看，谁能管了谁？老子管不了儿女，队长管不了社员；地一到户，经济独立，各自为政，公社那么一个大院里，书记干部六七人，也只是能抓个计划生育呀！"

巩德胜说："现在自由是自由，可该受尊敬的，还是受尊敬，公社大院里的干部，说到底还是咱的领导。你老哥英武一辈子，现在哪家有红白喜事，还不是请了你坐上席？正人毕竟是正人；什么社会，什么世道，是龙的还是在天上，是虫的还得在地上！"

这话又投在韩玄子的心上，他就说道："这倒是名言正理！就说王才那小个子吧，别瞧他现在武武张张，他把他前几年的辛酸忘记了，哪活得像个人？"

巩德胜压低了声音说："老哥，你知道吗？听说小个子手里有这么些票子哩！"

他伸出手来,一正一反晃了晃,继续说道:"他怎么就能弄到这么多,他不日鬼能成?不偷税漏税能成?政府的政策是让一部分人先富起来,可能让他富得毛眼里都流油吗?"

韩玄子耳脸已经发烫,可还去摸酒壶,酒却洒在桌子上,巩德胜忙俯下身子,凑了嘴在桌上吮干了。韩玄子正要接他的话,见此状便噗地笑了:"你这人真会过日子,这酒里掺了水,滴几点还心疼呀!"

一句酒后的笑话,却使巩德胜脸色赤红,说:"这酒哪里会掺了水,咱是什么人,干那缺德的事?!"忙借故取烟来抽。

韩玄子倒嘎地又笑了,说:"我怕是醉了。再喝一壶吧,这壶我掏钱。"

巩德胜竟充起大方来,又唤枣核女人倒酒,说:"老哥,这个店说是我办的,也可以说是你办的,你来了我心里高兴!常言说:酒席好摆客难请。打个比方,那个小个子听说家里有汾酒,菜或许比我的丰盛,可七碟子八盘子摆三桌五桌,怕还请不到你呢。来,咱俩划几拳热闹热闹!"

吆三喝五划过几拳后,韩玄子却拳拳皆赢,巩德胜眼睛都直起来了。枣核女人一直在旁观战,心里不是疼着老汉,只是可惜那酒,就喊后院的哑巴儿子进来替爹喝。那哑巴趔趔趄趄进来,歪眉斜眼立在一旁,夺了巩德胜手中的酒盅就喝,巩德胜一把推过,吼道:"滚!我哪儿就能醉了?我和你韩伯正喝到兴头,再喝十壶八壶也喝不醉。老哥,我现在能喝了这几两酒,也全是承蒙你提携。你看，就咱这点小利，这街坊四邻倒都眼红了，街那边姓刘的，人家也要办杂货店了，也要卖酒啦！那是一辈子不走正路的人，随着那小个子王才跑，这号人，能领到营业证？"

韩玄子说："这说不来，你能领，人家恐怕也能领。"

"那就把咱这老实人整治了！"巩德胜说，"兄弟这店能不能办下去，还得你老哥照顾哩！"

韩玄子喝得头有些沉，心里却极清楚，偏是口里不说：只要我去公社谈谈，他姓刘的就甭想领营业证了！而只是笑着。

"我是那号人吗？要是看不上你，我也不会喝你的酒。我现在只给你说，正月十五，我给叶子'送路'，谁我也不招呼，到时候你来吧。"

巩德胜说："我怎么能不去呢？你的女子就是我的女子嘛。东西备得怎么样了？"

韩玄子说："什么都好了，你给我留上十几瓶好酒，我今日先带五瓶。"

钱从口袋掏出来，硬铮铮的，放在桌子上。巩德胜却放着大话说不急，韩玄子就又说："不是向你兄弟夸口，一家四个人挣钱哩，你要少收一分，这酒我也就不提了。"

这当儿，韩玄子的小女儿跑进店来，一见爹喝得眼睛红红的，就说："你又是喝，喝，那马尿有什么可喝的！"

韩玄子对儿女要求极严，唯独十分疼爱这小女儿；小女儿在任何场合说他，他也不怪，当下笑着说："瞧我这小女子！家里有啥事吗？"

小女儿说："王才哥在家等你半天了。"

杂货店里一切都安静了。巩德胜紧张地看着韩玄子的脸，以为他要发怒了。韩玄子没有言语，只是喝酒，喝得又急又猛，捏起了空盅子举起来，却轻轻放下了，说："他找我，找我干啥？"

四

王才已经到韩玄子家很长时间了。

他是在水磨坊里，磨完第二担麦子后就赶来的。自从扩大食品加工生产以来，他几乎没有一天安闲过，饭不能按时吃，觉不能踏实睡，人本来又瘦又小，就越发地瘦小了。出奇的是那一双眼睛，漆点一般，三天三夜不沾枕头，竟无一丝一缕发红的颜色。而且逢人就眯，一眯就笑纹丛生，似乎那眼睛不是长着看人的，专是供人来看的。有人看过他的相，说：此乃吉人天相也。

当然，他的自我感觉还是良好的。他很感激这么些年，七倒腾，八折腾，终算认识了自己，发现了自己。自己要走一条适合于这秦岭山地，适合于这"冬晨雾盖"的镇子，适合于自己的路子。他在省城当临时工那会儿，见过那一人多高的烘烤机，可以直接烤出点心、面包，但价钱太贵了，五万多元，他一时还拿不出来，只有能力先做些酥糖之类。一切东西准备好后，便将四间上屋腾出两间，又在西院墙下搭了一个三间面积的草棚，这就是全部的作坊了。生产的豆角砂糖、饺子酥、棒棒酥糖，其实是很简单的，先和面，后捏包，下油锅，粘砂糖，这些操作，乡下的任何女子都做得来，关键只是配料了：多少面料，配多少大油和多少白糖。这技术王才掌握，而且越来越精通，甚至连称也不用，拿手摸摸软硬，拿眼看看颜色，那火候就八九不离十了。一家人这么干起来，从夏季到秋里，月月可盈利二百多元。人心是无底的，吃了五谷想六味，上了一台阶，想上两台阶。王才日夜谋算的是买到一台烘烤机，他便要扩大作坊，补充兵马，增加品种，放开手脚要大干了。

他计算过，如果招收四十人，按一般的情况，平均每人每月可拿到工资四十一元。这个数字虽然并不大，但对于农民来说，尤其在麦秋二茬庄稼种收碾打之后，闲着无事，这四十元仍是一个馋人的数字。王才估摸，只要一放出这个风去，要来的人定会拥破门框。那时候，要谁，不要谁，他就是厂长，是经理，是人事科长，说不定也会像国家招收工人一样，有人要来走后门了。他当然心中有数，谁个可以要，谁个不可以要，他不想招收那些脑袋机灵、问题又多的人。这些人，他们有的是粮，有的是钱。他要招收那些老实巴交的人，这些人除了做庄稼，别无他长；而这些人在农村是大量的。招收他们，一来可以使其手头不再紧巴，二来他们会拼着命干活的。

可是，出乎王才意料的是，招收的消息一传开，人人都在议论，来找他入股做工的却寥寥无几！他百思不解这是什么缘故。让儿女出外打听了，原来，有的人担心这加工厂能不能搞长，更多的人则是怀疑起他的做法了：

"王才这不是要当资本家了吗？"

"国家允许他这样发财吗？"

"韩玄子家的人肯去吗？"

听到这些疑问，王才的心里也着实捏了一把汗，他是没根没基的一个人，县上没有靠山，公社没有熟人，凭的只是自己的一颗脑袋和自己的一双手。是不是会发生什么危险呢？他开始留神起报纸上的文章，每一篇报道翻来覆去地读。他心里踏实了。

村里人没几个入股，他就找他的亲戚。当各种酥糖生产出来，远近十多里内的小贩都来购买，村里的人没有一个不在说：吓，吃死胆大的，饿死胆小的。

到了腊月，正是冬闲时期，能跑动做生意的人都黑白不沾家了，无事可做的却老觉得天长日久。王才就动手扩大了作坊，还想多招人手，因为年关将近，正是酥糖大量销售时机，人若误时，时不再来啊！

今天早上，他在水磨上磨麦，磨坊里挤满了人，都在议论着公房的事。原来，紧挨王才家，早先是生产队的四间公房，土地承包之后，这房子就一直空闲。现在传闻说，队干部研究决定，要将这房子卖掉，然后把钱分给社员。公房前面就是大场，大场外便是直通镇街的大道。队干部初步商定，谁若买了房子，又不想在原地居住，可以允许拆迁，然后在后塬上公路边为其重丈量四间房基，而将原房基作为耕地对换。四间房估价一千三百元。

这是宗很便宜的事，好多人家都跃跃欲试，但是钱必须一手交清，谁家又能一下子拿得出呢？

王才得了这消息，心下便想：这公房正挨着我家，买过来扩大作坊，明年买置烘烤机不就有地方安装了吗？但他担心的事情很多：别人要买怎么办？一家买不起几家联合买怎么办？数来数去，能一下子掏出这么多钱的，怕只有韩玄子家了。韩玄子家房子多，也许不会买，但必须先探探他的口气，何况他是镇上的头面人物，生产队长还是他的侄儿呢。

王才没等第二担麦子磨完，就顶着一头面粉，匆匆到了韩玄子家。一进门，见二贝娘正在照壁前拾掇跌落下来的碎瓦片，便眼睛又眯眯地笑起来了，说："婶子真是勤快，这么大年纪了，儿女媳妇都挣钱，还用得着你这般忙活呀！"

二贝娘见是王才，先是一愣，接着就噗地笑了，说："你是从面瓮里才出来的？人不人，鬼不鬼的！"边说边解下腰中的围裙，哗哩叭啦地帮他拍打了，接着说："我有什么福可享！我们家里挣钱，月月国家给了定数的，四个人哪能顶住你一个人！真要有钱，也不至于让照壁破成这样，没有白灰嘛！"

王才说："那你怎么不吭一声，我那儿有白灰。韩伯不在吗？"

"一早出去了。"

"那我现在给你背白灰去！"

二贝娘忙拉住了，说："急啥，急啥，真要有灰，让二贝回来去取就是了，还能再让你跑！找你韩伯有什么事吗？你可是无事不登门哟！"

"没什么事，和我伯来坐坐。"

王才被让坐在上屋，二贝娘又架起了炭火，要去拿烟，王才说带着，自个先抽起来。他是没有特别的嗜好的，酒不喝，茶不喝，认定那是有闲的人享受的，他陪不起工夫。烟也并不上瘾，只是出门跑外，人情应酬，男子汉不抽一支两支，一双手便不好安排。二贝娘问起食品加工厂一天能赚多少钱，信用社里已经存了多少？王才自然全打哈哈，二贝娘就说一通：越有越吝，越吝越有；我又不向你借，何必恐慌。两个人就都笑了。

王才说："婶子说的！世上什么都好办，就是钱难挣；你也想想，你们家四个人挣钱，能落几个呢？"

二贝娘说："能落几个？空空我家比不得你家呀，你韩伯好客，三朋四友多，哪一天家里不来人，来人哪一个不喝不吃，好东好西的全是让外人吃了！"

这一点，正是王才可望而不可即的。他是多么盼望天天有人到他家去，尤其是那些出人头地的角色。当下心里酸酸的，口上说："韩伯威望高啊，咱这镇上，像韩伯这号人能有几个呢！我常对外人说，古有四皓，今有韩伯。你们这一家是了不得的人物，出了记者，出了教师，大女子嫁的又是工人，小女又上学，将来少不得又是国家的人，书香门第啊！哪像我们家，大小识不了几个字，就是能挣得吃喝，也吃喝得不香不甜呢。"

正说得热闹，韩玄子回来了。王才从椅子上跳起来问候，双双坐在火盆旁边了。韩玄子喊老伴："怎么没把烟拿出来！"王才忙掏出怀中的烟给韩玄子递上，韩玄子看时，竟是省内最好的"金丝猴"牌，心里叫道：这小个子果然有钱，能抽五角三分的烟了。老伴从柜子里取出烟来，却是二角九分的"大雁塔"牌，韩玄子便说："那烟怎么拿得出手，咱那'牡丹'烟呢？"

"什么'牡丹'烟？"老伴不识字，其实家里并没有这种高级香烟。

"没有了？"韩玄子说，就喊小女儿，"去，合作社买几包去，你王才哥轻易也不到咱家来的。"顺手掏出一张"大团结"，让小女飞也似的跑合作社去了。

王才明白韩玄子这是在给自己拿排场，但心里倒滋生一种受宠的味道：韩玄子对谁会如此大方呢？韩玄子却劈头问道："你找我有什么事吗？"

"没甚大事。"王才说，"你老年纪大，见识广，虽说退休在家，不是社长队长的，可你老德高望重，我们这些猴猴子，办些事还少不得要请教你呢。不知是不是实，我逮到风声，说是队上的那四间公房要处理？"

韩玄子心里一惊：这消息他怎么知道？处理公房一事，是前三天他和队长商量的，也征得大队、公社同意，但如何处理，方案还没有最后确定，这王才却一切都知道了！

"你听谁说的？"韩玄子做出刚刚知道这事的样子，倒问起了王才。

"水磨坊里的人都在说了。"

"都怎么说的？"韩玄子并不接王才的话，他已经明白王才到他家来的目的了。

王才说："说什么话的都有。有的说这房早该处理，要是再不住人，过几年就要塌了。有的说就是价钱太高，谁一下子能拿一千三百元？依我看，最有能力来买这房的，怕还是你老了。"

没想王才竟又来了这一下，韩玄子看着那个小鼻小眼的小脑袋，心里骂道：好个厉害角角，自己想买，偏不露头，来探我的口气哩！便说："要说买嘛，我确实也想买。可这怕不是我想买就能买的事。房子是集体的，全队人人有份。我想，想买的人一定不少，该谁买，不该谁买，这话谁也不敢说死，到时候得开社员会，像咱分地分树那样，要抓纸蛋儿了，你说呢？"

王才说："你老这话是对的。可我思想，咱这村上，还没有无房的人家，若买了，一家人就得分两处住。要买了拆了重新盖，这房是半薪旧的，新盖时木料已定，扩大也不行，想小也不能，一颠一倒，还得贴二千元吧，这就是说，一千三百元买了个房基，这样一来，怕又使好多人不敢上手了。抓纸蛋儿，是最公平的。我来讨讨你老的主意，纸蛋儿要是被我抓了，我就把我原来的院墙搬倒，两处合一个院子，你看使得使不得？"

韩玄子在巩德胜店中喝的酒，这阵完全清醒了。听了王才的话，他哈哈笑起来，直笑得王才丈二和尚摸不着头脑，末了，戛然而止，叫道："如果你能抓上，那当然好呀！你不是要扩大你的工厂吗，这是再好不过的事，这就看你的手气了！"

说到这里，韩玄子压低了声音，似乎是极关心的样子问道："王才，伯有一件事要问你，我怎么在公社听到风声，说你把土地转租给别人了，可有这事？"

王才正在心里捉摸韩玄子关于房子的话，冷不丁听到转地的事，当下脸唰地红了，说道："公社里有风声？韩伯，公社里是怎么说的？"

"喝茶，喝茶。"韩玄子却殷勤地执壶倒茶。他喝茶一贯是半缸茶叶半缸水的，黑红的水汁儿，王才喝一口就涩苦得难咽，韩玄子却喝得有滋有味："要是别人，我才懒得管这些事哩，现在是农村自由了，可国家有政策，法院有刑法，犯哪一条关咱什么屁事！可活该咱是一个村的，你又是我眼看着长大的，我能不管吗？你给伯实说，到底是怎么一回事？"

王才就把转让三亩地给光头狗剩的事前前后后说了一遍。他现在，并没有了刚才来时的得意和讨问公房时的精明，口口声声央求韩玄子，问这是不是犯了律条。

"你真是胆大呀！"韩玄子说，"你想想，地这么一让，这成了什么性质了？国家把土地分给个人，这政策多好，你王才不是全托了这政策的福吗？你怎么就敢把地转租给他人？王才呀，人心要有底，不能蛇有口，就要吞了象啊！"

王才说："好韩伯，我也是年轻人经的事少，我听说河南那边有这样的先例，一想到自己人手不够，狗剩又不会干别的，就转让给他了。你说，我现在该怎么办？"

"那就看你了。"韩玄子说。

"我听你的，韩伯。"王才说，"那地我不转让狗剩了，公社那里，还要你老说说话，让一场事就了了。"

韩玄子说："我算什么人物，人家公社的人会听我的？"

王才说："你老伸个指头也比我腰粗的，这事你一定在心，替我消了这场灾祸。"

小女儿去买"牡丹"烟，一去竟再没回来。二贝和白银却进了门，在院子里听见上屋有说话声，便钻进厨房来，问娘说："公社大院的那些食客又来了吗？"

娘说："胡说些什么？人家谁稀罕吃一口饭！怎么这般快就回来了？"

白银说："叶子请了许多帮工的，哪儿用得着我们呀！"

娘已经在锅里烙好一张大饼，二贝伸手就拧下一大片，塞在口里吃，白银不是亲生的，又分房另住，没有勇气去吃。娘嗔怒地说："你那老虎嘴，一个饼经得起两下拧吗？把你分出去了，顿顿都在我这儿打主意，剩下你们的；两口子吃顿好的，门倒关得严严的在炕上吃！"

白银已经进了她的厦子房，说是脚疼，又换了那双拖鞋。二贝一边吃着，一边冲着娘笑，说："谁叫我是你的儿呢？天下老，爱的小，你就疼你小儿子嘛！"

说罢拿了饼走进厦房，再出来，手里却是空的，在上屋窗下听了一会儿，又走进厨房来。娘就说："看看，我说拧那么大一片，原来又牵挂媳妇了，真不要脸！"

二贝说："屋里不是公社人，是王才？"

"嗯，"娘说，"来了老半天了。"

"找我爹说什么了？"

"谁知道，我逮了几句，是你爹训斥王才不该转让土地，说这事是犯法的。"

二贝就说："我爹也真是多管事，咱不是队长，不是社长，咱退休在家多清闲，偏管这管那，好了不说，不好了得罪人，街坊四邻的，以后怎么相处呀！"

娘说："你快闭了你那臭嘴！你爹在这镇上，谁个看不起，只有你两口弹嫌，好像你们倒比你爹有能耐了！"

二贝说："别看我爹，他对付农村的事真还不如我哩，他是凭他的一把子年纪，说这说那，又都是过时话，哪能适应形势？我们不好说他，一说就拿老人身份压人，你也不劝说劝说他。"

娘说："我劝说什么？这个家里，我什么时候当过掌柜的，什么时候说话大的小的听过？你爹人老了，有他的不是，可你两口子也太不听话，越发使你爹喝上酒发脾气！你给白银说，她要再穿那拖鞋，我就塞到灶火里烧了！"

二贝倒噎得没话可说，在院子里站了一会儿，对娘说："好吧，今早你给我们再烙个饼，我和白银到咱莲菜地去挖莲菜。别人家都开始挖了，十五要'送路'，莲菜用得多，你们那些莲菜也不够，我那地里的也就不卖了，一并挖回来交你，看我和白银是不是孝顺的儿子、媳妇？！"

小两口扛了锄，挑了笼担出门走了。

这个镇子，土特产里，莲菜是和商芝一样出名。走遍天下，商芝独一无二，形如儿拳，一律内卷，味同熟肉，却比肉爽口清鲜。莲菜虽不是独家产品，但整个秦岭山地，莲菜尽是七个眼儿，八个眼儿，唯这里的莲菜是十一个眼儿，包饺子做馅、做凉菜生脆，又从不变黑变红，白生生如漂过白粉一般。腊月初八以后，镇上逢集，一街两行都是干商芝，鲜莲菜，远远近近的人来争抢。分地的时候，韩玄子家并不曾分有莲菜地，但他讲究"居家不可无竹无荷"，便在几分地里栽了莲菜。后来一家分两家，莲菜地也二一分作五。今年莲菜长得好，集市上的价格又日日上涨，白银早就谋划腊月集上卖上一担两担，添置一台缝纫机。可要给叶子"送路"，二贝便主张一个不要卖，全上交父母。白银怄了许多气，却拗不过二贝。这阵到了莲菜地，只是站在地边不肯下泥下水。二贝满头大汗挖了许多，一时三刻倒惹得四周的人来看热闹，没有一个不夸奖这莲菜长得肥嫩。

"咱那莲菜怎么能和韩老先生家里的比呀，人家有化肥呀，咱施什么呢？"有人在说。

"上了化肥可不好吃了。二贝，这是要卖的吧，什么价呀？"另一个说。

"不卖。"二贝说。

立即有人问道:"是不是给你妹子'送路'呀?你们准备多少席?要不要咱这些人去呢?"

二贝说:"这你听谁说的?"

那人说:"王才刚才在村里嚷的,说你爹说的。"

二贝不再言语,心下埋怨爹:不是说待客不要声张吗,怎么就告诉了王才?王才在村里一嚷,人都来了,三十席,四十席能挡得住吗?到时候,东西没有预备,岂不是难堪吗?就不再挖了,回去要给爹说说,让爹早早把村里人挡挡,别搞得天翻地覆的劲头。

小两口一进院子,爹和娘却正在吵架。原来二贝娘等王才走后,告诉他王才家有白灰的事,韩玄子大发雷霆,说是丢人了,宁可这照壁塌了,倒了,也不去求乞他王才!直骂得老伴一肚子委屈,伏在门框上嘤嘤地哭。二贝和白银忙一个挡爹,一个劝娘,韩玄子倒一把推开二贝,骂起来:

"二贝,苍蝇不叮无缝的蛋,你们这么和我置气,外边什么人都来看笑话,都来趁机拆台了。你听着,这照壁你要修,你就修,你不修就推倒,要成心败这个家,我也就一把火把一院子全烧了!"

二贝吓得不敢吱声,关于"送路"挡客的事也就没机会给爹提说了。

五

整整四天里，韩玄子家忙得不亦乐乎。二贝修整了照壁，给屋舍扫灰尘，给墙壁刷白灰；垒花台的碎砖乱石，补鸡棚的窟窿裂缝，里里外外，真像个过年的样子。娘又把一切过年的、"送路"待客的东西一一该过秤的过秤了，该斗量的斗量了。韩玄子就拿了算盘，一宗一宗拨珠儿合计：米三斗四升；面六斗二升；黄豆一斗交给了后街樊癫子去做豆腐，一斤做斤半，一斗四十斤，是六十斤豆腐；大肉五十斤、一个猪头、四个肘子；肠子、肚子、心肺、肝子各五件；菜油十斤；豆油六斤；荤油要炼，割了花板油块十斤；稠酒一坛；醪糟一罐；红白萝卜二百六十斤；白菜八十斤；洋葱一百二十斤。韩玄子拨完算盘，皱着眉头说："怕不宽裕哩！还没计算小零碎，花生米、虾皮、粉丝、糖果、瓜子，全还没有买下，还有烟酒，买劣等的吧，不行，买好一点的，又是百十来元。罢罢罢，头磕了也不在乎一拜，要办咱就办个漂亮！现在唯一操心的是柴火，集市上我去问了，劈柴是三元二一百斤，湿梢子也是二元三四一担，要买，就得买十四五担。还要买炭，一元钱十二斤，还不需二百斤炭吗？"

韩玄子一愁，二贝娘就愁得几乎要上吊，当天中午牙就疼起来，韩玄子骂了几句"没出息"，就下令谁也不许在外唉声叹气，主意将东坡祖坟里的两棵老柿树砍些枝杈当柴火。二贝不同意，说砍了枝，来年必然影响柿子成果，不说旋柿饼，窝软柿，单以柿子焙醋,这一项开支就可以全年节约七八十元。二贝就去找他的同学水正。水正毕业后,在家里待业,后来买了一辆手扶拖拉机跑运输,辰出不知早,酉归不晓黑,日月过得还不错。二贝和他在校时便是好友;毕业后,水正为了家里盖房批房基地,也请韩玄子帮过忙。这回,二贝将买柴火之事告诉水正,他就满口应承。第二天鸡叫头遍,两人就起了身,开机前往八十里外的寺坪坝去买柴火了。

就在这天中午,队里召开了社员会,讨论关于公房处理事宜。当然喽,办法是韩玄子出的:抓纸蛋儿。侄儿队长当场讲明,谁若抓到纸蛋,三天之内必须交款。抓纸蛋儿的结果,韩玄子没有抓到,王才也没有抓到。本来那些无心思要买房的不参加抓纸蛋儿,偏偏一个姓李的气管炎患者,却嘻嘻哈哈地硬要参加;世上的事常常是闹剧,没想他竟抓到了。

会议一散,韩玄子就把气管炎叫到家里,说:"你真的要买了这公房?"

"我没钱有手气。"气管炎说,"我是特意儿为您老抓的!"

韩玄子喜欢得一把拉住气管炎,说这孩子越长越出息,可惜就是让病害了,他和二贝娘常常念及,叹息老一辈人里,差不多都是儿孙满堂,活得乐乐哉哉,唯独气管炎的爹过世早,留下这一条根,又病得手无缚鸡之力,莫非天也要使李家的脉断了?

几句话说得气管炎伤心起来,将自己前前后后的婚姻挫折对韩玄子诉说了,直说得涕水泪水不止。二贝娘心软,别人流泪她便流泪，末了答应一定要帮气管炎找个媳妇。那气管炎活该的下贱胚子，当即趴下给二老嗑了响头，说："我今生今世都不敢忘两位老人的恩德！我是猴急了的人，若找媳妇，姑娘也行，寡妇也行，年纪小些也行，年纪大些也行，你们对她说，过了门，我不打她！"

气管炎一走，韩玄子大发感慨："世上的人真是得罪不起！再瞎的人，说不定还真有用上的时候，正是应了古语，烂套子也能塞窟窿啊！"

二贝娘说："这气管炎可怜是可怜，但也是个刁奸东西。这抓纸蛋儿的事，本来也是没他抓的，他偏要抓了，就是为着讨好人呢。咱现在房子够住，要那公房干啥？"

韩玄子说："这便看出你这妇道人家的眼窝浅了！为什么咱不要呢，咱要不要，那王才必是一口吞了！"

二贝娘说："你也真是！整天和二贝闹不到一起，现在倒何苦下力气再为他们盖房置院，你是有精力呢，还是有千儿八百的钱花不出去？王才他要买，让他买去罢了！"

韩玄子说："这你不要管，二贝回来了，我有话同他说。"

天擦黑，二贝和水正开着拖拉机回来了，二千五百斤劈柴，二百斤木炭。韩玄子乐得直对水正说："这下给伯办了大事！为这烧的烤的，我几天几夜都在熬煎哩！"

一家人捧水正为座上宾，水正倒不大自在了，口口声声这是应该，以后有用着他的时候，只管吩咐就是。韩玄子就说一番二贝：

所交的三朋四友，就水正交得，什么时候可以忘了别人，万不敢忘了水正。

柴火背回来，堆在院里，白银便去抱了许多，垒在自己厦房门口，这便是宣告这柴是属于她的了！小女儿看见后，在厨房悄悄对娘说了，娘小声骂道："这不贵气的人！柴是二贝拉的，我能不给你分点吗？这小蹄子，真是有粉搽不到脸上来，装人也不会装！"

末了又对小女儿说："这话你不要对你爹说！"

饭当然是好饭，细粉吊面，一盘炒鸡蛋，一盘花生米。韩玄子硬要水正喝几盅酒解乏，又一定要划几拳，三喝两喝，竟喝而不止。面下到锅里已经多时，就是不能端上来。二贝起身到厨房，对娘说："我爹酒劲又上来了，人家水正半天没吃饭，晚上还有事，别喝醉了，你去挡一下吧！"

"你爹也难得今日高兴。"做娘的走上堂屋，说，"面已经泡了多时了，是不是先吃点，吃过再喝吧！"

大家才放下酒盅。

偏巧，院门环叮叮当当摇得生响，小女儿出去看了，见是气管炎，让进来。气管炎才走到堂屋门口，听见里边似有外人，便躲在黑影里，颤颤地叫"韩伯！"韩玄子出来，气管炎偷声换气地说："韩伯，事不好了！"

"你好好说。"韩玄子不知何事，当下问，"什么事不好了？"

气管炎一时气堵在喉咙，咳嗽了一阵，才断断续续说："我从你这儿一回去，王才就在我家门口坐着哩，他要我将公房转让给他。我说，我买呀，他不信。我说转给你啦，他说你是不会买的，他可以多给我十元钱。我缠不过他，骗说我去上茅坑，就跑来听你的话了。你说，转让他不？"

韩玄子一听气倒上来了，心里骂道：真是小人，既然已经答应了我，却又反悔要给王才，若是王才最后得手，知道是我未能得到，他该怎么耻笑我了！他竟多出十元，是显摆他有的是钱吗？

"这怎能使得？"韩玄子黑了脸，"他王才是什么人？你能靠得住他吗？他是什么人缘？你的婚事他若一插手，只有坏事，不能成事。再说，你也是吃了豹子胆，这房是公房，谁抓到谁出钱谁得，你怎么能转让多得十元，你是寻着犯错误吗？你就对他说，这房已经转让了，他若要，叫他来给我说！"

三句大话，使气管炎软下来；十元钱的利吃不得了，又立即再落人情，说："我也这么想的，我怎么会转让他呢？我再瞎，也知道谁亲谁近，我只是来给你通个气儿。"

韩玄子要拉他进屋吃饭，气管炎说："你们家尽是有眉有脸的人来，我可走不到人前去。"硬是不进。韩玄子叫小女儿取了酒出来，倒一盅让他喝，他喝得极响，一迭声叫着"好酒，好酒"，然后出院门走了。

韩玄子回堂屋继续吃饭，热情地往水正碗里拨菜，水正问谁找，他应着"李家那小子，说句闲话"，便搪塞过去。

一顿饭吃了好长时间。送走了水正，二贝就用热水烫了脚，直喊着腰疼腿酸，回厦屋歇了。白银帮娘下了面，说肚子不饥，没有端碗，自个歪在床上听收音机。

这收音机是大贝捎回来的。当爹将二贝分出家后，大贝心里总觉得不美，先是生兄弟两口的气，认为他长年在外，虽月月寄钱回来，但伺候老人仍是远水解不了近渴，每次来信总是万般为二贝他们说好话，只企图他们在家替自己也尽一分孝心。可万没想到家里却生出许多矛盾，大贝就怨怪二贝两口。要不，怎么能惹老人生这么大气，将他们另分出去呢？

但是，叶子结婚前来省城一次，说了家里的事，知道了家庭的矛盾也不是一只手可以拍响的。大贝详细打问了分家后二贝的情况，倒产生了一种怜悯之情，又担心二贝他们一时思想不通，给老人记仇，越发坏了这个家庭，就将自己的一台收音机捎给了他们。大贝还叮嘱叶子，让她在家一定要谨言，同时又分别给爹和二贝写了信，从各个方面讲道理，说无论如何，这个家往后只能好，不能再闹分裂。

二贝终究是爹娘的亲儿，心里也懂得长兄的好意，免不了以这台收音机为题，夜里开导白银。白银比二贝小四岁，一阵清楚，一阵糊涂，忍不住就我行我素。

今晚收音机里正播放秦腔。她当年在娘家业余演过戏，一时戏瘾逗起，随声哼哼。二贝说："去，帮娘收拾锅去！"

她嘴里应着，身子却是不动。

二贝将收音机夺过来关了，白银生了气，偏要再听，两人就叽叽喳喳争抢起来。

院门外有人大声喊："老韩!"并且手电光一晃一晃在房顶上乱照。二贝静下来,听了一阵,说道:"真讨厌,又是公社那些人来了!"

对于公社大院的干部,二贝是最有意见的。这些干部都是从基层提拔上来的,农村工作熟是熟,但长年的基层工作,使他们差不多都养成了能跑能说能喝酒的毛病。常常是走到哪里,说到哪里,喝到哪里。这秦岭山地,也是山高皇帝远。若按中国官谱来论,县委书记若是七品,公社干部只是八品九品,但县官不如现管,一个小小公社领导,方圆五十里的社区,除了山大,就算他大。所到之处,有人请吃,有人请喝,以致形成规律,倘是真有清明廉洁之人上任,反会被讥之为不像个干部。

韩玄子退休回来,以他多半生的教育生涯的名望,以大贝在外边有头有脸的声誉,再以他喜欢热闹、不甘寂寞的性格,便很快同公社大院的人熟悉起来。熟悉了就有酒喝,喝开酒便你来我往。偏偏这些人喝酒极野,总以醉倒一个两个为得意,为此韩玄子总是吃亏,常常喝得醉如烂泥。

起先,二贝很器重这些干部,少不得在酒席上为各位敬酒,后见爹醉得多,虚了身子,就弹嫌爹的钱全为这些人喝了,更埋怨爹不爱惜身子。劝过几次,韩玄子倒骂:"我是浪子吗?我不知道一瓶酒三元多,这钱是天上掉下的吗?可该节约的节约,该大方的大方!吃一顿,喝一顿,就把咱吃喝穷了?社会就是这样,你懂得什么？好多人家巴不得这些干部去吃喝，可还巴不上呢！"

二贝去信给大贝，让大贝在信上劝说爹，但韩玄子还是经不住这些酒朋友的引诱。渐渐地，待公社干部再来时，二贝索性就钻进屋里去，懒得出来招待，特意冷落他们。

当下小两口停止了争闹，默不作声，灯也熄掉了。

晚上来家的是公社王书记和人民武装部干部老张（这里的乡民尊称他为"张武干"）。韩玄子迎进门，架了旺旺的炭火，揭柜就摸酒瓶子，同时喊老伴炒一盘鸡蛋来。

王书记说："今天已经喝过两场了，晚上要谈正事，不喝了！"

韩玄子已将瓶盖启了，每人倒满一盅，说："少喝一点，腊月天嘛，夜长得很，边喝边谈。"

张武干喝过三巡，大衣便脱了，说："老韩，春节快到了，县上来了文，今年粮食丰收了，农民富裕了，文化生活一定要赶上去。农村平日没什么可娱乐的，县上要求春节好好热闹一场，队队出社火，全社评比，然后上县。县上要开五六万人的社火比赛大会，进行颁奖。你是文化站长，咱们不能落人后呀。咱镇上的社火自古以来压倒外地的，这一次，一定要夺它个锦旗回来！"

韩玄子一听，击掌叫道："没问题！每队出一台，大年三十就闹，闹到正月十六。公社是如何安排的？"

王书记说："我们想开个会，布置一下，你在喇叭上做个动员吧。"

　　韩玄子说："这使不得，还是你讲，我做具体工作吧。"

　　王书记便说："你在这里威信高，比我倒强哩。今冬搞农村治安综合治理，打击坏人坏事，解决民事纠纷，咱公社受到县表彰。我在县上就说了，这里边老韩的功劳大哩！"

　　韩玄子说："唉，那场治理，不干吧，你们信任我，干吧，可得罪了不少人呢。西街头荆家兄弟为地畔和老董家打架，处理了，荆家兄弟至今见了我还不说话呢。"

　　张武干说："公社给你撑腰，怕他怎的，该管的还要管！农村这工作，要硬的时候就得硬，那些人，你让他进一个指头，他就会伸进一条腿来了！"

　　说到这儿，韩玄子记起王才来，就将转让土地之事端了出来，气呼呼地说："这还了得！这样下去，那不是穷的穷，富的富，资本主义那一套都来了吗？这事你们公社要出头治他，你们知道吗？他钱越挣越红眼，地不要了，说要招四十个工人扩大他的工厂哩！"

　　王书记说："这事不好出面干涉哟，老韩！人家办什么厂咱让他办，现在上边政策没有这方面的限制呀！昨天我在县上，听县领导讲，县南孝义公社就出现转让土地的事，下边汇报上去，县委讨论了三个晚上，谁也不敢说对还是不对。后来专区来了人，透露说，中央很快要有文件了，土地可以转让的。你瞧瞧，现在情况多复杂，什么事出来，咱先看看，不要早下结论。"

　　韩玄子一时听赔了，张口说不出话来，忙又倒酒，三人无言地喝了一会儿。他说："现在的事真说不清，界限我拿不准了呢。"

　　王书记说："别说你，我们何不是这样呢？来，别的先不谈，今年的社火办好就是了。"

　　三个说说喝喝，一直到了夜深。王书记、张武干告辞要走，韩玄子起身相送，头晕得厉害，在院子里一脚踏偏，身子倒下压碎了一个花盆。二贝娘早已习惯了这种守夜，一直坐着听他们说，这时过来扶起老汉，韩玄子却笑着说："没事，没事。"送客到院外竹丛前，突然拉住他们说：

　　"我差点忘了，正月十五，哪儿也不要去，都到我家来。"

　　张武干说："有什么好事吗？"

　　韩玄子说："我给大女子'送路'，没有别人，你们都来啊，到时候我就不去叫了！"

　　两人说了几句祝贺话，摇摇晃晃走了。

　　韩玄子回到屋里，却大声喊二贝。

　　老伴说："这么晚了，有什么事？"

　　他说："买公房的事，我要给他说。"

　　老伴说："算了，你喝得多了，话说不连贯；二贝跑了一天，累得早睡了。"

　　韩玄子才说句"那就算了"。睡在炕上，还记着土地转让一事，恨恨地骂着王才："又让这小个子捡了便宜！"

六

常言，农民到了晚年，必有三大特点：爱钱，怕死，没瞌睡。韩玄子亦如此，亦不如此。他也爱钱，但也将钱看得淡。铁打的营盘流水的兵，钱在世上是有定数的，去了来，来了去，来者不拒，去者不惜，他放得特别超脱。关于死的信息，自他过了五十个生日后，这种阴影就时不时袭上心来，他并不惧怕，月有阴晴圆缺，人有生死离别，这是自然规律，一代君王都可以长眠，何况山野之人？死了全当瞌睡了！只是没瞌睡，他完完全全有了这个特点。昨天晚上睡得那么迟，今早窗子刚一泛白，就穿衣下炕了。照例是站在堂屋台阶上大声吐痰，照例是沏了浓茶蹲在照壁下，照例到四皓墓地中呼吸空气，活动四肢。古柏上新居住了一对鹁鸪夫妻，灰得十分可爱，他看了很久。

一等二贝起了床，他就将二贝叫上堂屋，提说起关于买公房的事。

出乎韩玄子意料，二贝对于买房，兴趣并不大，甚至脸上皮肉动也没有动一下。这孩子平日是嬉皮笑脸，一旦和父亲坐在一起，商谈正事，便严肃得像是一块石头或一截木头。

"买房也是给你们兄弟俩买的。"韩玄子说，"你是怎么想的，你说说。"

二贝便说："爹，要说便宜，这倒也是一桩便宜事，可咱家现在的问题不是房子的问题。"

韩玄子说："眼下住是能住下，但从长远来看，就不行了。这四间上屋，我也住不了几年，将来要归你们。你哥你嫂在外，也不可能回来住。可事情要从两方面来看，即便人家不回来住，这家财也有人家一份。到了我和你娘不行的时候，你们兄弟二人正式分家，你能不给你哥分一半吗？这样一来，每人也只是两间，地方就小多了。"

二贝说："这我知道，可那都是很远的事，再说一千三百元，咱能拿出来吗？"

韩玄子说："是拿不出来。我每月四十七元，一月赶不及一月。要你拿也拿不出一百二百。咱可以去借。房子买回来，咱就一拆，队上从公路边给划房基地。年轻时受些苦，将来独门独院，也是难得的好事。你也知道，现在房基地越来越控制得严，有这个机会不抓住，以后就后悔了。王才恨不得立即就买过去呢。"

二贝低了头，只是说："我借不来。我到哪儿去借呢？别人家没有挣钱的人，可人家一件一件大事都办了。人家是早早计划，早早积攒；咱呢，有一个花一个，对外的架子很大，里边都是空的。"

这话自然又是针对爹说的，韩玄子心里有些不悦意，不再言语了。一个中午，坐在院子里发闷；不买吧，心里总是不忍，买吧，又确实没钱。外边一片风声，都说韩家的钱来得容易，如弯腰拾石头一般，其实那全是一种假象。他便又生起二贝两口的气，嫌他们不一心维持这个家，使人心松了劲；又怨恨大贝没有把全部力量用在这个家上。他思谋来，思谋去，父子三人之中，钱财上最打埋伏的，还是大贝，让他出一千三百元吧。大贝出钱买，二贝拆了盖，到时候兄弟两人各守一院，也是合情合理的。如此这般一经盘算，韩玄子决定上一次省城。

二贝和娘却把韩玄子阻拦了。说是年关已近，家里又要为"送路"待客做准备，事情这么多，一家之主怎能走得！再说大贝也快回来了，何必去跑一趟呢？韩玄子觉得也是，便书写了长长的一封信，竭力评说买房之好处，一定要他出钱。二贝在一旁说："我哥肯定是不会回来住咱这山地了。城里的洋楼洋房，哪一点不比这里好？还回来住个什么劲？"

韩玄子说："国家饭碗能端一辈子吗？谁长着千里眼，能看到自己的前途？你哥虽过得不错，可干他们这行，没有一个好下场的。历史上，秦朝坑了几百文人，屈原，李白，司马迁，你知道吗，谁到晚年好了？山地有什么不好？自古以来，哪一个隐居了不是在山野林中！要是早早有个窝，不怕一万，单怕万一，要是到了那一步，叶落归根，他就有个后路了！"

信发走以后，第五天里，大贝就回了信，一是说他春节不能回来，寄上一百元钱给家；二是坚决不主张买房，说既然房能住下，何必再买？就是他掏一千三百元，可要拆、要盖，没有两千元，一院子新屋是盖不成的。爹年纪大了，不能受累，二贝有工作，哪里有时间？若说备个后路，那完全没必要。如果说犯了大错误，到时候再说，即使以后退休，一个女儿在城里工作，难道让他们夫妇俩独独住在乡下，那生活方便吗？又退一步说，现在把房子盖好，闲着干什么呢？如将一千多元存入银行，三十年后，本、利就是六七千元，就是回去，也可以买一座崭新的大四合院了。

大贝的道理滴水不漏，韩玄子看过信后，也觉得言之有理，但一想这房子买不成，必是让王才得去，一颗盛盛的心又如何落下？不觉也气呼呼了，说："罢了，罢了，我还能活几年？一心为儿女们着想，儿女们却不领情。以后你们怎样，随你们的便吧，我一闭上眼，也就看不见了。"

接着又对二贝说："你要是你爹的儿子，你听着，这公房咱不买了，但咱转让也要转让给别人，万不能让王才得去！"

二贝便四处打问，看谁家想买公房，结果就将这买房的权利转让给了秃子。

秃子是韩家族里的人。按韩家家谱推算，他爷爷的太爷爷和二贝爷爷的太爷爷是兄弟，已经出了五服。名叫秃子，其实头上并没有癞痢。此人一身好膘，担柴可担百八十斤，上梁可扛一头；饭量也大，二两一个的白蒸馍，二三月里送粪时节，曾吃过十五个，以"大肚汉"而闻名。娶一媳妇，偏不会安排生活，他家收打的粮食多，可粮食还老不够吃。他说他想买房，二贝就转交权利，一场事情就算这样结束了。

韩玄子在腊月天里没有办成一件可心的事，情绪自然沮丧，就一心一意想要将"送路"搞得红红火火，来挣回脸面。大贝寄

回的一百元，他立即去木匠铺定做了一个大立柜，要作为叶子的
嫁妆。这事，二贝和白银一肚子意见，却又说不出来。眼看着年
关逼近，一切日用花销都预备齐当，韩玄子又往各村各队跑了几
次，安排起春节闹社火的事。但是各村各队似乎对闹社火并不怎
么热心，都在问："那给多少钱呢？"

"现在的人真是都钻了钱眼了，自己玩了，还给什么钱？"
韩玄子就生气了。

"韩先生，"那些队长们便叫苦了，"现在比不得前几年了，
前几年可以记工分，现在地分了，各人经营各人的，谁出东西？
谁出劳力？你不给钱，他肯干吗？"

韩玄子说："不肯干，就不干了？！那还要你们当队长的做
什么？无论如何，每一个队要出一台社火，将来公社评比，评比
上了，一台可以获好多奖，到县上，县上还会有奖。"

"有奖？奖多少？"那些队长说，"一个劳力闹一次，没有
一元五角打发不下来。好吧，那只有各家分摊，再补贴吧。"

韩玄子的侄儿、本队的队长，就开始各家各户按人头收纳钱
了：一个人五角。有的高高兴兴给了，有的一肚子牢骚，要到光
头狗剩和气管炎，两个人坚决不给，说他们一没工作，二没做生意，
光腿打得炕沿响，哪里有钱？头脑简单、火气又旺的队长就吼道：
"你们还过年不过？！"回答的竟是："我们不过，你把我挡在
年这边吗？"两厢吵起来，最后，韩玄子替气管炎代交了，那狗
剩却寻到王才，借着钱交了。等队长收钱收到王才家，王才正和

秃子在屋里喝酒，"哥俩好呀——！""三桃园呀——！"酒令猜得疯了一般，王才说："队长，让大伙出钱有困难，我倒有一个想法，不知说得说不得？"

"什么想法？"队长说。

王才说："我也不给你交五角钱了，过年时我一家负责扮出一台社火芯子，热闹是自发的，盛世丰年，让大家硬摊钱就不美气了。"

队长听了这话，心里又吃惊，又高兴，又拿不定主意，来对韩玄子说了，韩玄子却说："这不行！这不是晾全村的人吗？这不是拿他有几个钱烧燎别人吗？只收他的五角钱！钱收齐了，我出面让狗剩去筹办，把筹办费交给他。"

黄昏的时候，韩玄子去找光头狗剩，在巷头明明看见他走了过来，可不知为什么突然拧身从旁边小巷里走了。韩玄子紧喊了三声，他方才停下来，回过头说："啊，是韩老先生呀，你是在叫我吗？"

韩玄子说："寻你有好事呢！"

狗剩脸却黄了："寻我？我把王才的地退还他了，我不耕他的地了。"

韩玄子说："不耕了好，这事我管不着你，你愿意怎么着都行。我是找你给咱村筹办社火，筹办费现在就交给你，你瞧，对你怎么样？别人要干，我还看不上哩！"

狗剩却为难了半天，支支吾吾说："这事怕不行呢，我入了王才的股了。我们这几日黑白忙着，已经有十五个人来入了股，过两天还要收拾作坊哩。"

韩玄子万没有想到狗剩竟加入了王才的工厂，而且口气这么大：已经有十五人入了股！

"你怎么入的股？"

"这是王才定的。"狗剩说，"每月的收入三分之一归他，作坊是他的，机器是他的，技术、采购、推销也是他的；剩下的三分之二按所有入股做工的人分。他家的老婆、儿子、媳妇、女婿也同我们一样各为一股，每人按劳取酬。韩老先生，这符合政策吧？"

"十五人都是咱村的人？"韩玄子又问。

"咱村五人。"狗剩掰了指头说，"其余都是外村的。王才，我是服了，一肚子的本事呢！他当了厂长，说要科学管理，定了制度，有操作的制度，有卫生的制度，谁要不按他的要求，做的不合质量，他就解雇了！现在是一班，等作坊扩大收拾好，就实行两班倒。上下班都有时间，升子大的大钟表都挂在墙上了！"

"扩大作坊？怎么个扩大？"韩玄子再问。

"他不是买了那公房吗？搬倒界墙，两院打通。"狗剩说。

"公房？"韩玄子急了，"他哪儿买的公房？人家秃子早买了！"

狗剩说："你还不知道呀？秃子把那房子又让给王才了！王才家的那台压面机就减价处理给了秃子，又让小女儿认了秃子做干爹，人家成了亲戚！"

韩玄子脑子"嗡"地一下大起来，只觉得眼前的房呀、树呀、狗剩呀，都在旋转，便踉踉跄跄走回家去。一推门，西院墙下的鸡棚门被风刮开，鸡飞跑了一院子，他抬脚就踢，鸡嘎嘎惊飞，一只母鸡竟将一颗蛋早产，掉在台阶下摔得一摊稀黄。

二贝和白银正在厦屋里说话儿，听见响声走出来，韩玄子一见，一股黑血直冒上心头，破口大骂："你给我办的好事！你怎么不把锅灰抹在你爹的脸上？不拿刀子砍了你爹的头呢？！"

二贝以为爹又去哪里喝得多了，就对白银喊道："给爹舀碗浆水来，爹又喝了酒……"

这话如火上泼油，韩玄子上来就扇了二贝一个嘴巴："放你娘的屁！我在哪里喝醉了？你爹是酒鬼吗？你就这么作践你爹？！"

"爹！"二贝眼泪都要流出来了。

"谁是你爹？我还有你这么好一个儿子？！"

二贝委屈得伏在屋墙上呜呜地哭。

二贝娘在炕上照着镜子，把白粉敷在前额，用线绳儿绞着汗毛；快过年了，男人们都理发剃头，妇道人家也要按老规程，绞净脸上的汗毛。她先听见父子俩在院子里拌嘴，并不以为意；后来越听越觉得事情不妙了，才起身出来。只见韩玄子脸色灰白，上台阶的时候，竟没了丝毫力气，瘫坐在了那里，忙扶起问什么事儿，何必进门打这个，骂那个？

韩玄子说："他做的好事。我明明白白叮咛他不要把那公房让王才那小子得了去。可现在，人家已经买下了，改成作坊了！"

二贝才知爹发火的原因，说："我是转给秃子的。"

"秃子？"韩玄子说，"秃子是什么人？他枉姓了一个韩字！他为了得到王才的那台烂压面机，把房子早让给了王才；那见钱眼开的狗剩，也入了股。唉唉，几个臭钱，丁点便宜，使这些人都跟着跑了，跑了！"

韩玄子气得睡在炕上，一睡就两天没起来。消息传到白沟，叶子和三娃带了四色礼来探望。问及了病况，都劝爹别理村中那些是是非非，好生在家过省心日子。韩玄子抱着头说："不是你爹要强，爹咽不下这口恶气啊！你二哥没出息，眼里认不清人，本来体体面面的事，全让他弄坏了！"

叶子说："爹，你要起来转转，多吃些饭。他王才那种人，值得你伤了这身子？你要一口气窝在肚里，让那王才知道了，人家不是越发笑话吗？"

韩玄子说了句"还是我叶子好！"就披衣下了炕。趁着日头暖和，偏又往村口、镇街上走了一遭。在集市上买了些干商芝，回来杀了一只不下蛋的母鸡，炖商芝鸡汤喝了。他这次吃得特多，因为他刚才出去走这一遭，又使他有些得意：瞧！我韩玄子走到哪，哪里的人不是依样热情地招呼我吗？心里还说："王才，你要是有能耐，你也出来走走试一试，看有几个人招呼你？"

但是，毕竟是一口恶气窝在肚里伤了身子。以后，他再往村口、镇街上走几趟就累得厉害，额上直冒虚汗。这次，走到巩德胜的杂货店里，破天荒第一次没有喝酒。回来路过莲菜地，挖莲菜的人很多，都在打问给叶子"送路"的事。他有问必答，答后就邀请，口大气粗。

二贝和白银也在那里挖莲菜，看见爹邀请村人，直喊"爹！"韩玄子只是不理会，末了，又将二贝叫回来，说："你也听着了，村里人要来吃席，咱就让他们来吧！"

二贝说："原先不是说得好好的，街坊四邻的一个不请，只待本家本族的，你这么一来，人都来了，那准备的东西够吗？"

韩玄子说："不够再准备嘛！原先我不想待那么多席客，现在我改变主意了。人家只要看得起咱，咱就来者不拒，好让他王才也看看，人缘是靠德性，还是仅仅能用钱买的！"

二贝就掰指头计算起来，老亲老故的有多少，三朋四友的有多少，村里镇上的人又有多少，七上八下地加在一起，三十五席朝上不朝下，直吓得二贝舌头都吐了出来。

韩玄子说："哪能有这么多？村里人都算上了吗？"

"都算上了。"

"还有王才？要他家干啥？他家大大小小都不要计算，还有秃子家，狗剩家，我一见这些人气就不打一处来！"

二贝便说："那么，公社大院的也一个不要。这些人一来，倒不好待哩，光酒钱就是几十元。"

韩玄子说："你胡说些啥？我已经叫过人家了，那时候还得再去请一次呢。还有西街头老董家，后塬村的王小六家，这些人在综合治理时咱都对他有好处，早就要找机会谢呈咱，那是挡也挡不住的。"

<h1 style="text-align:center">七</h1>

所谓"送路"，就是女子出嫁时娘家举办的酒席。这风俗在这镇上始于何年？沿袭了几代？从来无人考究，甚至连韩玄子也不得而知。但是，大凡山地之人，却没有不知道这是一个大事：待客的人体面，被待的人荣耀。慢慢地，这件事得以衍化，变成人与人交际的机会。老亲老故的自不必说，三朋四友，街坊邻居，谁个来，谁个不来，人的贵贱、高低、轻重、近疏便得以区别了。韩家这次待客，不打算给王才、秃子、狗剩留席位，这风声很快遍及全镇。支持者，大声为韩玄子的做法叫好；反对者，则不停声地叹息韩玄子做事太损。秃子、狗剩知道后，心里慌极了。分别遭到自己的老婆的一顿臭骂，埋怨自己的男人被人看不起，自己更走不到人前面去。两个人心烦意乱，自然威风还是在家里耍，使老婆们少不得受了皮肉之苦。老婆打是打过了，恐慌还是未消，有心上韩家说明情况，取得谅解，又害怕韩玄子给个当场下不来台，更惹村人耻笑。两人凑在一起，头碰头诉说恓惶，诉着诉着，就恼羞成怒，咬着牙齿说：

"好，他家待客叫这个，请那个，他不把咱当人看，咱也用不着巴结他！咱就这样，他还能把咱杀了剐了不成？！"

　　这以后，两人就越发向王才投靠。结果，秃子也要求入股，王才虽认了他做干亲，但心里却明白此人的性情，思谋他若进股，必是捣刁之人，又会以让公房之事，仗有功有恩之势，行要挟威胁之举，便支支吾吾不想要他。后来狗剩跑来说情，王才说："狗剩哥，你是不是想让秃子来了，好给你多个伴儿？"

　　狗剩说："也有这种意思吧。话说丑些，你兄弟能干，这村子里，甚至这全镇的人没有不晓得的。可话说回来，咱弟兄们都不是威威乎乎的人物，上不了人家正经席面，谁肯偏向咱们？现在加工厂办起来，你这里入股的入股，招人的招人，可咱本村本镇的才有几个人呢？没有百年的亲戚，却有千年的邻居；既然他秃子要来，为何拒在门外？秃子和我一样，还不都是为了你，才得罪了韩家老汉，要不，以后谁还敢心向着你呢？"

　　王才说："我也不怕说丑话，有些人就是这样，见不得旁的人富。我王才人经几辈都不是英武人，原先穷是穷，倒也落个不偷不摸，正南正北的人的名声。这几年亏得国家政策好，我有了几个钱，便惹得一些人忌恨了。这些我能不知道吗？至于韩家老汉，他是长辈，又给我当过老师，我一向是尊敬的，他对我有些成见，我也不上怪，井水不把河水犯，我想他也不能太将我怎的。"

　　狗剩说："这你倒差了，我问你，二贝的妹子正月十五'送路'，待客，人家就提名叫响地不要你去！"

　　王才说："不至于吧。不管韩家老汉待我如何，那二贝和白银，我们还是能说到一块的。我办加工厂的时候，还亏了他二贝出了许多主意呢。"

说到最后,王才坚信韩玄子待客,是不会拒绝他的,自古"有理不打上门客",何况同村邻居,无冤无仇!至于秃子入股的事,王才也总算勉强答应了。

加工厂接连又在镇上招收了四名男女。王才就将原来的院墙推倒,重新筑墙,将四间新买的公房也圈在内,在里边支了油锅,安了铁皮案板,摆满了面箱、糖箱、油桶,和一排一排放食品的架子,大张旗鼓地进行食品加工生产。村里,镇上所发生的一切事,他几乎一概无暇过问了,满脑子里只是技术问题,管理问题,采购和推销问题。结果生意十分不错!为了刺激大家的积极性,第十五天里,就结账发钱,最多的一人拿到了二十八元五角,最少的也领了十六元。

十五天,这是一眨眼就过去的天数。大多数人只是在家办年货,或者游门串户聊闲话儿;而在加工厂的人,则十几元、几十元进了腰包。消息传开,简直像炸弹爆炸了一样,街头巷尾,人人议论。

狗剩和秃子就得意起来。他们的嘴比两张报纸的宣传还有力量,走到哪,说到哪,极力将这个加工厂说得神乎其神。若是在村里、镇街上有人碰着,问:"干啥去?"回答必是:"上班呀!"或者:"才下了班!"口大气粗地撞人。他们俩甚至一起披着袄儿走进了巩德胜的杂货店里买酒喝。巩德胜也吃了一惊,估不出这些从不花钱喝酒的人身上装了多少钱。酒打上来,他慢慢试探地问："二位今天倒有空了？"

狗剩说："来喝喝你的酒。你开了两年店了，还没给你贡献过一分钱呢！"

秃子说："你生意好啊，祝你财源茂盛，日进斗金！"

两个人两句话，堵得巩德胜倒不知说什么好了。喝到一个时辰，秃子又问："德胜叔，几时关门下班？"

巩德胜说："咱这是什么体统，还讲究上班下班？！"

又问："照你这等买卖，一日能挣得多少？"

回答："能落几个钱？十块八块，刨过本，没几个。"

狗剩和秃子就嘻嘻哈哈地笑，说一两年后，他们也要办这么一个店。秃子还说："哈，你开一个月，赶不上王才那工厂一天的盈利。韩家老汉常来喝酒，你怎么不让他也帮你办一个加工厂呢？"

巩德胜受了一场奚落，心里很是不愉快，暗暗骂道："这些没见过世面的狗东西！"就不再言语了。但是，瞧着狗剩、秃子进了店喝酒，在街上游转的气管炎却也挪脚进来。他是没钱喝酒的，只是坐在一边听他们三人说话，末了说："秃子哥，王才那个厂还要人不要？"

秃子说："你是不是想去？当然要人喽！"

巩德胜一听气管炎的话，心里又骂道："这小子也见钱眼开了，要投靠王才了！"便插嘴道："人家要你？要你去传染气管炎呀！"

一句话倒惹得气管炎翻了脸,骂了一句:"老东西满口喷粪!"两厢就吵嚷起来,巩德胜借机指桑骂槐:"你这狗一样的东西,你跑到我店里干什么?你也不尿泡尿照照你的嘴脸!你有几个钱?你烧什么包?你等着吧,会有收拾你的人呢!"

狗剩和秃子也听出巩德胜话里有话,就站起来挡架。等一老一少动起手脚,那巩德胜的哑巴儿子就凶神恶煞一般出来乱打,也打了狗剩和秃子。这两人就趁酒劲发疯,将桌子推翻,酒坛、酒壶、酒碗、酒盅、菜碟、肉盘,全稀里哗啦打个粉碎。枣核女人脚无力气,手有功夫,将气管炎、秃子、狗剩的脸抓出血道,自己的上衣也被撕破,敞着怀坐在地上,天一声,地一声,破口大骂,直骂得天昏地暗,蚊子也睁不开眼,末了,就没完没了地哭号不止。巩德胜则脚高步低地来找韩玄子告状了。

这是腊月二十七黄昏的事。韩玄子正买来一个十三斤二两的大猪头,在火盆上用烙铁烧毛,听了巩德胜哭诉,当即丢下猪头,一双油手在抹布上揩了,就去了公社大院。

连夜,公社的张武干到了杂货店,枣核女人摆出一件一件破损的家什让他看。当然,这女人还将以往自家破损的几个碗罐也拿了出来,鼻涕一把眼泪一把地求张武干这个"青天大老爷""为民作主"。

张武干让人去叫狗剩、秃子、气管炎。狗剩和秃子打完架后,便去加工厂干活了。一听说张武干叫,知道没了好事,便将所发生的事告知了王才,王才不听则已,一听又惊又怒,只说了一句"不争气！"甩手而去。两人到了杂货店，张武干问一声答一句，不敢有半点撒野，最后就断判：巩德胜的一切损失，由狗剩等三人照价赔偿，还要他们分别作出保证：痛改前非。赔偿费三人平分，每人十五元，限第二天上午交清。

一场事故，使狗剩、秃子十五天的工资丢掉了百分之八十，两人好不气恼！回到家里，都又打了老婆一顿。那秃子饭量好，生了气饭量更好，竟一气吃了半斤面条。饭后，两人又聚在一起，诉说这全是吃了王才的亏，试想：若韩玄子和王才一心，他能这么帮巩德胜？便叫苦不迭不该到王才的加工厂去。可想再讨好韩玄子，那已经是不可能的事，何况这十五元，又从哪儿去挣得呢？思来想去，还只有再到王才的加工厂去。所以接连又在加工厂干了三个白天，三个晚上，直到大年三十下午，才停歇下来。

气管炎没有挣钱的地方，只得哭哭啼啼又找到韩玄子，千句万句说自己的不是。韩玄子却故意说："你不是想到王才那里挣钱吗？你去那里挣十五元，赔给人家吧。"

气管炎说："韩伯，人家会要我吗？我上次将公房转让了你，王才早把我恨死了，我还能去吗？他是什么人？我就是要饭，我也不会要到他家门上去的！"

韩玄子对这种人也是没有办法，末了说："你回去吧，我给巩德胜说说，看你怪可怜的，就不让你出那份钱了；他也是见天十多元的利，全当他一天没开门营业。"

气管炎巴不得他说出这话，当下千谢万谢，说"送路"那天，他一定来帮着分劈柴，劈柴分不了，他就帮着找桌子、凳子，还要买一串鞭炮，炸炸地在院门口放！

韩玄子对这件事的处理，十分惬意。他虽然并未公开出面，却重重整治了狗剩、秃子这类人。整治这些人，目的在于王才，他是要这小个子知道他的厉害。事情发生后的第二天，他就披着羊皮大袄，在镇街上走动了，还特意路过王才的家门口。他很想在这个时候见到王才，但王才没有出门。

王才也明白这个事的处理，是冲着他来的，十分苦恼。他百思不解的是，自办了加工厂，收入一天天多起来，他的人缘似乎却在成反比例地下降，村里的人都不那么亲近他了。夜里，他常常睡在炕上检点自己：是自己不注意群众关系，有什么地方亏待过众乡亲吗？没有。是自己办这加工厂违反了国家政策吗？报纸上明明写着要鼓励这样干呀！他苦恼极了，深感在百分之八十的人还没有富起来的时候，一个人先富，阻力是多么大啊！

"我为什么要办这种加工厂？仅仅是为了我一个人吗？"他问他的妻子，问他的儿女，"光为了咱家，我钱早就够吃够喝了。村里这么多人除了种地，再不会干别的；他们有了粮吃，也总得有钱花呀！办这么一个加工厂，可以使好多人手头不紧张，可偏偏有人这样忌恨我？！"

他开始思谋有了钱，就要多为村人、镇上人办点好事。他甚至设想过，有朝一日，他可以资助一笔钱，交给公社学校，或者把镇街的路面用水泥铺设一层。但这个设想，他一时还没能力办到，他还得添置工厂设备，还得有资金周转。他仅仅能办到的，就是在春节时，自己一家办一台社火芯子。但这种要求却被拒绝了。他便准备在大年三十的晚上，自家包一场电影，在镇街的西场子上放映，向众乡亲祝贺春节。这，他可以不通过任何人，直接向公社电影放映队交涉就能办妥，他韩玄子还能说什么呢？

一提到韩玄子，他就有些想不通：这么一个有威望的老人，为什么偏偏就不能容他王才？！但是，在这个镇上，韩玄子就是韩玄子，他王才是没有权势同他抗衡的；他还得极力靠近他，争取他的同情、谅解和支持。所以，无论如何，他也不会当面锣对面鼓地与韩玄子争辩是非曲直的。

他还是坚信，人心都是肉长的，韩玄子终有一天会知道他王才不是个坏心眼的人。

但是，就在腊月二十九日，二贝娘在本村挨家挨户给大伙说请"送路"的日子，他在家已经备了酒菜，专等二贝娘一来，就热情款待。可一直到天黑半夜，二贝娘没有来，他才明白人家真的待客不请他。

他从来不喝酒，这天后半夜睡不着，起来喝了二两，醉得吐了一地。天明起来，就自个拿了三十元，到公社电影放映队去，要求包一场电影，并亲眼看着放映员写好了海报，张张上面注明：王才包场，欢迎观看。

海报一贴出，白银首先看到了，跑回家在院子里大声给娘说："娘，晚上有电影哩，晚饭咱都早些吃，我擦黑给咱拿凳子占场去！"

　　娘是不识字的，看电影却有兴趣，当然也喜欢地对小女儿说："你去白沟，叫你姐和你姐夫吧，让他们也来看看，那地方难得看一场电影的。"

　　韩玄子在堂屋听说了，问道："什么电影？"

　　白银说："《瞧这一家子》！"

　　韩玄子说："老得没牙的电影！再看有什么意思？"

　　白银说："看便宜的嘛，是王才家包的。"

　　"他包的？他家有什么红白喜事，要包场电影？"韩玄子说，"晚上不要去，那么爱看便宜电影！没有钱，我给你钱，一角五分，你买一张票，坐到电影院里看去！"

　　白银不敢回嘴，却小声说："电影是电影，里边又不是王才当主角！再说，咱不去，人家这场电影就没人看了？"

　　这话亏得韩玄子没有听到。他在家坐了一会儿，就出去了。

　　他直直走到巩德胜的店里。巩德胜亏得他出了大力，才惩治了狗剩和秃子，见他来，殷勤得不知怎么好。韩玄子说："怎么样，这两天，那狗剩、秃子还来扰乱吗？"

　　"没有。"巩德胜说，"他只要有钱，就让他来吧，他要再摔坏我一个酒盅，我自个倒要打破一个酒瓮哩！"

　　韩玄子就笑了："你该庆贺庆贺了吧？"

　　巩德胜说："那自然，来半斤吧。"

　　韩玄子说："我不喝你的酒。你要有心，你就手放大些，包一场电影，让镇子上的人都看看，也好扬扬你的名声。"

巩德胜为难了："包电影？一场三十元呢！"

"你这人就是抠掐个钱！"韩玄子看不上眼了，"你要名声
倒了，都来欺负你，别说三十元，你连店都办不成了。你知道吗？
人家王才这次吃了亏，偏还包了一场电影，瞧瞧人家多毒！今晚
人家电影一演，镇上人都说他的好话，反过来倒要外派你了！"

巩德胜沉吟了许久，依了韩玄子的主意，只是担心，王才包
了一场，他再包一场，这对台电影，人总不会都来看他包的呀！

韩玄子说："只要你出面包，我保你的观众比他的多！"

韩玄子就亲自去了放映队，打问新近还有什么好片子。放映
员见是韩玄子，就说有《少林寺》，武打得厉害，原计划正月初
三晚上放映。韩玄子便掏出钱来，说巩德胜想感激党的政策使他
家日子好过了，要今晚包一场，就请一定放映《少林寺》。

结果，对台电影，一个在镇街西头场子，一个在镇街东头场
子。满镇的人先得知王才家包的电影早，半下午就在西头场子坐
了黑压压一片，但后又听说巩德胜家包了《少林寺》在东头场子
发映，一传十，十传百，多半人就又扛了凳子到东头场子去了。

二贝和白银知道这一切尽是爹在幕后干的，大为不满。天黑
下来，自然先去看了一会儿《少林寺》，趁着人乱，小两口就又
去看《瞧这一家子》。一到那边场上，就碰见了王才，王才好不
激动，一把拉住二贝的手，说："好兄弟，你来了真好！你来了
真好！"就掏出好烟递上。

二贝十分同情王才，两个人便离开电影场，蹲在场边的黑影地里说起话来。二贝说："王才哥，我爹人老了，旧观念多，一些地方做得太过分，你不会介意吧？"

王才说："兄弟说到哪里去了！我王才哪里就敢和韩伯闹气？我想得开，什么事都会想得开的。妹子'送路'的日子定到啥时候？"

二贝说："正月十五。原本我主张村里人一个不叫，可我爹爱热闹，爱面子，偏说能来的都让来。这不，花了一大堆，手头积攒的钱全花了，可那酒钱、烟钱还没影哩！"

王才说："也没见婶子给我说，我好为难，去还是不去？不去吧，对不起人，去吧，又怕韩伯不高兴，反倒没了意思。这话当着你说，我什么也就说了。"

二贝说："人上了年纪，思想和咱们不一样了，你不去也好。近来加工厂的事怎么样？"

王才说："每天的产量还可以，销路也好，有些供不应求了。现在犯愁的就是油、糖、面粉的采买艰难。这几天可苦了我，没黑没明地骑上车子到处跑。"

二贝说："你应该打个报告给公社，让他们呈报县上。像你这样搞个体加工厂，县上也没有几个，能不能纳入国家供应指标？那样一来，就省了许多麻烦，又能保障生产啦。"

王才一拍大腿，叫道："好兄弟，你真是教师！你怎么不早说，这主意多好！以后我得好好请教你了！只是公社肯呈我的报告吗？"

二贝说："你找我爹吧，他说什么你也别计较，咱只求把事办成。我在家再敲敲边鼓。万一不成，咱再想办法。"

王才郁郁道："好吧，我找一次韩伯。"

临分手时，王才塞给了二贝四十元，说是他知道二贝家要待客，钱是没多没少地花。二贝坚决不收，王才说："兄弟，我这不是巴结你，全当是我借给你的。你要不收，我王才在你眼里也不是一个正经人了！你拿上，不要让韩伯知道就是。"

远处的电影场里，稀稀落落坐着一些观众。已经到子时了，天上闪着几颗星星。星星的出现，似乎是来指示黑暗的，夜色越来越浓重了。但是，差不多就在这时，远远近近的人家，响起了除旧迎新的鞭炮声，哔里叭啦！哔里叭啦！竟有一声震耳欲聋的爆炸声，那是谁家放了一个自制的土炸药包。

二贝把钱收下了。

八

正月，是一个富于诗意的字眼。辛辛苦苦在田地里挖扒了一年的农民，从初一到十五，也要一反常态了：平日俭省，现在挥霍；平日勤苦，现在懒散；平日肮脏，现在卫生；平日粗野，现在文明。人与人的关系，一下子变得那样客气：你提着篮篮到我家来，我提着篮篮到你家去，见面必打招呼，招呼声声吉祥。小的见老的磕头如鸡啄米，老的给小的解囊掏钱言称压岁。随便

到谁家去，屋干净，院干净，墙角旮旯都干净；门有门联，窗有
窗花，柜上点土香，檐前挂彩灯，让吃让喝让玩让耍让水烟让炭火，
没黑没明没迟没早没吵闹没哭声。这是民间的乐，人伦的乐，是
天地之间最广大的最纯净的大喜大乐！韩玄子，在这炮竹声中又
增了一寿，现在是六十四了，正月的感受尤为深刻！自腊月三十
日的中午始，他所到之处，处处都是甜甜的笑脸，都是火辣辣的
言辞，都是肥嘟嘟的肉块和热腾腾的烧酒。他穿着里外三新的棉
衣棉裤，披着那件羊皮大袄，进这家，出那家，这都是邀请他去
坐的，他毫不拒绝，一是有吃有喝，二是联络感情。那些主人们
总是率着老婆、儿女，一杯又一杯为他敬酒。他是有敬必有喝，
偏是不醉，问这样，问那样，末了总是从口袋里掏出一角二角
钱来，送给为他磕头的孩子。村里的孩子们都知道给他磕头必
是有钱，结伙成队专来找他，一见面就双膝跪下，他乐得哈哈
大笑，便将身上的零钱全打发出去了；再有要磕的，他就说："爷
没钱了，明日给爷磕吧！"

几天之内，他就散出去了十多元钱。回家来打开他的钱匣，
已经什么也没有了，就向二贝娘要，二贝娘说："我挣钱吗？"

他说："腊月里我给你的十元钱呢？"

腊月里，二贝娘曾嘟囔她一辈子命苦，自己挣不来钱，便没
当过一天的掌柜。说这话的时候，是当着儿女的面说的，韩玄子
就笑着，掏出十元钱，说："好吧，明年给你自主，十元钱够了吧，
你又不买这买那，要钱干什么呀？"

现在，二贝娘只好将这十元钱又交还给他，埋怨过年给孩子们压岁钱，本是一件玩的事，却偏偏这么认真，一下子就散出去十六七元。

"热闹嘛！"韩玄子说，"又有什么办法，一连声地叫爷，跪在地上不起来嘛！"

到吃饭的时候，最快活的是韩玄子，最苦的却是二贝娘他们。七碟子儿八碗儿的正要开饭，有人来请老汉了，不去不行，只好去了。二贝娘就叮咛少吃点，少喝点，回来再吃。一家大小就只有等着。可韩玄子在这家还未吃清，另一家就在桌边相等，一家，两家，三家，五家，吃喝得没完没了，家里人就还得等。中午饭等到太阳都斜了，人还不回来，饭也冷了，菜也凉了，生了气才要来吃，一家之主回来了。一进院门，就嘿嘿地笑，这一笑，二贝娘就笑了，用筷子指着说："瞧，瞧，又醉了，又醉了！"

"没醉，哪里醉了！"韩玄子一边笑，一边说，一边摇摇晃晃往里走，东斜西歪，西歪东斜。

白银说："快倒啦，快倒啦！"

忙放下碗去扶，还未走到公公身边，韩玄子蓦地就倒下去，压坏了一株夹竹桃。一家人又气又笑，一起动手把他抬到炕上。他又笑了一阵，就睡去了。

老汉刚睡下一会儿，王才就提着四色礼给拜年来了。王才来拜年，二贝当然知道缘由，二贝娘却有些吃惊，不知所措，当下取烟取酒；要烧火做饭时，王才拦住了，说是过年肚子不饥，一口也咽不下去了。

"我是来和我伯坐坐的，平日没时间。"王才笑着说。

二贝娘说："真不巧，你韩伯又喝醉了，刚刚睡下。"

王才就到二贝的厦房去说了一阵话，偏偏二贝娘也过来了，他要说的话也没说成，只是寒暄。走到院里，看看鸡棚，问问下蛋的情况；看看花台，说说花的品种；后又要看门上的对联，一边是"衣丰食足读诗书"，一边是"天时地利人事和"，口里叫道："亏得是老先生，韩伯的对联写得好啊！"

走到堂屋卧室门口，听韩玄子吹气似的鼾声，一阵紧过一阵，心想：醉得这般沉，不是一两个小时可以醒的，就说"我改日再来吧"，告辞走了。

第二天一早，王才又拿了一条香烟来到韩家，韩玄子却是不在家。老汉还未起床，公社大院的几个干部就来喊他，脸未洗就走了。王才笑了笑，见二贝和白银还没有起床，便和二贝娘说话，二贝娘说："你韩伯这人，越活越不像个上年纪的人了。三十日到现在，一刻也不落屋，要回来就是醉了。这一去，必是让大院的干部又缠住喝酒，说不准个回来的时辰。"

王才又是苦笑一下，放下香烟要走。二贝娘说："你这孩子，怎么来一次都要带东西？过年来坐坐嘛，街坊邻居的，规矩这么多！"

王才说："过年就是这样，到哪里手不空甩，一条烟有个啥？我晚上再来吧。"

晚上，韩玄子是在家里。他是中午被人背回来的，睡了一下午，酒劲是过去了，但头脑还是昏昏的。坐在炕上，吃罢了二贝娘做的胡辣汤，便又躺下睡了。待到彩灯点亮，村里的孩子们打着各种各样的灯笼，满村巷喊着"呜号号，呜号号，彩灯过来了！"王才在袖筒里塞了一瓶西凤酒，第三次来到了韩玄子的家。

二贝和白银正在院子里放花炮，芯子点着，一树银花，乐得一家人大呼小叫。二贝娘刚到照壁前的灯窝里为神明灯添油，就碰着了王才，说："是王才呀，快到屋里坐，你韩伯在家。我真拿他没办法，今早去公社大院果然就醉了！我去看看醒了没有？"

二贝和白银便让着王才先到厦房去。二贝娘到了卧室，推醒了韩玄子，低声说："王才又来了。"

韩玄子已经清醒了，说："他来干啥？就说我醉了，不得醒来。"

老伴说："你哪里没醒？有理都不打上门客，人家孩子来了三次，是神都请到了，再不见，咱就没理了！"

韩玄子只好起来，让王才到堂屋来坐。王才上来叫一声"伯"，韩玄子让了座，就去打水洗脸，然后喝茶，取了水烟袋呼呼噜噜抽了一气，方说："王才，叫你跑了几次了！真没办法，一过年这个叫，那个叫，不去不行，去了不喝不行，这过年我真有些怯了！"

王才说："谁能活得像你老一样呢！"

韩玄子说："我有什么呀？只是本本分分就是了。要说有钱吗，真还不如你王才；有钱能使鬼推磨，你年里家里热闹吧？"

王才脸红了红，说："我哪儿敢比得韩伯！韩伯若不嫌弃，明日中午你和我婶到我们家去坐吧。"

韩玄子说："哎呀！明日又排满了。明日叶子和女婿要来拜年，公社王书记和张武干他们也要来，实在走不脱身呢。王才，加工厂还开着工吗？"

"三十下午就停了。"王才说，"我想初八开工哩。"

韩玄子说："哟，那么早开工，你也真是钱挣上心了！"

王才说："大家都要求早些开工，说六天年一过，就没事了，农民嘛，就热火这几天，闲在家里没事，开了工，倒可以捏几个钱了。"

韩玄子心里说："哼，说得多好，全是为了大伙！"当下嘴里"噢"了一声，便不再说话。过了一会儿，他突然又问："你找我，有什么要办的事吗？"

王才没想到韩玄子这么挑明问他，当下倒噎住了，憋了半天，说："我来给伯说件事，不知行不行？加工厂开业以后，人手越来越多了，需用的面粉、油、糖，数量增大了几倍，先是我三、六、九日去集市上购买，现在就这样也供不及了。我思想，写一份报告给上边，看是否能将这三宗供应列入粮站的指标。别的咱不企图，这一供应，就可以保障加工厂的生产了。"

说着，从怀里掏出一份报告来，同时将袖筒里的酒瓶取出来，放在了桌上。

"你看看，这样写行不行？若行，你在公社里人熟，给他们说说，盖个章，填个意见，呈报到县里去。"

韩玄子还未看报告，心里就叫道：好个王才，你真是心比天高，还想让国家供应你的原料？！就拿起西凤酒说："王才，你怎么也来起这一套？这酒我不能收，这成什么体统了！我韩玄子是爱喝酒，可不明不白的酒点滴不沾，该办的，符合政策的，咱为乡里乡亲热身子扑着办；不该办的，违法乱纪的，你就是搬了金山银山来，我也没那么个胆！"

王才一时十分难堪，千般说明过年期间，到哪里空手也是去不得的，何况仅仅一瓶酒，一定要收下。但韩玄子硬是不收。王才只好又收起来。

韩玄子取了眼镜戴上，细细看了报告，说："王才，这恐怕不行呢。你这加工厂，虽然工人多，收入大，可所得盈利你不是纳入国库的，肥了你自己的腰包，国家能这么供应你吗？"

王才说："我是按市价来买，只要这么办了，给我省点力气。再说，报纸上也讲了，国家是大力支持专业户的。我只想试试，或许能行呢。"

韩玄子就笑了："你们这些人呀，想得太简单了！你想想，好事怎么能都让你们占了呢？我实在没办法，你可以直接递到公社去，可我说，公社也不会批准你这报告的。王才，你要清楚咱现在仍是社会主义社会！你听说了吗，县城里的一些专业户、个体户现在钱一挣得多起来，就都有些害怕了，开始买'爱国钱'，几百几千地认购国库券呢。”

　　这话如同炸弹，使王才大为震撼。有些专业户、个体户买“爱国钱”，为自己找政治保护色、寻后路，这风声他多多少少也听到一点，韩玄子却这么一板一眼地说给他听，是什么意思呢？瞧那口气，那眼神，分明在说：“人家都在寻退步了，你还这么大干呀？你等着吧，吃不了有你兜着的！”他真有些害怕了。

　　“韩伯！”他说，“你说的也对，我现在虽然有了些钱，但又全用在了扩大再生产上，我也想以后捐钱给公社的。这么说，这报告就算了。我还年轻，世面经得少，文化又浅，以后有不是的地方，还望韩伯多指点呢。”

　　之后，又说了一些甜不甜、咸不咸的话，王才就起身走了。

　　韩玄子送到门口，二贝和白银又在那里点二甩炮，唰的一声蹿上半空，又叭的一声在空中炸开，响声极脆，样子也好看得出奇。韩玄子觉得有滋有味，硬要二贝将家里那一串一千三百响的连珠炮拿来放了。立时，照壁下一片轰响，无数的孩子闻声赶来，在那里抢着拾落芯的炮。

　　韩玄子突然记起明日闹社火的事，到侄儿队长家去了。

　　第二天，便是正月初三，依照风俗，社火从这一天开始，一直要闹过十六。经过全公社动员、安排，这天上午，川道地的各村就响起锣鼓，十点左右，各路社火芯子抬出来，往镇街上集中。芯子是千奇百怪的造型，观看的人群拥前挤后地包围，镇子上、镇子附近的村子，几乎是老少倾出，家家锁门。远处的山民们，也有半夜打着灯笼火把，走几十里路赶来的。小小的镇街上，人头攒动，熙熙攘攘，几乎要将镇街两旁的房舍挤倒似的。各家铺店，更是门里门外都是人。烟、酒、鞭炮、蜡烛、红纸、糖果、点心，一瓶一包的货物卖出去，一把一堆的钱票收回来。巩德胜已经从早到午未能吃一口饭，喝一滴水了。枣核女人则站在门口的凳子上，眼观四面，耳听八方，唯恐混乱之中，有人行窃偷盗。到了十二点，三声筒子大炮点响，社火芯子队开始招摇过镇街。路线是从街西大场出发，经过镇街，到街东大场，再上塬，穿过公路，再到街西，再到镇街，最后在街东大场评比，才算结束。

韩玄子一大早起床，就往公社去，和公社干部一起到各队查看。有的队扮的是"三战吕布"，饰刘备的站在下边，双手各执一剑，左剑刃上站关公，右剑刃上站张飞，张飞长矛之端悬一尼龙绳，下吊吕布。有的队扮"李清照荡秋千"，竟真是一个秋千，上有一幼女站着荡板，不断晃动。有的队扮的是"游龟山"，一张彩船，船头坐着田玉川，船尾站着胡凤莲，船旋转不已，人却纹丝不动。更有那"三打白骨精""劈山救母""水漫金山"，造型一台比一台玄妙，人数一台比一台增多。围观的大呼小叫，那北山、南山远道而来的山民，时不时挤到每一台芯子的桌面下看是不是拴有石头、磨扇。因为这芯子全是固定在八仙桌上的，然后由八人抬起，平衡极难掌握；外地人常有芯子翻倒的事故，因此必须拴有石块或磨扇在下面增加重量，起稳定作用。而这些山民看后，惊叹不已：到底四皓埋在这镇上，尽出能人了，竟不拴石块、磨扇？！

社火芯子开始过街。沿街的国营单位、集体单位、人家住户，凡是经过之处，就彩绸悬挂，鞭炮齐鸣。芯子队过后，街面上一层炮屑，满空硫磺气味。巩德胜的枣核女人早弯腰在那炮屑灰尘中寻东觅西，竟也捡回了五角钱、三个发夹、一只小孩的绣花猫头棉鞋，社火芯子到了街东大场，王才家正在大场畔。他站在高高的门楼顶上，背了一挎包鞭炮，放了一串又一串，哔哔啪啪足足响了三十分钟。响声吸引了所有闹社火的人，都扭着头往这边看：那些敲鼓敲锣的乐队，也停了手中的家伙，看着一堆孩子在门楼下捡炮，竟将有的孩子的棉衣也烧着了，喊声，叫声，笑声，也有骂声，乱糟糟一团。

韩玄子对此极不乐意，却又说不出个什么。社火最后评比，选出了五台最佳社火，当场由王书记发奖，每台三元钱、一张奖状。有人就当着韩玄子的面发牢骚："怎么拿得出手？三元钱！一个公社倒不如一个王才！人家今天放的鞭炮，最少也是十几元钱了！"

韩玄子听见了，只装着没听见，找着西街的狮子队负责人，问："晚上要喝彩的有人来联系了吗？"

西街的狮子队是传统的拿手的夜社火。每年春节的夜晚，几十人的狮子队，要到一些人家去热闹，这种热闹名叫喝彩。凡是被喝彩的人家，是很体面的，主人则是要放鞭炮，送两瓶好酒、两条好烟，还要在狮子头上系一条三尺长的红绸。因此，这种喝彩，并不是一般人家所能受得的，都是主人家事先来联系，晚上才有目标地去的。

狮子队的头儿说："已经来联系的有十二家了，西街的二顺、七羊，中街的德林、茂仁，东街头的有王才……"

韩玄子说："别到他家去了。他仗着他家有钱，今天放那么多鞭炮，很多人都有看法。喝彩本来是高兴事，他要再一摆阔，就会压了别的人家，倒引起不团结呢！咱们不能光向钱看，掏不起烟、酒、红绸的，咱们也应该去。"

到了晚上，果然狮子队就出动了。狮子队的头儿听了韩玄子的话，又为了避免王才上怪，先在西街、中街各家喝了彩，末了才到东街头来，又端端直奔了韩玄子家。一进院子，韩玄子就在门口安上了三百瓦的电灯泡，拿烟拿菜出来。狮子队每人耳朵上别了一支烟，就摆开阵势，鼓儿咚咚，锣儿锵锵，大小三个麻丝做成的狮子，翻、掀、扑、剪，相搏相斗，然后一起面向堂屋，摇头晃脑，领头儿的就在几十个彩灯彩旗下大声说一段吉祥快板。完毕，韩玄子请客入内，送上两瓶好酒、两条好烟，二贝娘便将三尺红绸系在狮子头上，接着有人点响了鞭炮，很是热闹了一番。

村里来的人也多，韩玄子招呼这个，招呼那个，烟散了一遍又一遍；凡抽烟喝茶的，没有不说这家体面的："呀，喝一次彩，光这烟茶咱就掏不起呀。"

但是，韩玄子也确实掏不起烟了。家里所备的一条烟已经散完，就大声叫二贝，要二贝把他买的烟也拿出来。喊了二声，二贝没有回应，二贝娘满院查看，不见二贝影子，连白银也没有见，不免纳闷：村里人都来看热闹了，这两口都跑到哪里去了！

二贝和白银是到王才家去了。

当喝彩的狮子队进了院子，二贝就对白银说："这会儿人多。爹不注意，咱到王才哥那儿去吧。"

两人到了王才家，王才很纳闷狮子队怎么没到他家来，让媳妇在门口大场上张望了几次，渐渐听得锣鼓声慢慢向后塬村远去了，知道再不会来。王才媳妇一回到家，就伤心地趴在炕上呜呜哭。王才当着二贝和白银的面，也不好发作，倒笑着对媳妇说："你真是小孩脾气，人家一定是要累了，今晚不来，明晚定会来的。"

二贝猜摸这其中必定有原因，却故意避开这事，只是问："王才哥，那报告的事，你给我爹说了吗？"

王才说："好兄弟，韩伯不同意，还给我讲了许多话，我看也就算了。"

王才如此这般叙述了经过，二贝一听，倒火了："这怎么就算了？！你这是犯法的事吗？光光明明的事情，你怕什么？难道你不相信党的政策？！"

王才说："你是教师，读的报多，离政策近，你说该怎么办？"

二贝说："我爹不同意，可能公社也不会给你盖章填意见往上呈报，依我看，咱直接把报告送到县上去，交县委马书记！"

王才说："我是何等嘴脸，能与马书记交往？我还不知道县委大门是怎么个进法哩！"

二贝说："你是何等嘴脸？要叫别人看得起，首先自己就要看得起自己；别人要弄倒你，那是弄不倒的，世上只有自己弄倒自己的！你把报告让我看看，咱重写一份，详细写清你这个加工厂的规模、状况、提出困难，我负责给你送！"

王才一家人好不感激，连夜在灯下，几个人重新起草报告，一直干到夜里下一点，二贝两口才返回家来。

第二天，初四的早晨，二贝对爹和娘说，他们要到县城关镇给岳父拜年去，就提了礼物，小两口合骑一辆自行车，丁丁零零出门走了。

九

狮子队没有来家喝彩，王才的媳妇哭哭啼啼大半夜。王才送走了二贝和白银，他心里也苦得难受。夫妇俩坐在火盆旁，红红的火光照着他们，谁也不说话，也没有什么话要说。于是，最不能安宁的是一双火筷，你拿起来翘翘火，我又拿起来翘翘火，末了都说：睡吧。就上了炕去睡。睡下又都睡不着，两个人又都披衣坐起，叽叽咕咕说话。

一个说："咱没亏人吧？"

一个说："咱没亏人。"

一个再说："咱怎么会亏人呢？"

一个再说："咱哪里就亏人了！"

想来想去，就想到韩玄子，估计必是这老先生从中作了梗。

一个又说："咱和他没有仇呀？"

一个又说："咱和他有什么仇？"

一个再说："没仇。"

一个又再说："没仇。"

便又说起二贝和白银，口气是一致的：这小两口不错。但是，这小两口送报告的事能不能成功？夫妇俩却谁也说不准。

一直唠叨到鸡叫，王才咬咬牙说："咱是没错，真的，咱没错！我王才以前是什么模样，难道我永远是那个模样吗？只要现在的党中央不是换了另一班人马，不是变了这一套政策，我王才该怎么办，还得怎么办！我明日再去请狮子队，人家不来，我到白沟你娘家去，让那里的狮子队来，这口气我还是要争的，要不，真的我王才办了加工厂，倒成了什么黑人、罪人了！"

初四的早上，他去找了狮子队，头儿支支吾吾，没有说不去，也没有说去。王才第一次在别人面前动了肝火，二话未说，扭头就走了。他走了七里路，到了白沟岳父家，邀请那里的狮子队。狮子队的人知道王才当年曾张罗过办商芝加工生意，他们也正在酝酿这事，见了王才，如见了活佛，问他当年有过什么设想？又是如何经销？经验是什么？教训是什么？王才就将自己和二贝曾设想的那一套和盘托出，预祝他们事业成功。这些人满口答应当晚来他家喝彩。

天未黑，白沟村的狮子队就进了镇。他们故意张灯结彩，鼓锣喧天地从镇街东走到镇街西，又从镇街西走到镇街东，惹得镇上的人都来观看，不知今晚这队人马要给谁家去喝彩。末了就奔王才院里去了。

王才的院子扩大以后，十分宽阔，狮子队耍了一场，又要一场，整整一个小时不肯停歇，齐声高喊：

> 新年好，新年好，
> 狮子头上三点宝。
> 呜号号，呜号号，
> 欢呼党的好领导，
> 劳动致富发家了。

> 新年好，新年好，
> 狮子头上三点宝。
> 呜号号，呜号号，
> 齐心协力挖穷根，
> 今年更比去年好。

这喊声村里人差不多全听见了。又是十多分钟的鞭炮声，又是来人就散烟，又是来人就上桌子喝盅酒，看热闹的人越来越多，私下里都在议论：这小个子王才还是厉害，热闹得倒比韩玄子家更盛呢。

　　韩玄子毕竟只是镇街上的韩玄子，他管不着白沟村。白沟村的狮子队来过一趟之后，第二天夜里又来了竹马队，第三天又来了魔女队。来了就独独往王才家喝彩，喝彩完再在大场上耍闹一场：这些热闹的人马每晚都挣得王才家许多烟酒，使得西街狮子队就眼红起来。有人埋怨他们的报酬太少，越耍越没劲，到了初六晚上，竟不再出动，一散了了。

　　韩玄子去催了几次，都借口没有经费，不愿干了。甚至每天中午的社火芯子，也渐渐疲沓起来，这个队出，那个队就不出。韩玄子发急了，他和公社大院的干部商量，是不是由公社再拨一些钱来给社火队补贴，公社当然没有这项开支，只好又让各队队长再按人头摊款。但重新摊款，就难上难了；农民过一个年，花销是不小的，谁手里也没几个钱了。眼看到了正月十二，县上要进行社火比赛，镇子的社火却组织不起来。韩玄子四处奔波，以公社文化站名义，召集各队队长，说了许多严厉的话，队长们就有了意见，当场顶撞起来："向社员要钱，社员哪有多少钱？谁家像你们家，大大小小都挣国家钱的！扮社火本是大家快乐的事，你们这么干，哪还会有什么兴头干呢？"

　　韩玄子也觉得这话实在，可怎么应付县上的比赛呢？他们这个镇的文化站一直受县上文化局表扬，难道这次露脸的时候，就放一个哑炮吗？回家来愁得饭也不吃。

　　二贝看见爹为难，说："我说不要管这些事，你偏要管，怎么着，是非全落到你的身上了！任它还闹社火不闹，天塌下来高个子顶，有他公社的干部哩！"

韩玄子说："胡说八道！真要塌火，我还有什么脸面到公社大院去？人家还敢再委托咱办事吗？"

他狠了心，说要自己先拿出三十元垫上，是好是歹闹起来十二上县，在县上中了奖，拿奖钱再还自己。二贝哭笑不得，问爹是怎么啦？腰里有多少钱？正月十五就要"送路"待客，正到了花钱的时候，客来一院子，你往桌上摆什么、端什么？！已经没几天了，烟还没有买，酒还没有买，莫非家里还有个银窖未挖？二贝娘在这件事上，立场是鲜明地站在了二贝的一边，咕咕囔囔起来，说去年夏天她到王书记家去，那个大屁股女人正在院里晒点心。天神，点心还晒！一晒一四六大席！人家吃不完，陈的已经要生虫，新的又有人送来了！瞧瞧这种当干部的！可咱的人当了站长，清水衙门！不但不进，反要往外掏！三说两说，韩玄子倒生了气，叫道："都不要说了！烦死人了！常言说：家有贤妻，丈夫在外不遭祸事。你们尽在我的下巴下支砖，还让我出去怎么指拨别人？！"

也就在这天晚上，王才到公社大院去了。

他的加工厂是初八就开了工的。开工的第一天，附近的一些代销店就来订货，数量要得很多，那作坊里就整天整夜机器响、案板响、油锅响。狗剩和秃子一边干活，一边说着村里的新闻。论到韩玄子的困苦处，热一句，冷一句，百般嘲笑。王才听见了，训斥他们不要在这里说东道西，自个却揣着一颗心去找张武干。张武干也在为社火上县比赛的事犯愁，见了王才，没好气地说："有什么事。过罢十五来谈吧！"

　　王才说："我不是来求你解决什么纠纷的。我问你，咱镇上的社火真的要上县去吗？"

　　张武干说："当然要去！到时候，你那里可不能强留人，队上需要谁去，谁一定得去！"

　　王才说："那是当然。听说社火的费用钱收不齐，有这事吗？如果真是这样，我想，能不能给我一个机会，好给大家出点力，我以加工厂名义，拿出四十元。"

　　张武干当时愣了，脸面上一时又缓和不下来。王才说："我这是完全自愿的，没有别的企图，因为我到底手头活泛些。如果怕引起别人议论，你不要对外人讲是我掏的，我保证也不说，只是为咱镇上不要丢人。"

　　张武干拿不定主意，把这事汇报给了王书记，王书记倒高兴，收了这笔钱后，便连夜来对韩玄子谈了。韩玄子纳闷了半天，疑惑地说："这王才到底不是平地卧的人呀！能保住他不对外人说吗？他要一说，倒使他落得一个好名。再说，收了他一人的钱，会不会丢了广大群众的脸？就是他真心真意，咱公社是否能将上次没收的那几根木料折价给他，权当是公社拨给闹社火的补贴？"

　　木料是半年前公社没收一个贩子的，一直堆放在大院，无法处理，又被雨淋得生了一层木耳。王书记和武干听了，都说这主意妙极！便让武干又去了王才家，讲明：闹社火是集体的事，哪能让一个人掏钱？这种精神是可嘉的，但做法不妥，公社决定将木料折价给他。王才也同意。

有了钱，社火又闹了起来。正月十二，十六台社火芯子抬到县城，韩玄子又是满面的光彩，专门派人做了牌楼，上面用金粉写了"四皓镇社火"五个大字。一到城关，就十六支一尺七寸的长杆铜号吹天吹地，八面笸箩大的牛皮大鼓，八张二人抬的熟铜黄锣，一齐敲打，满指望这次要全县夺魁了。

可是，社火一进县城十字街口，各路社火一抬出，韩玄子就傻眼了：茶坊公社的社火队是一排二十五辆汽车阵，领头的一辆是一面大鼓，敲鼓的头扎红布，腰系红带，左一槌，右一槌，上下跳跃，动作有力而优美，像是受过专门训练。后边汽车上的社火更是内容新鲜，什么"鲤鱼跳龙门"，什么"哪吒出世"；那偌大的荷花惟妙惟肖，花瓣竟能张能合，合着是白，张开是红，中间还有一粉团似的孩子现出。西河公社的社火则内容多得出奇，先是芯子十台，后是五十人两丈高的高跷，再是龙，再是狮子，再是旱船，再是社火须子："范进中举""失子惊疯""公公背儿媳"……长蛇阵似的，前不见头，后不见尾。还有东山公社和柳林公社的花杆队、腰鼓队、秧歌队、竹马队，名目繁多，花样翻新，色彩夺目，造型绝奇。只显得四皓镇的人马寒酸可怜了。

韩玄子拉住一个公社的领队，问："你们这么大的气派，哪儿来的钱呀？"

回答说："要什么钱？这都是自发干起来的呀！你瞧，那一辆一辆汽车、拖拉机，都是私人的。往年一个队扮一台，今年是队上要扮队上的，私人要扮私人的，农民有了钱，就要夸富呢！"

韩玄子说："私人这么办，不影响旁人的情绪？"

回答得更响了："有什么情绪？政策让一部分人先富起来，一户富了，就能带动十户八户都富起来。大家都在争着富，是龙就成龙，是虎就成虎，八仙过海，各人会有各人的神通呢！"

韩玄子没有再敢问下去。

很自然，全县的社火评比，四皓镇没有中奖。

韩玄子一回到家，就感觉头很疼，便睡下了。

一家人都以为爹是太累了，也就没有当回事。可是，韩玄子睡过一夜，十三日的早上第一次没有早起，直到二贝娘做好了早饭，他还没有起来。二贝娘进了卧室来喊，见老汉大睁双眼，连喊几声却不吭不响，当下就吓坏了。到厦房对二贝、白银说："你爹是怎么啦，从来没有这么睡懒觉的！你们快去看看，是不是病了？我的天神，后天就要待客，明日帮忙的人便来，他怎么就在这坎节儿上病了呢？"

二贝和白银吓了一跳，上来站在爹的炕头，一声声叫爹，问爹怎么啦，哪里不舒服。韩玄子说："你去公社叫王书记、张武干，就说我请他们来哩。"

二贝飞也似的赶到公社大院，王书记他们正在家里摸麻将，谁输了就钻桌子。恰好是王书记在钻，炊事员刘老头说书记太胖，可以免了，张武干不同意，坚持麻将面前，人人平等。二贝一脚踏进去，说明了情况，王书记便和张武干赶来。韩玄子说："王书记，张武干，我没有给咱把事办好，丢了公社的人了！我没有病，我只是想，我是老了，干不了这文化站的事，今年你们研究一下，就把这站长的帽子给我摘了。"

王书记却哈哈笑了，说："老韩，你这是怎么啦？有人说你的闲话？你不干这个站长，咱社里谁还能干呢？谁要说不三不四的风凉话，我们自会处理的！只要你还能跑得动，这站长就不要想卸掉，老同志嘛，许许多多的事还得你出马解决呢！"

书记的口气很坚决，使韩玄子大受感动。他从炕上爬下来，又摆了几盘菜，三个人一边说话，一边喝起来。书记一走，韩玄子就让小女儿去白沟叫来叶子和三娃，中午特意让二贝娘做了一点荤菜，把二贝和白银也叫上来，一家大小一起吃。饭桌上，三娃不断站起来为岳父敬酒，韩玄子有些兴奋了，就让二贝和三娃划几拳。二贝先觉得爹今天反常，后见又恢复了往日的情绪，也就划了几拳，还给爹敬了几杯。韩玄子脸色有些红了，话也开始多起来。白银说："爹怕又喝得多了吧！"

韩玄子说："多是多了些，要醉还早呢。我高兴嘛，我只说这次社火办得不好，可公社领导还看得起我！今日个，咱一家人都在这里，和和气气的也像一个家的样子，我心里还很盛哩！"

二贝见爹难得说出这话，心里也高兴，就越发讨好地说："爹，下午没事，我去把咱的芋头地整理整理，我的那三分地去冬浇了，我娘和我小妹的那五分地去冬水没浇上，满地土疙瘩，要敲碎了，再过半个月，我就开始点种了！"

韩玄子说："那么一点地，来得及的。下午，我有事要给你们说。本来一年到头，咱一家人该坐下来好好说说，总结过去的一年，规划新的一年，可这社火缠得我没有空。现在事情过了，后天又要办事，只有今日空闲，咱好好开个家庭会。"

二贝便说："好吧，我们也有话要给爹说说呢！"

碗筷收拾了，韩玄子就燃起炭火，二贝和三娃坐在一边拿烟来吸，叶子坐着织毛衣，白银捏不住女红，和小妹坐在一条长凳子上，一会儿把小妹的头发辫成小辫儿，一会儿又解开。

这种家庭会议，几乎成了一种制度，每年春节召开一次。那几年，二贝还没有结婚，大贝回家过年，最怕的就是这种会。说是家庭会，毋如说是训斥会。韩玄子每次主持，要求"大家都说"，结果没有一次不是"一言堂"。这会几乎从没有开成功过，常以炸会而结束。但这一次炸了，下一次还得开。白银在娘家是无拘无束惯了，先听说家庭开会，觉得怪是稀罕，过门参加第一次会，很认真地洗耳恭听，但听来听去，全是些老话、旧话、套话、废话，没一点儿新鲜的东西，听得她直打瞌睡。但她不能不来，来了又不能不坚持到底，一回到自己房里就要说爹的不是，她没有读过《红楼梦》小说，却看过越剧《红楼梦》，便认定爹就是那个贾政。

这会儿，大家都不说话，韩玄子也只是吸水烟。吸这种烟在农村是极少的。烟是大贝从兰州特意捎回的"百条儿"，烟袋是二贝接爹的班后，用第一个月的全部工资，讨买了一个解放前任过伪县长的孙子的传家之物。一次装一小丸儿烟丝，一小丸儿烟丝一喷一口香儿。这镇上当然只有他韩玄子才能如此享受。二贝娘已经刷了锅碗，却还在厨房里摸摸盆子，挪挪罐子，迟迟不见上堂屋来。韩玄子说："他娘，你怎么啦？都在等着你了！那些盆盆罐罐，是什么稀世珍宝收拾不清？"

"你们开你们的，叫我干啥呀？我又不会说话，说话又不算话的！"

韩玄子说："你真是扶不起的天子！你说不了，是叫你做报告演说吗？你不会坐在这里吗？"

二贝娘拍打着衣服上的土，上来坐了，脸上笑笑的，说："好好，现在你开始吧！"

韩玄子便一本正经地进行开场白了。这开场白已经形成了多年来经久不变的言辞，说："现在，一家人就缺大贝两口，他们工作忙，不回来也就罢了。今日也没外人，咱一家人，好好坐一坐。一个家庭也就如一个国家，国家一年要开党代会、人代会，一个家庭也要开。外边的人听说咱还开家庭会，就感到奇怪，这是他们少见多怪。他们打哩闹哩，什么事打打骂骂就解决了；咱不，咱都是多少有文化的人，咱要开会解决思想问题。一年已经过去了，新的一年又过了十多天，过去的一年里这个家怎么样？咱们都要总结。

"下一步如何安排计划？咱们也都要有个想法。人常说：

吃不穷，穿不穷，算计不到一世穷。去年一年，依我看，咱这个家过得不好。怎么个不好？首先是人心不齐，这主要的责任是在二贝和白银身上。白银是新到咱家的，就我思想，亲生的儿女和进门的媳妇都一样是儿女，手心手背都是肉。白银自小没娘，我只说过了门来，让你娘好好拉扯，白银也算有了温暖，有了母爱，你娘也算有了搭手。咱这家是多好的日子，拢共就分了那么点地，麦秋二茬收了，种了，就没事了，你就在家帮你娘做三顿饭，收拾收拾家务。可我这想法错了，白银是野惯了性子，在外干活肯出力，家里的活，眼里没水。为早晨扫院子，为烧水，为挑水，我不知说了多少回，就是不听。二贝身也沉，学校在家门口，三顿饭在家吃，吃罢饭，嘴一抹走了，天不黑不回来。一回来就钻到小房里，你两口嘻嘻嘻、哈哈哈个不停。可你娘呢，那么大的年纪了，还要刷锅、洗碗、挑水。你们良心上能过去吗？再一点，咱这个家真成了空架子。为什么呢？外边都在说咱家有钱，可一个子儿也存不住。当然，去年一年办了几件事：二贝结婚，叶子出嫁。咱虽在乡下，可除了水以外，什么不要钱呢？我一月四五十元，要管吃、穿，还要迎来送往。一个萝卜几头来切，一月撵不及一月。二贝的钱，我也不知道都干了些什么？除了买三十斤粮，说好每月交给我十元，可总是这月交了，下月就不交。结果，外边招得风声大，什么事旁人都把咱推到首头，咱有苦对谁说谁也不信。可话说回来，我也不是要儿女把钱都给我，也不是让咱一家人在外都是铁公鸡一毛不拔，那样子，即便是万贯家财，又能怎样？第三点，就是要注意影响，顾及大场面。在这镇上，咱是正南正北人家，交往必然就广，凡是来咱家能吃能喝的，那都是些有头有脸的人，万万不能怠慢。出门在外，又要学得本分。俗话说：一件衣服要穿烂，不要让人指烂。说到这儿我就有气，二贝你们结婚，也是到省城你哥那儿举行的，买几件衣服是应该的，可白银买一身西服，上衣只有两个扣子，在咱这地方怎么穿出去？你学你嫂子的样，也烫头发。人家在城里工作，环境不一样啊！还有那高跟鞋，拖鞋，手插在裤兜里走出走进……所以，我生了气，我把你们分出去了，分出去你们怎么过随你们吧。可一分出去，看着你们日子过得恓惶，我心里也不好受，想：这何苦呀，毕竟是咱的儿女呀。可再一想你们惹我生气，我就说：分了好，让他们也知道知道滋味。半年过去了，各自也都习惯了，咱就这样先过着吧。"

韩玄子只管一边吸烟，一边说下去。屋子里再没有一点声响。三娃是第一次参加这样的会议，实在没有耐力了，吸一根烟，又喝一杯水，又无聊地去翘火，一眼一眼看着火炭由红变白，由硬变软，由粗变细，只说岳父的话要结束了，没想那停顿是为了装换水烟。于是他不得不又去摸第五根香烟了。二贝已经习惯，他最好的办法是低着头想别的事情。虽然这一席话句句都是在诉说白银的不是，白银却并不急不躁。在这个家庭里，她的性格已被磨去了大半锋芒，她也聪明起来，学着二贝那种消极对抗办法。再说，这些话，老公公不知说过多少遍了，只要他一开头，她也能估准下一句的内容了。于是，两眼儿盯着天花板上的一个蜘蛛网。冬天，这房子里炭火不断，蜘蛛活得很精神，密密地织着一个大网，后来就卧到墙角的一根电线上一动不动了。白银看着看着，将头垂下来，似乎做着一种静听的样子，实际却开始了迷迷糊糊的梦境。

"白银，你说说，我上边说的，是不是真的？若有一点委屈了，你可以说，我可以改。"韩玄子扭头看着白银。白银却毫无反应。二贝忙用脚踢了白银一下，白银忽地抬起头来。

"睡了！"韩玄子说，"我口干舌燥说了这一通，你倒是睡着了？！"

白银赶忙说："哪里睡了？爹说的，我句句都在听哩。"

"听着就好，我没委屈你吧？"韩玄子又说，"当然，过去的事已经过去，咱也不要多提。新的一年里怎么办？这是最关键的。一年一年过得好快，如今，叶子也出嫁了，虽说离镇上不远，可她还要过她的光景；小女子过了十五就去县中上学，家里是没有了劳力，我也好犯愁。这地谁种呀？这水谁挑呀？我还得靠你二贝、白银！你们要是好的，新的一年里就不要惹老人生气。白银在家多帮你娘干活，二贝在校，好好教书。学校在家门口，一定要学得活套。人家公社干部，官位就是再小，可在地方上还是为大，学校又在人家眼皮下，事事你要把人家放在位上。这样，于你好，于这个家也好。我嘛，我也有缺点，爱喝口酒，你们嫌我醉了伤身子，也是一片好心，我注意着就是。我脾气不好，这没法改。这一两年里，公社信任我，让干个站长，什么事又都抽我参与，不去不行，去了，村里一些人看不惯就要说，可能也惹了些人。我先前脾气也不是这样，就是退休后，家事、村事搅得我脾气坏了。我再叮咛一句：以后咱家出什么事，说什么话，谁也不能对外讲，外人有和咱心近的，也有成心拆这个家的。你说出去，这些人不是笑话，就是要从中挑拨。白银，听说你往王才家跑了几次，和那媳妇一说就是一下午？"

二贝听了，心里一紧，忙接住话说："这事我知道。年前我们到地里去，碰着王才，硬拉我们去家，也便去了，说些闲话。爹又听谁在加盐加醋了？"

韩玄子说："这号人家，少去为好。他家钱是有了，粮是有了，一家大小手腕子上戴上表了，可谁理呢？人活名，树活皮，以我这年纪，我也早该不干什么站长了，可担子又卸不了，还得干。这虽是小事，就从这小事上，可以看出不论什么时候，人缘是最重要的。总之，一句话，往后，你们要想使老人身体好、多享几年福，就先把咱家搞好，家里搞好了，你们在外也事事顺心。我就这些，你们都可以说说。"

二贝娘就对三娃说："你说说。"

三娃说："我没什么要说，让我二贝哥说吧。"

二贝说："爹都说了，去年家里不好，这怪我和白银的多。是我们的错，我们都要改，不对的地方，老人还要多指教。要叫我说，我只说一句，就是爹上了年纪，一辈子又都从事教育，退休后本来是度晚年的，也不该去文化站。我也知道爹不是为了那每月十五元的补贴才去的；也知道爹在外跑了一辈子，退休了寂寞，可也得看身体状况，能不干就不要干了。总的来说，你对农村的事还摸不清，现在形势又不比以前，什么都在变了，而且还在继续变。咱拿老眼光、老观点去看一些人、一些事，当然看不惯；一管，就可能会失误，这样下去，反倒不好了。既然已经干上，公社又信任，你就只管管文化站，别的事，他们拉你，你一定要推掉。对于王才，乡里乡亲的，这人爹也知道根基，不是什么邪门鬼道的人。这几年发了，这是政策让人家发的，也不是他王才一家一户。爹正确认识他、理解他，能给他帮忙的就帮忙。如果事情做得过分，不光要得罪王才，我想以后可能得罪的人更多。农民要富裕起来，这是社会潮流，顺这个社会潮流而走，一不会犯错误，二也不会倒了人缘。"

　　韩玄子静静地听着二贝的话，他没有言语。他知道二贝现在已经长大成人，有妻有室，又在学校为人师表，若要再反驳，二贝必然还要再说些什么，吵起来，就又不好，大女婿三娃还在座呀！何况对于王才，他心里虽仍不服气，但也觉得过去有些事情做得过分了点。

　　他又抽了一会儿水烟，说："你说，有什么想法，你都可以说，我也是在外干了一辈子，还不是农村瞎老汉，只听好的不听坏的。"

　　二贝说："就这些。过去家里不和，当然有我们身沉不勤快的原因，但对待村里的一些人、事问题上，和爹意见不一致，给爹说，爹也不听，我们才故意置了气呢。"

二贝娘说："我也是这个意见。你管人家王才怎么样哩。他没有，他也不向咱要；他有了，咱也不向他借。国有主席，社有书记，咱管人家的事干啥？"

韩玄子说："从心底来说，王才这人我是看不上眼的。他发了，那是他该发的；可没想到他一下子倒成了人物了！我也不是说他有钱咱眼红他；可这些人成了气候，像咱这样的人家倒不如他了？！"

二贝说："爹这就不对了。国家之所以实行新的经济政策，就是以前的政策使农村越来越穷。谁行，谁不行，也不是一成不变的。现在就是人尽其才的时候，咱能挡住社会吗？咱不让王才发家，人家难道就不发了？甭说咱，就是一个社，一个县，一个省，总也不能把潮流挡住啊！"

韩玄子说："好，他的事我以后少管。可我在这要把话说明，他王才能发了家，咱韩家更要争气把家搞好！后天给叶子'送路'，这也是耍人的机会，咱要鼓足劲，只能办好，不能办坏，要在外面把咱的脸面撑进来：明日一早，二贝你去把厨子请来，咱就在院子里支大锅，准备菜。白银给你娘当帮手，刁空将四邻八舍的桌子、凳子都借来。"

说罢，就让老伴去拿了算盘，一宗一宗计算来多少客？切多少肉？炸多少豆腐？熬多少萝卜？炒多少白菜？下多少米？喝多少酒？吸多少烟？一直又忙乱了一个小时，家庭会议才得以闭幕。

历年来的家庭会议，这一次算是圆满的。二贝和白银一进厦房，白银就说："哈，爹这次总算听了你的话了！"

二贝说："爹心里还想不大通呢。爹是有知识的人，有些事能想得通，有些事就钻了牛角。后天待客，爹是押了大注的呢！"

十

阴历十四的晚上，月亮是出奇地明亮。公社的露天电影院在放映电影，后塬村的自乐队在呜呜哇哇地吹唢呐，而关山公社的社火队来了上百人的队伍，在镇街的丁字街口拉开场子，闹得十分红火，锣鼓一声高过一声，声声入耳。韩玄子家的院子里，安装了六个大灯泡，人忙得不亦乐乎。肉是大清早就煮了的，三指厚的肥膘，砖面一样的块头，红糖熬就的酱，涂得紫里透红，红里泛紫。七只母鸡，十二只公鸡，在一阵小锤儿的击打下，一命呜呼，滚烫的一盆开水浇了，绒毛脱尽，硬翎也掉了，剖腹挖肚，油锅里就炸得哗哗叭叭响。鱿鱼、海参是没有的，但却有娃娃鱼，是特意托人从县上弄来的。厨师们是远近的名厨，他们三十年、四十年的做菜经验，都是蒸碗肉：方块、长条、排骨、酥片、肘子，至于别的烹调技术，他们是束手的。而鱼虽产于镇前河中，但山地人没有吃鱼的习惯，只是，娃娃鱼被城里人吹捧得神乎其神之后，方有偶尔动口的，所以这些厨师们并不精于操作，只好鸡上油锅，鱼也上油锅。这鱼也怪，死而不肯瞑目。堂屋里，八条丈三长凳，支着四张大案，切萝卜的切萝卜，剁红薯的剁红薯，刀响，案响，凳子也响。二贝领着人在院子里挖灶坑，灶坑是七个连环，垒起灶洞，越来越高，越高越小，前是大环锅，后是二环锅，再是大锅，凸锅，铝锅，甄锅，薄锅。大环锅灶口搭上火，火顺坑道入内，一锅水开了，七锅水都开。白银在堂屋，寸步不离娘，娘切菜，她切菜，娘烧火，她烧火。耳朵里却总是声声锣鼓响，偷空出来解手，趴在厕所后墙往镇街方向看，那里半天映红，声响喧天，好一阵心急火燎。走回来，切菜切得又大又粗，烧火烧得毛毛草草，洗盆洗碗也湿水淋淋擦不干。娘就发急道："白银，白银，你这是干的什么活？"

白银说："娘，镇街好热闹哩！"

二贝听见了，恶狠狠地瞪了她一眼。

家里不时有人进来。韩家族里的一些长者，当队长的侄儿，巩德胜的枣核女人，水正的独眼老爹，都来了。他们说是来看看筹办的如何？有没有可以帮忙的？然而，不仅未能帮上忙，反倒忙上加乱，又耗费了许多炭火、茶水、烟卷，韩玄子却已经心满意足，感激地说：

"啊，真亏你们这般关心！有什么要帮忙的呢？你们这一来，帮忙不帮忙，就够我高兴的了！"

一切该准备的都准备了，只等明日搭笼上锅了，大家都坐下来洗手歇气，等着二贝娘做饭来吃。那当侄儿的队长却早出去请了那自乐队来，说是贺一贺喜。那六个吹唢呐的老汉就努着腮帮吹花鼓调"十爱姐儿"。调儿吹过三遍，有一老汉，双目俱盲，清朝末年人氏，当一辈子光棍，唱一辈子花鼓，却老不死，便从一爱唱起。咿咿呀呀唱到七爱，爱的正是姐儿的好裙子，二贝就一拉白银，如鱼脱网，双双向镇街丁字街口跑去。

丁字街口，火把灯笼一片通明，人围得城墙一般。小两口谁也顾不及谁了，只是往人窝里钻。白银个头小，身子瘦瘦的，终于挤进去，里边正耍"活龙"。两条龙，一是红龙，一是白龙，各是七人组成。红龙的人一身红绒衣，或是女人的红毛衣，头扎红绸。白龙的人一身漂白布衣，或是将白里子棉袄翻过来，头包白布。在紧锣密鼓声中，两厢忽上忽下，互绞互缠，翻，旋，腾，套。最是那摇龙尾的后生，技艺高超，无论龙头如何摆动，终是不能将他甩掉。"活龙"耍过，便是"走魔女"。七个妙龄女子，头上脚上穿绸着缎，还镶着金丝银线，在灯光下如繁星缀身。那粉红的裙子一层一层拖下来，下沿是以竹圈儿垂着，然后扭怩百态，一手执纱，一手提莲花小灯，作碎步状，酷似腾云驾雾，更如水面漂浮。观看者一声儿叫好，评价谁个走势好，"魔女"们越发得意，愈走愈欢。接着，一声长号，清悦惊人，便有十三个男扮女装的踩高跷的人跑出来，再一细看，那领头的却是戴有胡须的男子。刹时间锵锵铿铿，喊杀声连天，白银看不懂，不知道这是什么内容，旁边有人说：

"这是十二寡妇征西！"

"哪是佘太君？哪是杨排风？"白银知道这个典故，扭过脸儿直问。

"这不是白银吗？"旁边的人却叫道，"你爹没来吗？"

白银看清了，是公社王书记。

"王书记也来了！"白银说，"我爹在家忙哩，明日你早早来呀！"

王书记说："你爹忙，我就不去了。你回去告诉你爹，县上傍晚来了电话，县委马书记明日要到公社来，给一些人家拜年。让你爹明日中午一定到公社来迎接迎接。"

白银说："我爹哪能走得开呀？！"

王书记说："说不定马书记还要到你们家拜年哩！你给你爹说了，他必会来的。"

一直到月儿偏西，热闹的场面才慢慢散了。白银在街口碰上了二贝，两人走回来，厨师们、帮忙的人都回去了，院子里灯光已熄，堂屋里还亮堂堂的。韩玄子坐在火盆边吸烟，说："你们也真会快活，刁空就跑了！"

白银把见到王书记，王书记说的要迎接马书记的事给爹叙述了一遍，说："明日正忙，哪有空去迎接他呀！"

韩玄子说："还得抽空迎接呢！公社能看上叫我去迎接，咱便要知趣，要么，就失礼了。不知马书记来给哪几家拜年？"

二贝说："说不定还要到咱家来呢。"

他的话，不是认为马书记来了就会使韩家光荣；相反，他担心马书记来了，会不会反感这么大的席面？

"能来就好了！"韩玄子说，"正赶上咱办事，那这次待客就更有意义了！哎呀，那得再去备些好酒呀！"

二贝说："爹，你现在买了多少酒？"

韩玄子说："瓶子酒十五瓶：四瓶'杜康'，三瓶'西凤'，六瓶'城固大曲'，两瓶'汾酒'。散'太白'二十斤。散'龙窝'十二斤。葡萄甜酒六斤。怕不够哩，明日再看，若不行，就随时到你巩伯那儿去拿。不要他瓮里的，那掺了水，我已经给他说好了。"

二贝说："钱全付给人家了吗？"

韩玄子说："我哪有钱？先欠他的，以后慢慢还吧。"

二贝没有说什么，闷了一会儿，说："夜深了，都睡吧，明日得起早。"

韩玄子却说："你们都睡，我守着。灯一拉都睡了，肉菜全堆在地上，老鼠还不翻了天。"

他就守着一地的熟食，坐了一夜。

天一明，是正月十五了。韩玄子沏好了一杯浓茶，清醒了一阵头脑，兀自拿一串鞭炮在照壁前放了。十五的鞭炮，这是第一声。有了这一声，家家的鞭炮都响起来了。二贝娘、二贝、白银、小女儿就都起来，各就各位，依前天晚上的分工，各负其责。吃罢早饭，厨师和帮工的全都到齐，院子里开始动了烟火。肉香，饭香，菜香，从院子里冲出，弥漫了整个村子，不久，亲朋好友们陆陆续续就来了。本族本家的多半带来一身衣料当礼物，有粗花呢的，有条绒的，有的确良的，有咔叽的，有棉布的，一件一件摆在柜盖上。村里的人，也陆陆续续来了，有三个娃娃的带三个娃娃；有四个娃娃的带四个娃娃，皆全家起营。他们不用拿布拿料，怀里都装了钱，互相碰头，商议上多少礼，礼要一致，不能谁多谁少；单等着记礼的人一坐在礼桌上，各人方亮各人的宝。那些三姑六舅，七姈八姨的，却必是一条毯子，或是一条单子，也同时互咬耳朵：上五元钱的礼呢，还是上十元钱的礼？五元少不少？十元多不多？既要不吃亏，又要不失体面。韩玄子就让二贝把陪给叶子的立柜、桌子、箱子，全搬出来放在院里上，架被子、单子、水壶、马灯、盆子、镜子。二贝娘最注意这种摆设，最忘不了在盆子里放两个细瓷小碗，一碗盛面，一碗盛米，旁边放一把新筷子。这是什么意思，她搞不清，但世世代代的规矩如此，她只能神圣地执行。

人越来越多，屋里、院里挤得满满堂堂。能喝茶的喝茶，能吸烟的吸烟，不喝不吸的人，就在屋里角角落落观看，指点墙上的照片，说那是大贝，那是大贝的媳妇，然后海阔天空地议论一番大贝如何有本事，大贝的媳妇是城里人，又如何好看。

韩玄子是不干具体活的。他是一家之主，此时却显示了一国之君的威风。对于干活的人，是招之即来，挥之即去；而客人一到，笑脸相迎，烟茶相递，大声寒暄。在吆三喝四、指挥一切中，又忘不了招呼小女儿，让注意一些孩子，万不能撕了门上对联，万不能折了院中花草。

气管炎最为积极，马前马后，寻桌子、找凳子。一忙就咳嗽，一咳嗽就憋死憋活，腰弯得像一张弓。间或就溜到厨房，偷空抓一片肉在嘴里吃了，别人看见，就忙说：是烂了、烂了！

十一点钟，韩玄子把偗儿队长叫到一边，说："县委马书记要来，公社要我也去迎接。我去看一下，说不定马书记也要来给咱拜年！你在这里指挥，我不回来，不要开饭。"

韩玄子一走，偗儿队长竟将马书记要来的话向来客宣布了。这消息使众人瞠目结舌，议论鼎沸，没有一个不激动、不羡慕的。当下有一群女人进屋围住了叶子，说："你好福命，马书记也来为你'送路'了！"

消息很快又传到村里，一些不准备来的人也都来了。狗剩、秃子吃罢饭又要去加工厂，听到这消息，好不为难：去韩家吧，人家未叫；不去吧，怕又从此更使自己孤立，王才就是例子。想来想去，就打发老婆娃娃也拿了礼钱来了。

到了十二点，礼单上密密麻麻写满了人名，小女儿一直在旁看着所收到的礼钱，最后跑去对娘说："娘，一百八十元呢！"

娘说："这就好了，可以还账了。我直担心你爹这儿那儿借，客待完后怎么给人家还呀！"

十二点半，饭菜全部做好，韩玄子没有回来，不能入席。有人就不停地问：还不吃饭吗？肚子已经饥了！又过了一个小时，饭菜开始凉了，韩玄子还没有回来，客人有些乱了，喊肚子饥的人更多了。偗儿队长也急了，对二贝说："咱伯怎么还不回来？你去公社看看。"

二贝到公社大院，大院里并没有人。门卫老头说：马书记一来就到后塬一家专业户那里拜年去了，公社干部也全去了，韩玄子也跟去了。二贝回来说："还得再等等。"

家里人着急，韩玄子更着急。他赶到公社后，王书记他们已陪马书记去了后塬，他便马不停蹄撵了去。马书记在那家专业户里，问这问那，只是不立即走开。他拉过王书记说："马书记下来还到哪里去？你没说我今天待客吗？能不能到我家去？"

王书记说："马书记说了，从这里回去，再去王才家拜年。"

"王才家？"韩玄子大吃一惊，"王才是什么东西，马书记去给他拜年？"

王书记挤了挤眼，悄声说："我也捉摸不透，他怎么就想起去王才家？他哪儿就知道个王才？！而且说王才的加工厂是个好典型，他要实际看看，准备将加工厂所需的面粉、油、糖纳入供应指标。"

韩玄子霎时间耳鸣得厉害，视力也模糊起来，好久才清醒过来，问："马书记怎么会知道王才的加工厂？"

王书记说："马书记说他收到王才的一份申请报告。这王才这申请怎么不让咱公社知道知道？！"

韩玄子叫苦不迭："他通天了！他竟能通天了！"

两人默默地站在那里，互相对火点烟。暖洋洋的太阳照着他们，身下的影子拉得长长的，韩玄子第一次突然发现，那烟影在地上，不是黑的，也不是黄的，竟是一种暗红的颜色。

"那，"韩玄子抬起头说，"这么说，就不到我家去了？家里来了一院子客呀！"

王书记说："这样吧，到王才家，我和张武干陪同就行了，你把公社别的干部叫到你家去，改日咱再喝酒吧。"

"这，这……"韩玄子难堪极了。

"没办法，偏偏马书记今日来，我不能不陪呀！"

从后塬返回公社大院，马书记歇了一会儿，就要动身去王才家。当下王书记就派人小跑先去通知王才，自个倒劝马书记先喝喝茶。

王才今日一露明就开始生产，半早晨，小女告诉说韩家去的客很多，他心里就乱糟糟的，小女再要说时，他打了她一个耳光，骂道："你喊什么？你不喊怕人当你是哑巴？淘米去！"

小女不知其故，呜呜哭着淘米去了。他又觉得把孩子委屈了，只是闷着头搅拌面粉，搅拌完，又去油锅上忙活，炸了十几斤豆角糖，然后，又去案上包饺子酥糖。

媳妇说："你去吃点饭吧。"

"不饥。"他只是不去。

这时候，公社报信人飞马赶到，说县委马书记要来拜年。王才痴痴地听着，如做梦一样；听完，倒冷冷一笑，又坐下忙他的了。那公社报信人气得大叫："王才，你好大架子！马书记要来拜年，你竟带理不理？！你知道不，人家批准你的面粉、油、糖列入供应指标的报告来了！"

王才这才一惊，说："这是真的？"

"真的。"那人说。

"不日弄我？"

"谁日弄你？"

王才大叫一声："啊，马书记支持我了！马书记来给我拜年了！"

边叫边往出跑，跑到大场上，场上没人，自觉失态，又走回来，张罗家里的人放下手里的活，扫门院，烧茶水，自个又进屋戴了一顶新帽子。

最高兴的，还有狗剩和秃子。他们也停止了生产，急忙赶回家来找老婆、娃娃，让他们不要去韩玄子家吃席了。但家门上锁，人已经去了。秃子就跑到韩玄子家外的竹林边上，粗声叫喊自己的老婆，说："回吧，马书记要给王才拜年了，要支持我们工厂了！"

韩家院里正是人人饥肠辘辘，对迟迟不开饭极为不满，有人发现厨房后檐的荆笆上窝有软柿，便偷偷地上去拿了来吃。听到秃子叫喊，就炸开了，说："什么？马书记不到这里来，去王才家了？"

有人立即跑出来看热闹。更多的人则疑惑不解，以为是谣言。出来的人看见了秃子。秃子的老婆正对秃子说："饭还没吃呢，我已上了二元钱的礼了！"

秃子说："不要了，只当是咱丢了，失了，喂了猪了！"

二贝娘正随着一些客人出来看究竟，听了这话，气着说："秃子，你嘴里放干净些！我稀罕你家来吗？去叫你请你了吗？你这么没德性的，你骂谁呢？"

秃子说："我就骂了，你把我怎么样？你们还想再压我吗？你们厉害，有钱有势，可马书记怎么不到你家来？！"

"你这条狗！"二贝娘气得手脚直抖，眼泪哗哗的。二贝跑出来，拉住了娘，秃子一见二贝，低头就逃走了。

这一下，院子里的人都知道马书记是真的不到这里来了，有一些人就向王才家跑去。一人走开，民心浮动，十人，二十人，也跟着去了，院子里顿时少了许多。二贝娘胆儿小，心事大，挡这个，拉那个，急得眼泪又流下来，对二贝说："你爹呢，你爹死到哪儿去了？他不回来，这怎么收拾！不等他了，咱开饭，开饭！"

就让侄儿队长安排客人入席，队长喊气管炎，让把桌子往堂屋搬，把所有门扇卸下往院子摆。堂屋是上席，院子里是下席，各就各位。但队长喊了几声，却没了气管炎的人影；他早到王才家去了。

好容易人入了席，韩玄子和四个公社大院的干部回来了。人们一看，韩玄子脸色铁青，虽还在笑，笑得苦涩，笑得勉强。所领的四个公社干部，一个是管生产的小伙，一个是抓计划生育的妇联主任，一个是会计，一个是管多种经营的老头。韩玄子让四个干部堂屋坐了，叫二贝放一串鞭炮，然后将酒取出，凉菜端上，给各位敬酒。

韩玄子说："坐了几席？"

二贝说："十五席。"

二贝娘说："村里好多人都走了，去王才家了，还等不等？"

韩玄子说："不等了！走了就走了吧！"

便自个端了酒杯，站在堂屋门口，高声说：

"一杯水酒，都喝啊！"

众人抿了一点就放下，他却一仰脖子将满满的一杯灌下肚了。

十一

马书记在王才的加工厂里，一边细细观看操作，一边问王才筹建的过程，生产的状况和销路问题。听着听着，他高兴得直拍自个脑袋。他的脑袋光亮，肉肉的，无一根毛发。这是一位善眉善眼的领导，不但无发，亦无胡须，人称"和尚书记"。这"和尚书记"开的会多，管的事多，抓的点多，寻的人多，唯独睡觉时间不多。虽是"和尚书记"，但由于他有胆有识，有勇有谋，全县基层干部又无不惧怕他三分。他当下就对王书记说："你们公社有这么个大能人，你们怎么不声不吭？！"

那眉眼儿还是善善的，质问却使王书记张口结舌了。

王才说："这也全亏公社支持哩！只是我才干起来，咱是农民，没干过工，也没经过商，试着扑腾哩。"

马书记说："就是要试着扑腾。现在的农民，仅仅靠那几亩地，吃饱可以吃饱，但日子也不会过得太好，这就要向农工商三位一体发展！南方一些地方，人家就是这么成起事的。我还以为咱山地没这个基础，你倒先闯出路子了！王才，我得谢谢你哩！"

"谢谢我？"王才失声叫了起来。

"是要谢谢你！全县有条件的都来学你。不要说几百户、几千户，就是十几户，那也会了不起的！现在厂里是多少人？"

"十八人。"王才说。

马书记说："还可以多。"

狗剩在旁插嘴说："我们还要买烤烘机，做面包、点心哩！我们正在搞上下班作息时间、岗位责任制这些规章制度，要逐步走上正轨哩！别看我们经理貌不惊人，那肚子里，是下水吗？不，是气派，是技术，是才干啊！"

马书记问："谁是经理？"

狗剩说："就是王才呀！"

王才忙用脚踢狗剩，马书记就笑了："是才干，是才干！不露山不露水的，还真看不出哩。我一收到那份报告，就高兴得连夜找了副书记和县长都看了，报告写得不错，你是什么文化水平？"

"中学没毕业。"王才不好意思了。

"哈，那报告有理有据，又蛮有文采哩！"

王才不敢说这报告是二贝写的，偷眼儿看王书记的脸色，王书记正对他笑，拍拍他的肩，说："王才，马书记都在支持了，好好干，以后有什么困难，你就直接到公社找我啊！你怎么总是不来呢？"

王才嘿嘿地也笑了："这都怪我没出息呢，我走不到人前去呢。"

王才的媳妇已经在院里安放了八仙桌，桌上一盘一盘堆满了各种酥糖，悦声地招呼客人品尝。院门口，一伙人拥在那里，或爬在墙头上，指指点点议论谁是马书记，终于看清一个和尚脑袋，和小个子王才坐在一条凳子上。就有人说："嚯！王才和书记平起平坐了！"

王才看见门外乱哄哄的，就喊着让都进来。那些人却不敢进，后边的一推，前边的人不自觉地前倾，前脚就进来了。进来一条腿，身子就进来；进来一个，八个、十个、二十、三十，就全进来了。这些乡亲，王才个个认识，但很久以来，这里门坎虽不高，又无恶狗，却是不肯到这家院内来的。这阵进来，便四处观看，一边看，一边大惊小怪。那狗剩和秃子就轻狂忘形，介绍这样，又介绍那样。还拿了酥糖让外人尝。秃子说："我就说了，王才不是等闲之辈，能翻江倒海成气候哩！怎么样？来不来？要来，我给你走后门！"

"这能成？"那些人问。

"怎么不成？马书记是共产党的书记，是社会主义的书记，他来给王才拜年，就是代表党，代表社会主义来的！你算算，眼下在这镇子上，最有钱的是谁？王才。最有势的是谁？还不是王才？！"这是狗剩在回答。

气管炎就挤过来，说："狗剩哥，要我不要？"

"你？"狗剩说，"这要研究研究，我们厂也不是什么人都要，这要看身体行不行？卫生不卫生？是不是耍奸取巧？是不是小偷小摸？你不是跟韩先生跑吗？"

气管炎说："人往高处走，水往低处流哩，你揭什么短？"

说着就从怀里取出一串鞭炮，站在大门口放起来。这鞭炮是他特意儿为韩家买的，却在王才家门口大放一通。

随同马书记一块来拜年的，是县委宣传部的通讯干事。末了，他要为马书记和王才照个相。王才人不景气，一辈子也没有进过照相馆，当下倒不好意思了。马书记说："王才，照一张，从初三起我就全县跑着拜年，又都愿意和主人留个影。你们好好干，今年夏季，县上要召开个体户和专业户的代表会，全县人民还要给你们披红戴花呢。"

王才就正正经经和马书记站在一起，王才的媳妇却把王才拉过去，说："你就这一身油渍麻花的衣服呀？快去换身新棉袄！"

"这身就好！"王才边说边去作坊拿了一件生产时系的围裙，说，"这就更好了，干啥的穿啥嘛，明年，做一套工作服。"

直到下午三时，马书记才离开了镇子。但是镇子里的议论竟一直延续了三天。人们在家里谈说这件事，在街巷碰头了还是谈说这件事。三天后，要求加入加工厂的又有了四人，当然都是王才精心挑选的。同时，县上寄来了王才与马书记的合影照片，放得很大。王才的形象并不好看，衣服上的油垢是看不见的，但他并没有笑，嘴抿得紧紧的，一双手不自然地勾在前襟，猛地一看，倒像一个害羞的孩子。

王才却珍贵这帧照片，花了三元钱，买了玻璃镜框装了。中堂上原是小女儿布置的，满是美人头的年历画，王才全取下来，只挂两个镜框：一个是专业户核准证，一个就是这合影。媳妇说："那画多好看呀，红红绿绿的。"

王才说："你懂得什么？这就是保证，咱的靠山呢！"

于是，王才家里的人开始抬头挺胸，在镇街上走来走去了。逢人问起加工厂的事，他们那嘴就是喇叭，讲他们的产品，讲他们的收入，讲他们的规划；讲者如疯，听者似傻。王才知道了，在家里大发雷霆："你们张狂什么呀！口大气粗占地方，像个什么样子？咱有什么得意的？有什么显摆的？有多大本事？有多大能耐？咱能到了今天，多亏的是这形势，是这社会。要是没有这些，你爹还不是一天只挣六分工？就是加工厂办起来，还不是又得垮下来！记住，谁也不能出去说东道西，咱要踏踏实实干事，本本分分做人！谁也不能在韩家老汉面前有什么不尊重的地方！"

王才说着，自己倒心酸得想流眼泪，他也说不清自己心中复杂的感情。家里人从此就冷静下来，再不在外报复性地夸口了。当然，王才这话是对家里人说的，家里人没有对外提起，外人是不知道的，韩玄子更是不知道。

那天，公社干部送走马书记后，王书记和张武干就又赶来参加韩玄子家的"送路"。来时，客人已吃罢饭散了席。二贝和白银不在，送还借来的桌椅板凳、锅盆碗盏去了。二贝娘在院子里支了木板，铺了四六大席，将大环锅里的剩米饭晾起来；米下得太多了，人走得太多了，剩了近一半。二贝娘见王书记他们进了院，乍拉着双手叫道：

"王书记，张武干！"声音颤颤地说不下去了。

王书记问："老韩呢？"

"睡了。"二贝娘说，"人还没走清，他就喝醉了，睡了。"

两人进了卧室，韩玄子听见响动要翻身起来，两人劝睡下，老汉却还是起来了，昏昏沉沉的，却要给他们重新备饭备菜备酒。两人推辞不过，吃喝起来，韩玄子说："我特意留下来一瓶汾酒，来，咱喝吧，我知道你们是要来的。你们信得过我，我也信得过你们啊！"

两人不让老汉再喝，韩玄子却坚持自己没醉。喝过三盅，韩玄子却没了话，王书记和张武干也没了话，三人只是闷闷地喝。间或只是："喝呀！"

应声道："喝。"

就喝了。

二贝和白银送还了东西回来，又在院里拾掇了好长时间，竟才知道爹在堂屋里陪王书记他们喝酒，觉得奇怪：多少年来，他们喝酒总是吆三喝四，猜令划拳的，今日怎么却喝哑酒？

二贝娘说："你去给王书记他们敬酒，不敢让你爹再喝了；喝多了，晚上非发脾气不可，家里又不得安生了，明日还要到白沟去呀！"

二贝走进堂屋，给王书记他们敬了酒，见爹眼光发直，就说：

"爹，你不敢喝了，我来陪王书记、张武干吧。"

韩玄子说："我没事。你去把叶子叫来，我有话给她说。"

叶子去泉里挑水，回来了，韩玄子说："叶子，明日你们那边招待几席客？"

叶子说："不是给爹说了吗？那边没人手，不招待村里人，本家是一席；咱这儿本家去两席，再没人了。"

韩玄子说："你听爹说，今天咱饭菜剩得多，今夜晚，你们把这饭菜拿过去，明日就多待几席，要么剩下也吃不完。二贝，你去村里，多叫些人，明日能去的就都到白沟去！"

按风俗，"送路"后，第二天就在男方家举办婚礼——天一明，新女婿领了帮工的人，到女方家放鞭炮，提礼物，抬箱抬柜。然后新嫁娘披红戴花，到男家一拜天地，二拜列祖，三夫妻对拜，就入洞房，坐一新席，一天一夜竟不吃不喝不屙不尿了。然后是唢呐锣鼓的吹打，然后是杯盘狼藉的吃席——当然，叶子和三娃是属于先结婚后仪式，一切程序就有了理由取消和减少，他家的待客纯属象征性的了。但韩玄子酒后却撕毁了先前的协议，又要再大闹一次。叶子是听爹的；三娃有意见却不敢发作；二贝也是不满，但立即又体谅了爹；一肚子的无限同情，出来对娘说了，心里还是酸酸的。娘说："就全依你爹吧，要不真会伤透他的心哩。"

"这全是爹自己作弄了自己呀！"一出门，不知怎的，二贝眼泪倒要流下来。他在村里请人，自然也有答应去的，但也有一些婉言推辞的，那气管炎，竟叫道："我明日要上班呀！"

"上班？"二贝也糊涂了。

"到加工厂上班呀！"

二贝死死地盯着他，两个榔头似的拳头提在了腰间，但他没有打，也没有骂，那么一笑，就走了。

气管炎在第二天上班的时候，王才却突然宣布拒绝了他。

十二

正月十七，一年一次的春节终于过去了。辛辛苦苦的农民，劳作了一年，筹备了一个腊月，在正月的上旬、中旬里吃饱了，喝足了，玩美了。他们度过了他们最豪华、挥霍的生活之后，面瓮里的面光了，米柜里的米尽了，梁上的吊肉完了，酒坛里的酒没了。当然，肚子里才萌生的油水也一天一天耗去，恢复了先前的一切。白日最长，青黄不接的春播季节来到了。

二、三月里是最困人的季节。韩玄子的感觉似乎比任何人都更严重。他明显地衰老了，饭量也不比年前。他突然体验到了人到了晚年的悲哀，一种怕死的阴影时不时地袭上心头。这使他十分吃惊。他曾经讥笑过一些人的这种惶恐，没想现在自己竟也如此！

二贝娘是最了解老汉的。夜里当她一觉醒来，总是发现韩玄子还没有睡着；第二天一早睁开眼，炕上又没了韩玄子的影子。他越来越没了瞌睡，长久地坐在照壁后的门槛上，或者是在四皓墓地的古柏下，喝茶，吸烟。但绝不再做那些健身的活动。白天也很少出门。他的兴趣似乎转移到饲养那一群无思无想的鸡，务植那一片不言不语的花。

他不肯多说话，偶尔笑笑，还是无声的。

"你怎么不去文化站呢？报刊阅览室今天还不开门吗？"二贝娘总是提醒他，盼望他出去走走。

"我已经给王书记说了，"他说，"他们觉得我不行了，就会换了我的。"

二贝学校里，每天早晨要上操。他一起床，白银便也起来，把缸里水挑得满满的，院里尘土扫得净净的。但拖鞋还是依旧穿着。天暖和了，还换上了那件西服，露出里面那件好看的毛衣。韩玄子看着当然不中眼，却不说。

白银对二贝说："爹的脾气好多了，现在喜欢在家里待了。"

韩玄子是越来越看重了这个家，也越来越要守住这个家。家里的财政大权，比任何时候都抓得紧：给大贝去信，要求他月月寄钱，最少十元，只要良心上不忍，十五元、二十元也是不多的；正经八板告诉二贝，每月五元钱必须十号前上交清楚；钱一文不给小女儿，钱的数目甚至也不告诉老伴。

对于爹的要求，二贝是不敢违抗的，交够了五元，竟第一次买了酒给爹提来，说："爹，你也该喝喝酒了，少喝一点，对身子会有一定好处哩！"

"是要喝喝了。"韩玄子说着，似乎才记起已经很久没有喝酒了，就在傍晚的时候，来到巩德胜的杂货店。

巩德胜照例舀了酒，那枣核女人竟还拿出一盘酥糖。他吃了一颗，觉得好吃，又吃一颗，再吃一颗，说：

"这是西安进的货吧，这么酥的！"

巩德胜说："哪里能到西安进货？这是王才加工厂的。"

韩玄子不吃了，他并没有说出什么，但只喝酒，不再用牙。

巩德胜知道了韩玄子的心病，却又忍不住地说：

"韩哥，你听说了吗？村里人都在说马书记为什么知道王才，就是因为王才寄了一份报告，可这报告不是他写的呢。"

"唔。"韩玄子酒到口边，停住了。

"是二贝写的。"巩德胜说，"我就不信，二贝是咱的孩子，他怎么能写呢？"

"唔。"韩玄子又平静地慢慢喝起酒来。

他回到家里，并没有将这件事说给老伴，也没有将二贝叫来质问，他装着不知道，或者他已经忘了。

他只是月月按时接受大贝、二贝的孝敬钱。

钱，钱，钱对于韩玄子来说，似乎老是不够。农村的行门入户太多了，礼太重了，要买粮，要买菜，要给鸡买饲料，要吃得好些，穿得新些；他偷偷在信用社有了存款，却对二贝说：

"常言说：父借子还。咱这房子，虽说还好，但左边的两间有些漏，夏天眨眼就到了，要翻修。要翻修就要添砖、添瓦，备水泥、石灰，请木工、土工，没有一百五十元下不来，这笔钱我来借，就让大贝去还了。过年待客，花了那么一堆，家里越发虚空，我也无法还清：欠巩德胜六十元，欠张武干五十元，你二姨二十元。我思谋了，这笔钱你得去还了。"

二贝默默认了。

三天后，韩玄子每每起来，就不见了白银，中午回来做吃了饭，人又不见了，直到天黑才回来。他觉得奇怪，问老伴，老伴说："二贝和白银要给你说，我把他们劝了，特意儿不给你说的。白银到加工厂干活去了。你千万不要生气，也不要骂他们，要骂你就骂我，要打你就打我。二贝就那么一点工资，手头紧，外欠的账拿什么去还？现在地里没活，不让白银去挣些钱，家里就是有金山银山，能招住坐着白吃吗？"

韩玄子看着老伴，眼睛瞪得直直的，末了，就坐下去，坐在灶火口的木墩上。屋外，起了大风，呜呜地吹。老两口一个站在锅台后，一个坐在灶火口，木雕了一般，泥塑了一般，任着风冲开了厨房门，墙上挂的筛笸儿哐哐地动起来。韩玄子去了堂屋，咕咕嘟嘟喝起酒来，酒流了一下巴，流湿了心口的衣服，他一步一步走出去了。

风还在刮，院子里一切都改变了形状和方位。鸡棚里母鸡的毛全翻起来；猫儿顺风势跳上院墙，轻得像一片树叶；一片瓦落下来，眼看着碎了。只有那仅活着的一株夹竹桃，顶端开了一朵红花，千百次倒伏下去，又千百次挺起来，花不肯落，开得艳艳的。二贝娘听见老汉从院门出去了，好久没有回来，跑出来找时，照壁前没有。竹丛边也没有，而在那四皓墓地中，一株古柏下，一个坟丘顶上，韩玄子痴呆呆地坐着，看见了她，憋了好大的劲，终于说：

"他娘，我不服啊，我到死不服啊！等着瞧吧，他王才不会有好落脚的！"

三颗枸杞豆

/// 程海

我是一个植物学家。

好多人很羡慕我，要我谈谈小时候刻苦学习的故事，其实，我那时是一个出名的"淘气鬼"。

我的故乡是一个小山村，有山有水。尤其是门前的山沟，长满了各种各样的树木。里边还有小松鼠、小兔子、小蚱蜢……还有一种昆虫，土名叫金巴牛，翅膀外面有两片圆鼓鼓的硬壳，上面布满了黄色的花纹，看起来像一个金质的盾牌。它经常躲避我，藏在野高粱墨绿色的叶鞘里。但我终于发现了它的秘密，于是蹑手蹑脚走过去，闪电一般捏住叶子的上半部，把它堵在里边，任它嗡嗡地哀啼，也不理睬。然后，用指甲在叶鞘上挖一个小洞，等它爬出来逃跑时，再一把捉住。

我的口袋里有几根细线——都是从妈妈的针线笸箩里偷来

的——取出一根拴在金巴牛的后腿上，线的另一端，拴在衣扣上。然后放开它，它就开始在我的头顶上飞翔，嘤嘤地歌唱，声音像琴筝一样动听，我也就跟着唱起来：

　　　　金巴牛，嗡嗡嗡，

　　　　给你爷爷唱影影……

　　山谷里的树林成了我的乐园。后来，我很不乐意地被爸爸送进学校，像小囚犯一样坐在窄小的木桌前盯着书上黑乎乎的汉字。心里烦躁极了，就在桌子底下胡乱捣鬼，每每被那个尖眼睛的女老师发现，冷不防被大喝一声："王小狗，站起来！"我规规矩矩地立正，又听见她说："背课文！"我不敢违抗，便背道：

　　　　大羊大，小羊小……

　　忽然底下的字句一句也记不清了，我一急，耳朵里嗡嗡地响起来，天知道为什么竟脱口而出：

　　　　金巴牛，嗡嗡嗡，

　　　　给你爷爷唱影影……

教室里哄堂大笑。我忽然醒悟过来，冒了一身冷汗。老师狠狠批评了我一顿。后来又把这件事告诉了爸爸，又让我挨了几巴掌。

我多么怀念我的金巴牛，还有我的小松鼠、小蚱蜢啊！于是，我开始逃学，钻到小树林里，在响石潭里玩水，在野花上捉蝴蝶，或者上树掏雀儿蛋。当学校放学的钟声传到沟底，我就背上书包，装作从学校回来的样子，回家吃饭。

后来，终于被爸爸发现了。有一次我刚到家，他瞪着眼睛问："干什么去啦？"

"上学去了。"我撒谎说。

"来，到跟前来。把小褂脱掉！"

我乖乖地脱了。他用指甲在我光溜溜的肚皮上一划，立即出现一道白白的印痕，这是玩水的标志。啪！耳后立即挨了重重一巴掌——他小时一定玩过水，我至今仍佩服他检查我玩水的妙法——后来我干脆不玩水了，但仍逃脱不了他的惩罚。他会用小刀在我指缝里找一点泥巴，或从我鞋帮上发现一丝黏黏的树脂来证明我玩泥或上树之类的把戏，然后又是重重的几记耳光。在一旁的母亲也失去了慈爱之心，大声鼓励父亲："打！狠狠地打！看他还逃学不逃学！"于是，雨点一样的拳头落在我的头上、腰上、屁股蛋上。我哇哇痛哭，最后倒在地上。母亲这才动了怜悯之心，连忙抱起我，指责父亲说："你的手也太重了。"

那一顿耳光和拳头，确实使我乖乖上了几天学。但没有几天，我经过小树林的时候，又旧病复发了。

那时正值三月，春天几乎从山沟里溢出来了。泥土里冒出了一层绿茸茸的小草；小草丛中，吊钟花挂满了一排排紫色的铃铛；黄鼠草像结婚的新娘，顶着金子般的小黄花；星星花仿佛外国小姑娘蓝色的眼睛；宽大肥胖的牛舌头草几乎把路面都覆盖了，一脚踩下去，鞋底上就会染满碧绿的叶汁；紫红色的酒壶花一声不响骄傲地站在很远的地方，如果采下一朵在嘴边轻轻一吸，准甜得叫你咂舌头。小树林的一切都散发出诱人的魅力，更不用说那高大的乔木、火焰般的桃花、小宝塔似的桐花、棉花球似的杨花了。

我在小树林边逡巡。我禁不住大自然的诱惑，心想：我再进去一次，只这一次。

结果，我又跑进林子里去了。

林子里今天格外美丽。一缕一缕的阳光，像金色的丝绸，从树梢一直拖到地上。一只拳头大的花蝴蝶冒冒失失撞在我的额头上，又慌慌张张飞走了。我赶忙追上去，书包在屁股蛋上咣咣当当跳，练习本、铅笔、橡皮像长了翅膀似的，从里边飞出来，撒了一道。我顾不得去捡，一股劲儿向前追。

大花蝴蝶飘飘荡荡落在一朵蒲公英上。我正想猛扑过去，忽然发现前边的草丛中蹲着一个黑乎乎的人影，我吓了一大跳，心里想："谁在这里打我的埋伏？一定是爸爸吧？要不就是那位尖眼睛的女老师？"于是赶忙在一棵大杨树后躲起来，在浓密的草丛里露出眼睛偷看。

那人慢慢地站起来，手里拄着一根桦木削成的棍子，微风吹着他颤颤摇摇的身体，似乎一根根筋骨都能从衣服外面数出来。那两只眼睛，像开得太大的窗户，有点吓人。嘴唇发紫，像成熟的桑葚。

我慢慢地认出他来——是村东头的三叔，在外地工作。听说他当过教师，后来又在农科所工作，后来又干了别的事情。可我只知道他很会说谜语，有一次他说："生也不能吃，熟也不能吃，一边烧，一边吃。"我搔头抓耳想了半天，也想不出来。末了，他把正吸的香烟头凑到我鼻子尖上，哈哈笑着说："这不是吗？"我恍然大悟，烟味熏得我打了几个响喷嚏。

他是前两天从单位回到村子的，听人说是回家养病来的。我望着他，不敢走过去招呼。原因是他当过教师，我想当教师的人一定都很严厉。

他仿佛没有看见我，慢慢地抬起右臂，把手向阳光里伸去，手指上，捏着一朵野豆角花，仔仔细细地望，好像在望一个紫色的灯盏。

"小狗，过来呀！"他忽然回过头轻轻地喊我。

原来他已看见我了！我战战兢兢走过去，发现他脸色十分平静，并没有责备的意思。我立刻又精神抖擞起来，问："三叔，你看什么？"

"一朵小野花。"他又在凝神望着这朵花，半晌没有理会我。

后来又突然转过头，问："你知道这朵花的名字吗？"

"野豆角花，谁不认识！"

他狡猾地一笑，又问："它有几个花瓣？几根花蕊？"

这种花开得满地都是，我玩时不知踩倒了多少，但从来没有仔细看过它。三叔提出的问题，我一句也答不上来。

"真是一个粗心大意的孩子！"他微微一笑，露出白亮亮的牙齿，忽然又叹息一声，"唉，谁又不是这样呢？"

他拉着我，坐在一根伐倒的树干上，把这朵花擎在我的眼前，说："仔细看看，仔细看看，时间已经不多了！"

"什么？"我听见他的声音有点怪异，不由心里惊诧起来。

"时间不多了。"他又重复了一句。

什么时间不多啦？我丝毫没有思考过这个问题，甚至觉得这也许又是一个神秘的谜语。

"好吧，不说这个问题了。你看这朵花，真是有意思透了！它只有一个大花瓣，像一件紫色的外套披在外面；里边又有两片小花瓣，像衣服的领子，护着一个耳坠一样的小苞。这真是个有心计的植物，它把花蕊藏在这个苞里，所以谁也没有见过，连蜜蜂也被它瞒过了。你用针尖将小苞挑破，才能看见这个害羞的家伙。它共有七根小花蕊，围绕着一个大花蕊。小花蕊数目不等，有的是九根，还有五根的，都一律是米黄色……"

"你看得这么仔细！"我惊讶地叫了一声。

"我还看过它的叶子，每片叶子上有十二道叶脉，左右两边各六道……”说到这里，他的眼睛闪射出一种异样的光辉，瘦瘦的脸颊上升起两朵红晕。我把这种花叶拿过来一数，果然一点不差。

"我还仔细看过香蒿、拉拉草、荠儿菜、蒲公英……它们的叶子和花都不一样，各有各的不为人知的秘密。可惜太迟了！"

"什么太迟了？"

"太迟了的太迟了。"

他又一声叹息，拖着怪异的声音。随后像谜一样朝森林深处走去。我呆呆立了一会儿，忽然感到很乏味。这时学校放学的钟声响了，就慌忙向家里走去。

到了家门口，不由又恐惧起来，不知爸爸又会想出什么新方法来检验我的逃学。于是我把耳朵贴在门缝偷听他和妈妈的对策。

果然里面有很响的说话声。

"东头三弟回来了，你没有看看他？"这是妈妈的声音。她说的"三弟"就是我在林子里遇见的三叔。

"我上午去了一趟，他不在家。"父亲说。

"他得的什么病？"

"癌症，可怕呀，医生说他只有几个月的阳寿了。让家里人别告诉他，但他不知怎么知道了！"

"唉，多可怜！呜……呜……"妈妈好像在哭。

我吃了一大惊。死！我第一次活生生接触到这个概念，不由又想起那两个大得怕人的眼眶，瘦瘦的手指，浑身不由颤抖起来。

我轻轻推门进去，爸爸一句话也没有问我，只顾和妈妈在一旁议论这件事。

吃过饭后，我上学去了。后来一直几天都不敢到树林里去。啊，怪不得他把花花草草看得那么仔细，也怪不得他说："太迟了！"临死的人大概都很留恋这个世界甚至留恋世上的一草一木，这是我小时发现的人生的一个很大的秘密。

星期日到了。我在村子里玩了整整一上午，觉得腻歪透了。我多么想念我的小树林哪！可是又不敢去，怕三叔在里边。但越是害怕，越是想去。我慢慢向树林子走，心里忐忑不安，好像不是去玩耍，而是去探险似的。

下午的小树林静悄悄的。各种花儿、草儿，连那些爱吵闹的小山雀，都仿佛午睡了，一点儿声息也没有。

他果然又在里边，斜躺在一堆野草上，显出十分衰弱的样子。

"小狗，到我跟前来！"他朝我喊道。

听到喊声，我意识里忽然浮现出一个可怕的念头，好像他已是一个游魂，便不由后退了几步。

他忽然站起来，走到我的身边，大大的眼睛闪烁着善良的微笑。我的恐惧一下子消失了，跟着他走到他刚才躺过的地方，坐了下来。忽然发现脚前的泥土上画满了各种各样奇怪的画儿：一座歪歪斜斜的塔，一堆松松散散的书，一株弯弯扭扭的树。这些画儿下面画了三个圆圆的"○"，好像滚动的铁环。

"三叔，你画的是什么？"

"画的都是三叔。"

"这一点儿也不像你呀？"

"像，很像！"他凄然一笑，指着塔说，"我小时想做一个建筑师，但又讨厌建筑学上那些复杂的公式，就放弃了。这一摞书，是我第二个理想，想当一名著作等身的作家。写了几篇稿子，寄出去被退回来了，我又灰心丧气，不干这伤脑筋的事儿了。这一棵树，是我第三个理想，想当一名生物学家。后来又觉得生命的起源、遗传和变异、蛋白质的人工合成等问题竟是那么复杂和渺茫，就又颓唐了。第四个理想还没有建立，命运忽然对我说：'算了吧，你该回老家了！'"

"那些铁环是什么意思？"我悲伤地问。

"这是我一生的成绩：三个零。"

"那老师一定会批评你了。"

"没有老师来批评我的。"他微微一笑，又说，"只有这些树叶、小草，还有那朵野豆角花，好像在批评我，说我以前太粗心大意了，太不了解它们了。"

我沉默了一会儿，又觉得这些话像谜语一样，很难猜。抬头望他，不知为什么，他眼眶里滴下几滴泪水。

这时，太阳快要西沉。透过林隙，我看见它像一个红色的车轮，就要滚进西边的山沟里去了。身边的三叔突然喊道："太阳！"接着，两只枯瘦的手向前伸去，仿佛要捉住它似的。

"太阳能捉住吗？"我天真地问道。

"能！能啊！我以前老是忘记了去捉它，让它在我头顶溜走了几千次、几万次，我仍没有想到要捉住它！"

"太阳里有火，一定很烫手吧？"我说。

"是啊，有点烫手，还得费点力气。但它一捉到手，就变了，变成一个圆圆的金盘子，里边放满了五彩的宝石。太阳的光芒都是从这些五彩的宝石上放射出来的，所以才这么亮。"

他忽然俯下身，捏住我的脸蛋，好像在捏一块好玩的面团一样。我疼得差点叫起来，他一点儿没有觉察到我的痛楚，口里喃喃地说："这也是太阳？这也是太阳！"

我一下子站起身，逃跑了。

秋天又来到了山沟，小树林的叶子变得殷红殷红，好像里边藏着一个发出红光的太阳。

而那位三叔，像一位寻找太阳而不幸失败的夸父，已经躺在病床上不能起来了。临死时，好多亲友都去探望他，我的父亲和母亲也去了。我没有去，我怕再看见他那张凄楚、苍白的脸。但他似乎没有忘记我，托父亲给我捎回一件临别的赠礼——三颗红色枸杞豆，放在我的掌心。它也许是三叔留给我的最后一个谜语，但我这回把它猜出来了。

它是生命告终的句号！是三个遗憾的"○"！

但"○"也是一切事物的起点。

于是，我从这三个"○"出发，勤奋地去追寻一、二、三……

以至更复杂、更艰深的学问。

　　当我成为植物学家后，爸爸认为这是他拳头惩罚的功劳。他的口头禅是："猪羊怕杀，人怕打！"其实，他蛮横的毒打只伤及我的皮肉，而真正征服我的，只是现实生活中那三颗像生命启示录一样的枸杞豆。

遥远的白房子

/// 高建群

男人的故事

一只饿鹰在荒原上空盘旋，它用犀利的目光搜索着猎物。

它看见的是一块死海：黑色的沼泽地，白色的盐碱滩，疲惫地站着的沙枣树，灼热的沙丘，还有，那座默默僵卧在大地上的寂寞孤独的阿尔泰山。

太阳像只大火球一样，紧贴着荒原，无情地炙烤着它。阳光照在大地上，又被沙子反射回来，于是，天空出现了无数条明显的亮闪闪的曲状辐射线。

饿鹰失望了，它耐不住地长喥了两声，饥饿是一回事，它更多地感到一种寂寞。没有敌人，没有朋友，世界好像把它和这一块地方遗忘了。

正在饿鹰企图走开时，突然精神一振：它看见了地面上有一个活动的黑点。饿鹰自高空直直地俯冲下来。

就在接近猎物的一刻，一声枪响。一股白烟腾起，鹰掉了下来。鹰没有掉在猎物的身边，它挣扎着向上飞了一下，便开始滑翔，结果，终因受伤过重，落在了一条小河的另一边。

小河已经干涸。

随着枪声，沼泽地旁边的白柳丛中，走出一个剽悍的男人。一枝枪担在马背上。他站在小河边，停住了。

白柳丛中，栉次走出一个个骑兵，在这男人左右站定。

要迈过小河来是件容易的事，但他没有这样做。他唤狗去叼那倒毙在地的倒霉的饿鹰。

那饿鹰看见的猎物，原来是一条狗。说是狗，其实也不准确，它的模样更像一条狼。大耳朵，黄瓜嘴，麻秆腰，拖在地上的长尾巴，再加那一身焦黄色的毛。前年春天，它的母亲，一只从内地引回来的良种狗，由于在这方圆几百里的荒原上，找不着一只配偶，只好痛苦地嚎叫着，加入了一支从这里路过的狼群之列。几个月以后，它带着大肚子回来了。生产后不久，在一个漆黑的夜晚，这支西伯利亚狼群又从这里经过。几百条公狼将边防站团团围定，用只有它们自己才懂的语言，一会儿柔情脉脉地说着情话，一会儿又咆哮着大声威胁，一会儿又用最无耻的语言进行挑逗，一会儿又痛哭流涕地叙述思念之苦。这畜生如何能经得起如此诱惑，便丢下未曾满月的崽儿，加入到狼群中去，从此一去不回，重归原始。那畜生留下五个崽儿，因为缺奶，四个先后死去，独有这个，如今已经长大，健壮无比，孔武有力，集狗的忠诚与狼的凶悍于一身，成了老站长的心爱之物。

老站长姓马。在中国，一提到"马"姓，读者一定会疑心这是一位回族同胞。亲爱的读者确实猜对了。这老站长不单是回族，而且在许多年前，在草原上闯荡。那时他还是一位俊俏后生，随父亲，一个半是商贾半是强人的回族汉子，在这一带做着偷越边境的走私生意。辽阔的中俄边境上，没有什么人能挡住这些走私犯嗒嗒的马蹄声。他们将中国内地的各种工艺品、山货、皮毛，甚至阿尔泰山的黄金，装上驮子，运到斋桑泊后边的阿拉木图，甚至翻越茫茫草原，叠叠野岭，直抵莫斯科城下。接着又贩回各种新兴的日用品，卖给居住在这荒原地带的哈萨克。至今，在哈萨克的词汇中，许多日用品，例如热水瓶之类的，就沿用着俄语名称，枪支也是这样。

在这风一样往来无定的奔波中，小回民渐渐长大。世上辅助男人成长的东西有两个，一是酒，一是女人。在中亚细亚辽阔的原野和尘土飞扬的大道上，有的是酒馆和女人。年轻俊俏的后生慢慢地胡茬密布，慢慢地变得骨骼坚硬孔武有力，而终于有一天，在经历了无数个女人之后，他终于拜倒在一条石榴裙下，不能自拔，从而毁了自己。她叫耶利亚。她属于最后的匈奴，一个业已泯灭了的民族。在中亚细亚栗色的土地上，散落着许多的种族，他们在那里生息和繁衍，世世代代。他们大约是在那遥远的年代里，匈奴民族横跨欧亚，向黑海和里海以至多瑙河畔迁徙时，撒落在这路途中的他们的后裔。我的炊事班长被处决的地方的那一大片木质的黑森森的坟墓，相信就是属于他们的，那是迁徙年代留下来的。

她有男人。像那些代代相传的忧伤情歌唱的那样，在一个漆黑的草原之夜，嗒嗒的马蹄打破了他们的温柔梦。愤怒的丈夫领了一群愤怒的牧人将他们团团围定。不贞的女人半裸着身子，被横陈马背，带走了。她的被奶茶和抓羊肉养大的白皙的身子，那刚才还处在亢奋状态的身子，现在缩成一团，在暗夜里泛着白光。两个硕大无比的奶子，令人想起花奶牛的奶头，随着身体哆嗦而颤动。

偷情的男人被马刀背砍，皮靴尖踢，鞭梢子抽，最后昏死在草原上。

牧人们放着喊声，用一把一米多长的大镰刀，像钉钉子一样，让刀尖穿过他的肚子，把小马钉在了草原上，他们刚才偷情的地方。

黎明时分，草原上空荡荡的，牧人们已经把帐篷放到马背上，又向那隐约可见的阿尔泰山深处进发。他们从此忘掉这个故事，就像忘掉曾经歇息过的这片草地一样。假如许多年后，他们会偶尔游牧路经此地，那时草儿已经几绿几黄，往事已成往事了。

这个被活生生钉在草原上的过路客，将要被天空那寻食的苍鹰发现。苍鹰每天早上都要在草原上巡视一遍，看有没有因春乏而在夜间倒毙的羊只。它将为见到这个食物而欣喜，然后唤来它的左邻右舍们，饱餐一顿。当然，在没有回去报信以前，它应当先吃掉两只眼睛，眼睛的味道太诱人了。

但是，当阿尔泰山那积雪的山巅刚刚露出一抹红，小马醒来了。他艰难地、一厘米一厘米地拔掉了戳在肚子上的镰刀，摇摇晃晃地站起，捂着肚子和后腰，慢吞吞地走了。

不久，草原上就出现了一群强盗。他们的头儿是一位相貌英俊受过教育的青年。原来，强盗的头儿死了，大伙约好，在草原上碰见的第一个人，就是他们的头儿，如果他不答应，就把他杀了，然后再碰见下一个人。这样，他们碰见了小马。小马思索了一阵，答应了。

正像人们所预料的一样，强盗多方查找，找到了那对新婚夫妇。

强盗头儿没有杀那牧人。他望着那被捆住了的他，似乎面有愧色，临走时候，从马背上卸下一袋在阿尔泰山矿区抢来的金矿砂，扔到了牧人的脚下。对着龇牙咧嘴怒目相视的牧人，他宽容地拍了拍他的脖颈。

倒是他抽出鞭子，狠狠地打了他的情人几下，他闷闷不乐地说："你毁了我的一生，母狗一样的女人，迷人的奶子！还有……"他揪着自己的头发痛心疾首地喊，"……要命的情欲！！"随后，把她驮到马背上，带走了。

他正式易名马镰刀。那位老商人听到这个不幸的消息后，远道而来，找到他，郑重其事地宣告和他脱离父子关系。并且不准他启用自己为他取的那个名字。小回民咆哮着，用马刀撩起衣襟，指着肚子上那个镰刀戳下的伤疤："马镰刀！"

众强盗一声喝彩："好！马镰刀！多响亮的名字！"

老商人吓了一跳，差点从马上栽下来。他打着马，朝来路走了，从此，再没有在这片草原出现过。

几年过去了，过去的马姓回民不见了，人们看到的是一位面色铁青，体形彪悍，目光阴沉，寡言少语的马镰刀。过往的走私犯为他提供了枪支，破产了的淘金工人为他扩充了队伍，他成了这一带的草原王。

这时候，左宗棠已经离开新疆，条约已经签订。大家知道，条约的签订，以及在它之前的《尼布楚条约》以及之后的《瑷珲条约》，使中国失去了一百五十万平方公里的领土，这些，公正的列宁在他的不朽的著作里，已经做了倾向性鲜明的论述，这里就不啰唆了。加之，小说所要讲述的故事，是发生在这些事件以后，和事件本身没有多大的牵连。

条约签订以后，中俄边界时有事端。马镰刀日益势大，清政府见奈其不得，便用了招安的办法，给他封了个职务，又在荒凉的边界地带盖了一座白色的房子，令其驻守。

马镰刀长叹了一声，用一部流传在中亚细亚的奇书——《福乐智慧》里的两句话，为他的侠盗生涯做了总结：

> 我放走了行云般的青春，
>
> 我结束了疾风般的生活。

然后，带着他的糊里糊涂的漂亮妻子，到边防站就职。他还三十岁不到，却显得异常衰老，头上甚至已经有了白发。看得出，在从事强盗这个职业的岁月中，他的内心一定经历了无数的痛苦。他现在阴郁的脸上开始露出微笑了。

他把几年来积攒的一点钱财，从妻子那里要来，平均分给了所有强盗，让他们各寻生路。这些强盗大都是些破产了的农民、牧民和淘金工人，各民族都有。有些拿到钱财之后，便返回故乡去了，有些穿着士兵的衣服，跟他来到了边防站。

女人的故事

边防站坐落在一片草地与沙漠相杂的空旷原野上。阿尔泰山隐约可见，一条大河在边防站围墙外边喧嚣。这条大河叫额尔齐斯河，它发源于阿尔泰山，穿过中亚细亚栗色的土地，流入沙俄境内，与鄂毕河汇合，注入北冰洋。根据一条未经证实的传闻，大诗人李白，就是溯这条河而上，从碎叶城进入祖国内地的。

在马镰刀的时代过去很久以后，本文作者作为一名普通的中国边防军士兵，曾来到白房子边防站服役。他惊叹于这里夏天气候的酷热，根据气象预报，气温会高达摄氏四十六度以上。他惊叹于这里冬天气候的寒冷，气象预报显然是压缩了的报法，低达摄氏零下四十六度以下。这里有半年时间，人们的大头鞋是踩在冰雪之上的。那么，夏天好一点吧？不，夏天更令人生畏。相信这里在许多年前是一片黑色的沼泽，现在沼泽已退去，但芨芨草、芦苇茂盛地生长起来，成团的蚊子就附着在这些绿色植被上。你试图向草丛中伸下一脚，立即，"轰"的一声，周身密密麻麻落满了蚊子，绿军装变成了黄军衣。至于住宿的房间，那简直令人说来不寒而栗：房间的四个角上，蚊子如同蜜蜂朝王一样结成一个拳头大的疙瘩，终日不散。为了防蚊，人们穿上厚厚的衣服，擦上防蚊油，戴上防蚊帽。但是，拉屎时候怎么办呢？人们只好点燃一张报纸，趁火燃起时，就得提上裤子，要不屁股上就会落上一层。每当这时，大家就咒骂着这第一个建站的人。曾经有几任领导，向上级建议，将边防站改建在地势高一些的沙漠地带，但都遭到了拒绝。因为上级一直履守着"维持边界现状"这个国际准则。

马镰刀领着他的队伍来到边防站后，便开始了苦役般的生活。白日巡逻，晚上站岗，所经所历，不必细述。

营房是一座相当结实的土坯房。用黑色碱土打成土块，然后垒起。外墙用白灰刷过，远远眺去，在昏蒙蒙的荒原上分外醒目，所以人称"白房子边防站"。一溜黑色的土墙，将白房子围在中间。

院子里有一口井，井很浅，因为临近大河。吊水用的是一种杠杆原理，正如我们今天从地理教科书上所看到的波斯人的汲水方法一样。每天早晨，马镰刀的妻子来这里打一次水。马镰刀的妻子住在边防站边紧靠围墙的地方。那是一座用白柳条子编成的房子。双层柳条中间夹着牛粪，里层又钉着毡，很暖和。

茫茫的天宇下，与世隔绝的地方，一个胸部丰满的女人和一群野性未泯的男人，这里边本该有许多故事发生。可是，最初，一切都相安无事。士兵们一方面慑于马镰刀的威力；另一方面，也被马镰刀的义气所感动。在大家眼中，她的性别消失了，她同他们一样，是一个在世界上受苦受难的、怀着朦胧的报效祖国的信念而从事单调工作的人。

她并没有吃闲饭，她放牧着边防站的近二百只羊。这是一个不可思议的女人，她的美丽不知得力于哪一次母亲的不贞。她十分多情，恨不得张开她那丰满的胸膛，将所有的男人都搂在怀里，给他们以温存和爱抚。在做这一切的时候，她又显得那样单纯、天真和可爱，好像不谙人事。许多年以后，当我在草原上偶尔与这位女巫式的人物相遇时——她那时已经很老很老了。亲爱的读者知道，这里新近被列为世界的长寿区之一。迟到的我除了为那不以岁月变更而变更的美丽容貌所惊讶外，便是惊叹那双清澈如春水的纯真无邪的眼睛了。你看见那双眼睛，你只能为她那往日的不轨行为叹一口气了事，你绝对动不起怒来。

"我叫耶利亚！你叫什么名字？"马镰刀的女人这样问讯那

些新近从军的新兵。

新兵红着脸，为站长夫人打起一挑子水，跑开了。

耶利亚不忘抓住一切机会诱惑这帮大兵。通常，星期六的时候，她遵照马镰刀的指示，将大兵们的床单收拢起来，拿到河边洗净。大家知道，大兵的床单上常常有些他们在睡梦中不经意而流出来的东西，从而斑斑点点，很难洗净。每次，耶利亚都要带着诡秘的神情，向大兵们道歉，道歉的原因是她没能洗净床单。她把大家弄得神魂颠倒，又爱又恨，终于有一次，发生了这么一回事。

边防站从很远的萨尔布拉克运来了一批鸡。就要过春节了，连里有一名汉族士兵。他的父亲可能是江南的一位商门大贾，十九世纪末叶，为了扼制新生资产阶级在沿海地区的发展，清政府将一批一批这样的人物遣送到了北方，这位汉族士兵就是其中的一个。耶利亚就看中这位白皮嫩肉的汉族巴郎子（哈萨克语，少年郎）了，经常故意地在他面前撩撩裙子，叩叩靴子，或者挺挺鼓鼓的奶头。

这天活该有事。夏天的黎明，白夜刚刚过去，东方又泛白了。汉族巴郎子站晚间最后一班岗。他正在院子里转悠，耶利亚已经担了一担水桶，扭动着腰肢来了。

一瞅见巴郎子，她的眼睛里露出百般抚爱，羞得他低下了头。

一群鸡在院子里无忧无虑地觅食。

耶利亚娇滴滴地问："你看，那是什么？"

汉族巴郎子抬头一看，一只母鸡和一只公鸡，翅膀扇着，尾巴摇着，正在干着它们传宗接代的工作。

他惶惑地低下头。

耶利亚步步紧逼："告诉我，这件事，用汉语怎么讲？"

边防站静悄悄的，整个荒原静悄悄的，耶利亚清脆的嗓音好像卷来一阵暖风。

巴郎子忍耐不住了，向她走来。

耶利亚扔掉了水桶，牵着巴郎子，快步来到干草堆后边，仰面朝天躺下来，撩起裙子遮住了自己的脸。

事后，巴郎子哭着跪倒在马镰刀面前，请求他的饶恕。

马镰刀既没有处罚巴郎子，也没有收拾女人，他夹起一条毡，一块被子，离开了毡房，住进了站长办公室。

这以后不久，耶利亚的帐篷就为这一群男人所共有了。

只有马镰刀再也没迈进毡房半步。他的脸色又像先前那样忧郁。有人说，他常常在空闲的时候，怀念他那水肥土美的故乡和礼仪之邦的臣民。

耶利亚想要弥补自己的过失，可是已经晚了。她老是不明白，为什么男人都那么专横，总是把女人据为己有。"想想你，也是从别人手中夺到我的呀！"她常常远远地望着马镰刀，一个人遐想，可是到底也没想通这个道理。不过，她知道自己是做错了，她总想弥补这个错误。

她用上等的羊奶做成了酸奶子，想给巡逻队送去，可是，每次，在马镰刀那威严的目光下，她都像被钉住了的人一样，一步也不敢向前挪动。

今天，她鼓足了勇气，背着一牛皮褡裢酸奶子，看着巡逻队出发了，便迎着马镰刀走去。

"下贱的女人！"马镰刀看也没看，便扬手一鞭，随后一叩马刺，扬长而去。

马鞭恰好给她的脖子上烙了一道红颈圈。她腰身一软，哽咽着坐下来。

那个巴郎子纵马赶来，眼里充满着爱怜之色，他想下马来扶她一把，又不敢，只好快快地走了。

待到马蹄扬起的风尘渐渐平息，耶利亚站了起来，摸着脖颈的红印子，她不知为什么反而笑了起来。她从毡房外边的拴马桩上，解下一匹母马，驮上酸奶子，尾随而去。

她不知道，将要发生一场变故，而一切皆因酸奶子而起。

巡逻

马镰刀矜持地微笑着，看着他心爱的狼狗蹿过小河，去叼猎物。

早晨，那个女人引起的一点点不愉快，已经因这一声枪响而消失。说实在的，他永远也不会理解这位迷人的女性。因为他们之间接受的教育迥然不同，而民族习性又相去甚远。那一天，对着哭倒在地的巴郎子，他的攥着刀把的手，捏出了汗，却没有动。或者，他可以找一个堂而皇之的机会，让这位巴郎子体面地去死，但那样做就不是马镰刀了。望着窗户外弟兄们一个个憔悴的蓬头垢面的样子，他突然一阵心酸。他觉得这一切的责任仿佛在自己方面似的，他可怜这些远离家乡，远离亲人，远离人类，在这荒原地带与他相依为命、出生入死的人们！他原谅了巴郎子。

原谅了第一次，第二次也就原谅了，以后么，也就无所谓了。

他的声誉和威望反而比原来更高了。这里是荒原地带，不能用人口稠密地区的行事准则来衡量他们。士兵们从站长那发青的面孔、布满血丝的眼睛中，明白站长为他们做出了多么大的牺牲。不过对于从小接受过正统教育的马镰刀来说，这不能不是一块心病。他不让耶利亚靠近他的身边，这不纯粹是恨，还有一条是因为，每见到她，他就浑身发抖，怒发冲冠，他怕自己不能自制，拔出刀来。

刚才他打了她一鞭子，现在回想起来，似有几分悔意。他想起那令他情窦初开的帐篷之夜，那是他们各自人生的转折点，而溯根求源主要责任还应当由他来负，没有他，她现在也许还是草原上一个飘忽不定的牧人的妻子。从那件事一开始，他就知道她的水性杨花了，可是没有办法，连像他这样自信心十足的男人，也无法理智地掌握自己。

"考虑这些干什么呢？"马镰刀想。他使劲地咽了一口唾沫，突然感到口渴。天真他妈的热，他有些后悔没有带酸奶子来。

　　抚摸着尚有余热的枪筒，马镰刀心中腾出一股英雄气来。阿尔泰山比在边防站看时近了许多。它青色的岩石闪闪发光，翠绿的雪松将山根和山腰围定，而山巅，那终年积雪不化的山巅，像一位带着白色头盔的巨人，屹立在阿勒泰草原上。

　　就在这时候，从他们来的那个方向，出现了一点什么动静。马镰刀皱皱眉头，遗憾地唤回了他的狼狗。那狼狗已经闻到血腥味了，实有几分不舍。它向马镰刀龇了龇白牙，马镰刀向它挥了挥鞭子。看来，男人的威严似乎更厉害一些。狼狗屈从了，摇着尾巴跑了回来。

　　这是 1901 年夏天的某一天，这一天平常而又平常。这是一次例行的巡逻，与先前的无数巡逻没有任何两样。然而，这一次巡逻，却改变了这块五十多平方公里土地的归属。至今，相信在两个毗邻国家的历史档案里，还能找到有关这一天的某些记录。

　　他们现在是沿着条约线前进。

　　这条干涸的小河就是界河，在春天春潮泛滥，在冬天也会冰封雪裹，但现在完全干涸了。阿尔泰山消融的雪水，无法渡过这漫漫荒原，到达额尔齐斯河。雪水在路途中，一半被沙漠吞食了，一半被空气蒸发了。

　　相传在许多年前，这条小河还是中国的一条内河的时候，一位赶着羊群的女子路经这里，用光滑的春水洗她的乌黑发丝，不慎，她的头巾掉进了河里，被水冲走了。于是，这条无名小溪有了名字——头巾河。现在，既然已成界河，罗曼蒂克随之消失，头巾河的称谓也被人们遗忘了。

大地热得能烤熟鸡蛋。狼狗突然感到爪子发烫，一耸身，跃上马背。马已经习惯了这种剥削，它翻了翻白眼，垂下头，慢吞吞地走着，蹄子自然而然地踩着上一次留下的蹄窝，这样可以省力气些。

荒原重归于可怕的寂寞。辽阔的天宇，将它的一天寂寞都压向这几个默默行走的人。刚才因为打鹰而激起的那一段情绪，现在已经没有了。

马镰刀骑着马，在前面默默带路，一行人拉开五十米距离，依次相跟。狼狗用两只爪子搭在马镰刀的肩上，渴望爱抚。

马镰刀懒得动它。

就在这时候，一个士兵自后边打马而至，报告说，界河对面一队沙俄的巡逻兵，颠着马匆匆而来。

马镰刀其实早就看见了，但他还是点了点头，褒奖了士兵两句。

道伯雷尼亚

沙俄老兵道伯雷尼亚，今天早晨接到妻子的来信。妻子在信中告诉他，他唯一的儿子，最近在参加一次进步组织的游行示威中，被警察的乱枪打死了。道伯雷尼亚陷入了极度的悲伤，他无意识地在边防站的围墙外边转来转去，嘴里嘟囔不停。后来，当意识清醒以后，他明白他是在唱一首儿歌，那是他第一次见到儿子时，为摇篮里的儿子哼的，而儿歌是他从母亲那儿学会的。

他感到日月无光，他第一次对他所服务的祖国产生了一种憎恶之情。多年来，随着一次又一次的调防，他一直在漫长的中俄边境驻守。他在小时候就听过母亲讲俄罗斯勇士道伯雷尼亚的故事。给他取了这样一个名字，不能不说是希望他将来能成为一名守卫边界的勇士。他照母亲所希望的那样做了，可是，他如今感到了惶惑和委屈。

平时挺得笔直的腰，今天不知为什么佝偻起来。他悲哀地意识到自己衰老了。他用语法不通的单词写完退职报告后，感到一阵空虚。他努力回忆俄罗斯勇士道伯雷尼亚最后是如何结局的，可是回忆不起来。母亲的故事只讲到道伯雷尼亚老来的三件事。

道伯雷尼亚老了，他已经感到皇帝嫌弃他了，便默默地穿上铠甲，戴上头盔，拿上长枪和盾牌，骑上那匹伴随了他一生的老马，离开军营，在草原上游荡。

一天，他来到了一个三岔路口，看见面前的三条路上，路口各竖立着一块石头。第一块石头上刻着：谁从这条路上走过去，谁将成为全世界最富有的人；第二块石头上刻着：谁从这条路上走过去，谁将得到一个漂亮的妻子；第三块石头上刻着：谁从这条路上走过去，谁将得到死亡。

道伯雷尼亚笑了笑，沿着第一条路走去。走不多远，看见路旁有一块巨大的石头，他明白全世界最富有的宝库在这石头下面了。他下得马来，弯下腰，用两手抠住石头，使劲地摇动起来。由于用力过大，他的两只脚深深地陷进了地里，成了两口井，他的头上流的不是汗，而是血。轰隆一声，石头搬掉了，金灿灿的宝库出现在他面前。道伯雷尼亚唤来草原上所有的穷人，将宝库的金子一个不剩地分给了他们。他顺着原路回到三岔路口，抹去了第一块石头上的字，用矛尖刻下下列字样：我从这条路上走过了，可我并没有成为富翁。

　　道伯雷尼亚叹了口气，又沿第二条路走去。"我将得到一个怎么样的妻子呢？"他默默地想。果然，前面出现了一座金碧辉煌的宝殿，美丽的侍女将他引进去晋见公主。美妙绝伦的公主从天鹅绒座椅上飘然而下。她说：我已经等你很久很久了。然后，拉着他的手走进一间令人头晕目眩的新房。道伯雷尼亚冷静下来，他想：我身上有哪一点能引起公主的兴趣呢？一个穷光蛋，一个糟老头子！公主说，你先上床吧，我换一下衣服就来。当公主重新出现的时候，道伯雷尼亚卡住她蛇般的腰肢，轻提起来，扔到了合欢床上。只听"咔"的一声，床翻了个过，公主掉了下去。"原来是这么回事！"道伯雷尼亚发怒了，宫殿摇晃了起来，侍女吓得跪在他的脚下，不知如何是好。"拿地下室的钥匙来！"道伯雷尼亚怒吼着。打开地下室，他看见了四十个国家的王子被关在这里，新近掉下来的公主也在这里。四十个贪恋女色的王子满面羞惭地从他胯下溜走了，妖女被他撕为两段。疲惫的老马带着他又来到第二个路口，他抹去石头上的字，用矛尖刻上：我从这条路上走过了，可是，我没有得到爱情。

"现在，该让我尝尝死亡的滋味了！"道伯雷尼亚向第三条道路上走去。他在这条道路上遇到了四十个手拿利刀的强盗。他笑着走下马来，取下希腊式的帽子，向前一挥，二十个强盗倒下了，向后一挥，世界上已经失去了四十个强盗。他重新回到路口，像前两次一样，抹掉石头上的字，重新刻上：我从这条路上走过了，我并没有死亡。

他重新骑上马，像个夜游神一样，在荒原上漫无边际地走着：苍老，疲惫，痛苦，孤独，空虚……不知何处是归宿。

这就是道伯雷尼亚最后的传说。老兵道伯雷尼亚不知自己为什么在此一刻想起了这个传说。他总觉得这个貌似平淡的传说包含着很深刻的哲学内容，而这个哲学内容不是他这个头脑简单的大兵所能悟觉的。一位新近从莫斯科来服役的士官生，跑来请示说，巡逻时间已经过了，是不是今天不去了。他摇了摇头。半个小时以后，这个忧伤的老兵，领着他的队伍踏上了边界。

路遇

我相信由于我以上的叙述，读者对边防军的寂寞的生活已经有一个大概的了解了。事情确实是这样的。我服役的那几年，常常见到边防站的一位副连长，站在菜窖的顶上，呆呆地眺望家乡。单调的生活将他折磨成了一个滑稽的人物。他放屁放得又大又响，从他的办公室到饭堂约有二十米，每次开饭时，他端着个碗，一步一响，一直走完这二十米长途。医生跟在后面，模仿他的动作，并且说，放屁是胃功能良好的表现。我们这群当兵的正在排队唱歌，大家都笑了，那笑声里却有一股辛酸的味道在里面。人是离不开人的，如果将一个人放逐到渺无人烟的地方，那么，用不了多久，这个人便会发疯的。记得有这样一首诗：

街上走着一个盲人，

不停地用竹竿点地，

他既看不见前面的人们，

也看不见街心花园的长椅。

人们匆匆地赶路，

把他挤来挤去，

这时有一个人发了急，

提醒大家注意：

走路要当心，

也不要拥挤。

但是在嘈杂中我听见了盲人的话语，尽管他声音很低：

"碰就碰吧……没关系……

至少我可以知道，

人们和我在一起！"

这首诗的作者对人所具有的孤独感，有一种多么深刻的认识！相信他一定有过在荒原独身生活的经历，即便没有，他也一定在别的什么地方长久地处在孤独中，即使他一落地便在繁华的城里，而且从未出过远门，那么，一定是茫茫人海难觅知己，他的一颗心仍然浸泡在孤独的毒汁里。

事后，人们在分析这一次边界事件的起因时，将罪责怪到酸奶子头上，认为它那清凉酸甜的味道，无疑给了干渴难挨的沙俄士兵以致命的诱惑，他们忘记了一切，踏过了那似乎和别的河流一样，又似乎神圣得令人异样的界河。我却以为原因并非如此简单，如此表面化。

还是继续开始我的故事吧！那些人物已经在我的脑子里焦躁不安，宛如奔驰中而不能急停的马匹，他们急于要走完他们悲剧式的历程。

老兵道伯雷尼亚策马向前。从表面上看，他还和往日一样，严肃而沉默，但是，马儿已经明显地感觉到主人比往日重了许多，他的屁股已经不能随着马的跳跃而在鞍上颠簸了，而是实实在在搭在鞍桥上。

老兵重重地叩了两个马刺，马由小走变成了大走。老兵不明白，自己今天这是怎么了，按照惯例，看见对方的巡逻队后，应该设法避免直接照面，如果确实避不开，就应付地打个招呼，一走了事。可今天，当眺见远远的那一队土黄色地平线上的人们时，他反而加快了步伐。

大走马四个蹄子风一般地替换着，没用了多久，两支巡逻队伍就平行前进了。

道伯雷尼亚现在看见了中国头目的眼睛、眉毛和刮得铁青的嘴巴。多少年来，他没有这样近地和中国士兵相遇过。尽管两个边防站在以往的相处还算是融洽的，甲方的牛越境了，乙方并不向上级报告，以避免举行那些冗长的移交手续，而是顺原路如数赶回。乙方也就投桃报李，遇见这一类问题，同样解决。但是，道伯雷尼亚现在却有几分怯意，他曾经在阿穆尔河一带与中国士兵打过交道，他们的悍勇和忠诚给他留下了深刻的印象。关于河对面的那大名鼎鼎的马镰刀，他的罗曼史，他的强盗生涯，也经过那些走私犯，那些越过边境互相通婚的牧人，间或送入他的耳中。他一直庆幸这几年的边防执勤中，没有与他正面冲突。这位忧伤的老者，有些后悔自己莫名其妙的举动。

眼泪不是泪水

马镰刀手臂上青筋暴起，他死死地盯着沙俄头目的面孔，仿佛想从那面孔里看出他匆匆而来的含意。

在他的眼中，这是一个老谋深算的兵油子，他那把稀稀疏疏的山羊胡子准确无误地告诉了这一点。自然，他的坐骑也这样告诉人们，草原上有一句俗语：不要和骑走马的打交道！意思是说，这些人的青春和激情的年月已经过去，已经不骑那种能够驰骋冲杀的奔马了。他们开始工于心计，他们的这种心性恰好喜欢骑那种稳妥、舒适而速度不算太慢的走马。

马镰刀在行进中，吩咐他的队伍进入戒备状态。

他本想缓下步子，拉开一段距离。可自尊心不允许他这样做。自尊心之外，还有一种更重要的原因，即对面这支队伍的到来，给他，给他的队伍，给他们乏味的生活带来一种兴奋。他们平时的漫无边际的遐想现在都停止了，思想飞过界河，牢牢地注意到这些与他们相处了几年，彼此距离不超过一公里，而在感情上和心理上，又是异常遥远的人物。

道伯雷尼亚也想拉开一段距离，也随之否定了自己的想法，可能是和马镰刀出于同一想法吧。

不管怎么说，我们看见了，在茫茫的草原上，在炎炎的烈日下，在一条干涸了的、宽不过两丈的界河两侧，走着两队巡逻兵。这是1901年夏天的某一天。

没有人来注视这两支奇怪的巡逻队伍。荒原上寂静如旧。假如那只鹰还在的话，它也许会飞来观瞻，但是这荒原上唯一的邻居，已经在早些时候，死于马镰刀从未落空的土枪之下了。双方的首都太遥远了，无暇顾及这些事情。此一刻，沙皇也许正在手忙脚乱地镇压着各种风潮；伟大的列宁也许正蛰居在拉兹里夫湖畔低矮的茅屋里，完善他的不朽的学说；清王朝正在一个叫承德的地方，进行宫廷政变；心有余而力不足的孙中山，也许正面临太平洋而兴叹；而毛泽东，刚刚在他的家乡上完小学，正在转学的途中。

　　道伯雷尼亚突然记起了什么，他摘下帽子，向马镰刀在空中画起了圆圈。

　　画圆圈是国际上通行的表示友好的标志。遇见这种情况，不能向前挥，向前挥，意思是说，你已经越界了，请往后退。也不能向后挥，向后挥，通常被认为是种挑衅行为，有策动士兵向己方投诚之嫌。

　　道伯雷尼亚看见马镰刀的脸色渐渐变得和蔼了，他的心里轻松了一些。他的模糊的眼前出现了两只大奶头，这奶头是母牛的。有一次，他们抓住了几头越境的中国母牛，出于对这个神秘国度的好奇，晚上，瞒着勤务兵，他偷偷地拿了一个缸子，来到牛棚。他找到了硕大的奶盘，却发现奶盘上没有奶头，他很吃惊。闹了好一阵，方明白原来是在抚摸一头公牛的睾丸，连他自己也哑然失笑了。他找到了奶牛，挤下了奶，他发现这种奶熬成的奶茶，和俄罗斯的奶牛并没有多少区别。

　　这奶头又不是奶牛的了，而是他的相依为命的那个俄罗斯女人的。他还记起了自己某一次休假时，怎样从基辅的亚玛街一家最下等妓院里，领走了这个有着一对大奶头的女人。而这女人怎样生孩子，怎样用这对大奶头为他喂养孩子。女人临生孩子时，躺在被窝里，红着脸说："你来呷一呷奶头吧，未来的父亲！孩子出生后，这呷过的奶头就很容易下奶了，这是乡下的妈妈教给我的！"

道伯雷尼亚掉下了眼泪。

马镰刀看见了这滴眼泪。他挥动的帽子在空中静止了。如果这真是眼泪，而不是汗水的话，那么，对面的这个老兵就很可怜。他的脸上总带有一种苦相。这种人的命运是不会好的。他的头发全部白了，稀稀拉拉的，瘦削的脸上挂满了疲惫。他的山羊胡子让人想起内地那些在田野上安闲地吃草的老山羊。

他的队伍不时有人喊叫干渴，马镰刀已经十分后悔，早晨没有带酸奶子来。可是他把自己的烦躁埋在心里，用一种无可奈何的口气，嘱咐他的士兵们忍耐一下。

借条

不知过了多长时间，他们看见了远处那棵胡杨的顶尖。

那时候边界上还没有设立标志。岂止那个时分，就是现在，这里的界桩还没有栽起，人们是依靠地形地物来确定边界的。这也就是上级为什么三令五申要"维持边界现状"的原因了。

这是一棵高大的胡杨。杨树下是一座坟墓。坟墓是用粗壮的树木，稍加砍砍，成塔形堆积而成的。也许在这地方先有坟墓，然后在这一片变得肥沃了的土壤中，风吹来一粒种子，长成这棵胡杨。也许这地方先有胡杨，而一位热爱大自然的人，将他的坟墓建在这胡杨的浓阴之下。这胡杨在界河沙俄一侧，当这条河还叫作头巾河的时候，坟墓主人的后裔，还常常从中国方向赶来，稍作祭奠。自从变为界河以后，这种举动就不可能实现了。

以胡杨为界，那边就是另一个边防站的辖区了，马镰刀的边防站，管辖范围至树木为止。

就在这时候，奇迹出现了，双方巡逻队同时发现，在胡杨那团椭圆形的树荫下，站着一位女人。

那女人妖娆地微笑着，用手撩起黑得发亮的发丝。她的白色的脸蛋不知为什么没有被中亚细亚的猛烈的季风吹黑。她两只长腿后边是阿尔泰山外围的耀眼的金字塔式的沙山。她的花格子连衣裙给昏黄色的天和地增加了一缕亮色。

两支巡逻队都欢呼了起来。

两个队长还是不紧不慢地迈着他们的步伐，他们在这当儿显示了自己的威严。任谁心急如焚，也不敢越过他们的马头。

但是当马镰刀终于走到树阴下，脚尖落地的一瞬间，他的所有的士兵们，一窝蜂地滚鞍下马。

他们将耶利亚团团围定，这个扯她的头发，那个摸摸她的手，还有胆子大的，趴在地上，从裙子里往上看。更多的人是盯着她脚下的那袋酸奶子。那位汉族巴郎子，竟呜呜地哭起来，他起劲地问耶利亚怎么跑到他们前面的，他说她不是人，简直是女巫。

耶利亚笑而不答。

马镰刀转过身去，不愿看这些大兵们的胡闹。不过他的心里充满了喜悦，并在这一刻对耶利亚充满了脉脉温情。

道伯雷尼亚领着他的气喘吁吁的队伍，也来到了胡杨树下。时间早已超过了中午，胡杨的树荫越过界河，越过这"一八八三线"，落在中国的境内。原先，他曾设想让他的干渴的队伍，在树阴下小憩一会儿，现在看来这个设想落空了。

他眼巴巴地看着咫尺之外的地方，中国的巡逻兵们，拿着一个银质的大碗，碗里盛着快要溢出的黏糊糊的酸奶子，正一个个地传递着，慢慢地品着味道。

想起酸奶子的又酸又甜的味道，他满口生津，不由自主地掉出一滴涎水来。

没有人发现他的失态，士兵也像他一样，目不转睛地盯着界河对面，而且不加掩饰。那神情，就像贪嘴的孩子在看着大人吃食一样。他猛然瞅见了马镰刀那饱含怜悯的目光，心头一震，赶快转过头来。他命令他的队伍稍稍休息一下，便折回头去。他们的巡逻范围也至此为止。

没有人听他的话，大家都在长叹短吁。那位莫斯科来的士官生，甚至唱起了下流的民歌。

他对这位士官生从来就没有产生过好感。他怀疑这个花花公子一定是在莫斯科的情场上惹下什么乱子，然后通过关系，来这里避难的。说来也真叫人搔牙，有一次，士官生带哨的时候，他去查哨，到处找也找不着，后来听见一间低矮的存放家具的小房子有什么响动。他一敲门，首先蹦出来边防站的那只母狗，狗的尾巴底下还湿漉漉的，红艳艳的，接着看见了这位张皇失措的士官生。还有一次，他听见猪圈里的母猪乱叫，以为是狼跳进了猪圈里，赶去一看，士官生正拽着一头母猪的尾巴，他不客气地上去给了两个耳光。他把这些都包揽了，没有给别人说，要么，士官生以后就没有脸见人了，也在这儿待不成了。

　　道伯雷尼亚清了清嗓子，给他的队伍讲起勇士道伯雷尼亚的故事，也就是早晨他想起来的那个故事。可是没有人理他的碴儿，一些不友好的目光还瞅着他那张衰老的脸。

　　到最后，连他自己也觉得寡然无味。他觉得那个故事充满对人生的幻灭感，不管是爱情，还是钱财，以及那个永恒的主题——死亡，有一股悲凉的味道，自始至终贯穿其间。

　　他听见马镰刀在叫他，马镰刀慷慨地一伸手臂，请他们过来共享清凉。

　　他摆了摆手。他摆手的结果，使队伍里扬起了一阵更大的咒骂声！

　　"屎！怕什么，山高皇帝远。这一阵子，沙皇尼古拉二世正搂着他的老婆睡午觉呢！"一个士兵粗野地说。

　　这句话带来了一阵欢呼。道伯雷尼亚胆怯地望了一下四周，别出什么事才好！他马上就快退伍了，出了事，自己受连累是次要的，老伴的晚年，还要靠他的养老金生活呢！

　　我们的风风骚骚的耶利亚，已经站在界河边，向这边打起媚眼来。而花花公子士官生，也立即给以回报。

道伯雷尼亚看见一个和他年龄一样老的老兵，将干渴的舌头，伸到马的汗淋淋的胯下，舔着。他感到自己的无能。

他瞅了瞅马镰刀，有了主意。

"喂！朋友，如果我们过去了，出了事怎么办？"

"不会出什么事的，棺材瓤子！"

"难说，你把我们哄过去了，最后打一个报告，我的一切就全完了，这些弟兄们的前途也就全完了！"

"那么请便吧！我这是可怜你们，不是求你们！"

"既然你有如此侠肝义胆，你能不能劳动大驾，写个条儿。这样，事后你也就不敢给我们的上司报告了！"

马镰刀没有想到这一着，他思虑了一下，点点头。

他的头刚一点完，一群饥渴难耐的沙俄士兵，便跌跌磕磕地越过了界河，道伯雷尼亚跟在最后边。

他多年来，只有目光能越过这个神秘的界线，至于本人的躯体，那是做梦也不敢想的。每当他看见一只麝鹿，或者一只野猪，迈着四平八稳的步子，一步跨过界线时，心里便"咯噔"一声。甚至看见天上的飞禽，在高空越过这个界线时，翅膀也会颤抖一下，不过这当然是他的心理作用。今天，他越境时，除了恐惧，不知为什么，还有一种孩童般的恶作剧式的快感。

直到接到马镰刀书写的字条时，心里才有几分踏实。那字条上写着：

借 条

借给沙俄老兵道伯雷尼亚君并一行牛皮大一块地盘，以作小憩之用。

中国边防伊犁总兵府辖下白房子边防站站长

马镰刀

光绪二十七年 × 月 × 日

胡杨树下的狂欢

酸奶子是一种令人咋舌的清凉饮料，它前几年曾经引起北京人的青睐，北京的风潮未落，上海便又开始风靡了。上海的《新民晚报》曾刊登专栏文章，介绍酸奶子的酿制过程，以及它在中国受人重视的历史。晚报的文章说，追溯起来，酸奶子传入中国的经历，大约有一百多年了。一百多年前，一个德国人在北京开了一家冷饮店，冷饮店以酸奶子赢得了大量顾客。我不揣冒昧，给报社去了一篇小稿。经编辑珍贵的手笔而润色，小稿以《酸奶子非自今日始，芨芨草焉能作扫把》为题，全文刊登。芨芨草说的是另外的事情，不在本文范围。

我曾经有幸饮用过蒙古人用马奶酿制的略带黄色的酸奶子，曾经饮用过哈萨克、维吾尔用牛奶、羊奶酿制的雪白的酸奶子。

有理由相信，这种食品很早就风行于这些以奶制品和肉类为主要食品的罗曼蒂克的民族中了。这种美味佳肴是上天的恩赐。也许，一位牧羊姑娘将一锅奶子煮沸，准备提取上面漂浮的酥油，并且用下面沉淀的奶渣做奶疙瘩，这时，情人在外边打起了口哨。姑娘慌不择路地冲出去了。

第二天早晨，当她记起她的工作的时候，结果，奶子已经发酵，黏糊糊的乳状液体膨胀了满满一锅，并且溢上了锅台。这时节必须是在夏天。姑娘吓坏了。她用指头蘸起一点尝了尝，有点奇异的芳香，有点略带寒意的酸涩。这时父亲走过来了，姑娘急中生智，说这是她新学习的一种酿制方法。父亲相信了，相信的理由是这食品确实可口。于是，酸奶子便这样流传开来，我相信，在那交通闭塞、语言不通的遥远年代，各民族都是靠自己的智慧首先发现这种酿制办法的。所以他们都应当第一个拥有专利权。

闲言少叙。二十个中国的边防军士兵、二十个沙俄的边防军士兵，横七竖八地躺在胡杨为他们设置的这一团绿阴下。

马被使上了羁绊，零零散散地在附近潮湿的地方喘息。

发了狂的士兵将他们的土枪和马刀，杂乱无章地扔成一团。这些武器在过去的岁月里，还忠诚地为他们的国家服务过，以后也将继续为国家服务，那刀刃照样被鲜血喷软，被骨头崩卷，那土枪照样向外喷射致人死命的弹丸，但是在此一刻，他们忘乎所以了。他们都受不了荒原所给予他们的这种压抑感了，他们的精神在残酷的大自然面前崩溃了。酸奶子只是诱发他们这种念头的媒介。

饥渴的沙俄士兵表现了全部的贪婪。

士官生首先捷足先登。他抢过了中国士兵手中的银碗，一口气喝完，又觉得不解馋，于是，将头钻进了盛酸奶子的口袋里。当他的头好不容易拔出来的时候，人们看见，他好像不光是用嘴，而且用鼻子、眼睛、耳朵同时往进喝酸奶子似的，因为嘴角里、鼻翼上、眼睫毛上、耳朵里，同时沾满了酸奶子。

道伯雷尼亚是最后一个喝的。皮口袋已经空了，他伸出舌头，一点一点舔着皮口袋。那味道一定很好，因为他的眼睛都快眯成一条缝了。

看见马镰刀无言地盯着他，道伯雷尼亚觉得有失体统，便张着缺少一颗牙的大口，笑了一下，那是感恩的笑。他喃喃地说："真不好意思，我们甚至比你们喝得还多！"

马镰刀始终没有喝，甚至没有到皮口袋跟前去。只要士兵们喝饱了，他心里也就比喝了还畅快。

马镰刀也报之一笑。他正在卷莫合烟，那只绣花的烟荷包是耶利亚当年为他缝制的。他觉得眼前的道伯雷尼亚很善良，他丝毫不像一位巡逻队的队长，只要给他穿一件农家的开领衫，再提上一把砍土镘，他简直就是一位地地道道的老农了。

马镰刀为自己先前的戒备心理而有些难为情，他想分辨出这种戒备心理是出于胆怯呢还是一种责任，结果没能分辨出来。他从来是懒于动脑的。

道伯雷尼亚递来了自己的烟荷包。这只烟荷包是他的妻子为他做的。不过那时他们还没有结婚。一个举目无亲的大兵在亚玛街最黑暗的街道上度过一夜后，回到了边防站。不久，他接到姑娘用保价邮包寄来的烟荷包。烟荷包现在已经很是陈旧了。道伯雷尼亚双手递上，也就近看了看草原上的这位传奇人物。马镰刀不像他所看到的别的清兵一样，他没有留小辫，而是有着剃得发青的脑袋。他的外表给人的总体感觉是凶悍，但是一件一件拆开看来，却给人一种敦厚、实在，甚至是愚钝的感觉。他的嘴唇很厚，因此看起来很可爱。照实说，道伯雷尼亚在做梦的时候，有几次都梦到过马镰刀割掉了他的脑袋，脑袋像西瓜一样在地板上打转。现在，他也觉得他的想法是可笑的。甚至，当孤独的晚年临近时，他从马镰刀那宽阔的肩膀上，得到了一点慰藉。他也感到马镰刀更像一位牧人，如果给他一把大镰刀，他一天可以割十几亩草的。

他们用当地的一种土语交谈起来。随后马镰刀叫他的勤务兵拿来棋子，他们便在这里下起棋来。棋子是羊骨做的，用羊血染成深红色，马镰刀天天将它带在身边。

这当儿，酸奶子已经喝净，莫合烟已经抽足，太阳已经收敛了它的烈焰，风儿不知什么时候从阿尔泰山刮来，巨人般的胡杨在鼓着热烈的手掌。

耶利亚自然而然地成了人们心中的宠儿。她的歌儿唱了一个
又一个。她的舞蹈跳了一个又一个。她旋转时裙子把香风带到谁
的跟前，谁就禁不住耸起了鼻子。她的旋转的足尖哪怕把沙子踢
到谁的眼睛里，谁也认为这是对自己的一次特殊的宠幸。大家齐
声歌颂她，齐声向她献媚。沙俄士兵称她是他们的女皇，中国士
兵则称她是他们的皇后。他们都异口同声地说愿为她去死上一百
次，而耶利亚取笑他们说："活着不是更有意思吗？"

莫斯科来的年轻的士官生是一个不亚于耶利亚的跳舞能手。
起先，他左手拿着银碗，右手拿着随手拣来的一粒石子，为耶利
亚伴奏，而士兵们都不约而同地随着他的节奏一起拍着巴掌。到
后来，他自己再也耐不住了，他霍地跳了起来，郑重其事地弯腰
伸臂，向大家行了个莫斯科沙龙里才用的礼节，然后朗念道：

祝圣的夜晚，

祝颂队在演唱。

祝颂队寻找，

主人的庭院。

主人的庭院，

不大又不小，

七十棵围桩，

八十里方圆。

男主人坐的地方，太阳在照耀，

女主人坐的地方，月亮在照耀。

小孩子坐的地方，群星在照耀。

谁赏给烤饼——

谁家马成群，

谁赏给糖包——

谁家牛满圈。

　　这显然是一首俄罗斯的拜节歌或行乞歌，士官生借这支歌，巧妙地表达他们对女主人、对中国巡逻兵的感激之情。歌声刚罢，荒原上仿佛响起了暴风雨。男人们都往上一跳，站起来了，无数双皮靴开始轰隆隆地踩动着这一块地面，无数的手臂在挥舞，无数的歌喉里发出各种叫声。

　　地上扬起了团团灰尘，这灰尘中夹杂着汗腥味、羊膻味、尿臊味、狐臭味。

　　马儿也一匹接一匹地长鸣起来。

　　人在这一刻变得多么美好呀！种种的利欲、邪念、地位、享受、阴谋、叛卖都被丢在脑后了，都被丢在这千里荒原以外的地方了，让那处在人欲纵横中的人们去占有那些吧，人生哪怕能有这么美好的一个时辰，也该满足了。

　　不知过了多长时间，人们突然不约而同地停了下来。月亮，一轮苍白的、丰满的、像美人的脸盘似的月亮，来君临他们的头顶，正像歌中唱到的那样：月亮在照耀。

　　这是中亚细亚一带最美的白夜，它一直要延续到凌晨四点钟。太阳已经早早地落下了。但是，它不断将自己的白光，恋恋不舍地送给曾经照耀过的地方。大地、山脉、天空在这一瞬间镀上了一层水银。芨芨草泛着白光，白杨的叶子泛着白光，所有的各种颜色的马匹，以至人类本身，都变成白色的了。沙狐、土拨鼠、刺猬也不知道是从哪里爬出来，现在在荒原上大摇大摆地走着，甚至走到人的脚底下来。

　　士兵们请一直没有吭声的马镰刀和道伯雷尼亚唱歌。

　　马镰刀朗朗有声，是一首唐诗：

　　　　葡萄美酒夜光杯，
　　　　欲饮琵琶马上催。
　　　　醉卧沙场君莫笑，
　　　　古来征战几人回。

　　道伯雷尼亚撕开嗓子，唱了一首同样苍凉悲壮的古歌。这首歌本该是要用六弦琴伴奏，可惜没有六弦琴。耶利亚拿起那只银碗，卸下一副马镫。马镫击碗，铮铮作声。众士兵则用马刀的刀背敲打。

　　　　一位哥萨克沦落在库班河对岸，

他不是单独一人，

还有好友陪伴，

他的好友是乌黑的烈马，

风快的战刀是他的保镖。

他用战刀打着了火，

他又拾了许多羽茅草，

他把羽茅草放在火上，

一面裹伤一面说：

"我的伤哪，是很重的伤！

伤势沉重，直接连着心脏，

连着心哪，流着殷红的血。"

哥萨克临死前对马说：

"乌黑的烈马，你听我说：你要挣断缰绳，

挣断缰绳，拔起拴马桩，

你不要听喧哗呐喊，

你不要看河水奔腾，

你顺着小路一直向前跑，

顺着小路跑回我们光荣的静静的顿河，

跑回顿河，跑到我亲爱的父亲居住的地方。

我的马啊，你敲敲门。

一位老人出来迎接你，那是我亲爱的父亲，

一位老太婆出来迎接你，那是我亲爱的母亲，一位年轻的寡妇走出来，那是你的女主人。

她挽起你的丝缰绳，

把你牵到马厩中，

把你拴到木桩旁，

拴到木桩旁，拴到银圈上，

然后会向你仔细打听：

马呀马，你对我说，你的主人在哪里？

我的好友啊，你就对她说：

你的主人在库班河对岸，

在库班河对岸和别人结了婚，

给他订婚的是枪弹！

为他祝福的是刺刀！

飞快的马刀是他的花冠，

他的妻子是棺材板，

潮湿的土地是他的母亲。"

　　歌声用悲怆的男低音，绕了一个弯儿后结束，它那发自胸膛的声音摇撼了整个荒原。心肠软的战士已经掉泪了，而耶利亚，她那张孩儿脸在白夜里闪闪发光，那是泪流满面的缘故。她突然意识到自己是紧紧地靠在马镰刀的肩上的，吓了一跳。但是，马镰刀并没有斥责她，他仍然处在歌声所描绘的那个悲壮的意境中。

月亮像个睡眠蒙眬的美人，静静地、贤淑地照耀着这块荒原。

一张牛皮的故事

一次巡逻就这样结束了。不久，季风就会淹没士兵们留在沙砾上的脚印，雨水会冲刷掉河里那深深的马蹄印，沙狐会把每一个滴过酸奶子的沙粒舔净，谁也不会知道中俄边界胡杨树地段，曾发生过这样一件事情。即便是过了许多年以后，那些士兵退役了，在家乡的酒馆里吹牛的时候，泄露了这件事，那也无关紧要。时过境迁，谁也不会追究那些过去很久的并没有造成后果的事情的。

相信我，在这之前和之后，都发生过类似的事情的，这些事情都没有产生后果。

但是这一次却要发生悲剧了。马镰刀的不祥的诗歌和道伯雷尼亚不祥的歌曲，已经早就开始预兆了。据一位士兵回忆说，那一天晚上的月亮很怪，它的外边有一个圆圆的风圈。据另一位士兵回忆说，那一天晚上，沙狐立起身来，两只前爪对着月亮祈祷。而一向以凶悍著称的狼狗，像被定身法定住了一样，竟无意于去追捕它。

怎么说呢？第二天早晨，马镰刀就产生了一阵后怕。他忐忑不安地过了一些日子。在这些日子，他在巡逻和执勤中都格外谨慎。他甚至希望世界上这些天内能有别的重大事情发生，以便掩饰这件事情。他为自己的冲动而懊悔不已。

边防站短时期内依旧相安无事，阴谋是在荒原以外的土地上进行着的。

冬天到了。这是一个白雪茫茫的冬天。在沙俄新近出版的地图上，中国边防线大河以北、胡杨树以南五十五平方公里的土地划入沙俄版图。

接着，他们正式向清朝政府提出了对这块土地的领土要求。

清朝政府惊诧地接受了沙俄的外交照会和那本袖珍地图册。他们以为这是搞错了。在这期间，他们从档案馆里找到许多的资料，像他们以前或以后遇到此类问题时所能做到的那样，从这块土地的历史渊源、人口变迁、陈物古迹等等方面进行了论证，从而证明这块土地历来是中国的，沙俄犯了错误。

沙俄的外交官并没否认这块土地是中国的，但是他们说，中国已经借给他们了。

当会晤发展到一定火候之后，变成了会谈。会谈中，他们从文件夹里拿出一张保存得很好的纸条。我们知道，这是马镰刀在荒原地区、胡杨树下，用卷莫合烟的黄纸信手写下的一张便条。

中国官员傻眼了。他说："即便如此，那这上面是说，一张牛皮大的地盘，而你们划去了……"

沙俄官员说："我们试验过，把一张牛皮割成细条，恰好可以圈五十平方公里！"

"即使真是这么一回事，那条子上只是说，借给你们的！"

"是借给我们的，但是，请你注意，这条子上没有写还期。这意思就是说，这是永久借给我们的。"

这位中国官员不能说是一位卖国主义者，他像我们大多数人一样，对土地有着深切的眷恋，在他的家乡还时常发生农民为争一条犁沟而互相仇杀的事。所以，他为五十五平方公里而心疼。但是，这是 1901 年的冬天，清朝政府被八国联军赶出北京，避难西安，现在刚刚回来，惊魂未定，实在不愿意为那五十五平方公里蛮荒之地，而惹出事端了。

沙俄官员的态度露出杀机，他们暗示说，他们要仿效往日在阿尔穆河一带采取的、以火与剑为先导的政策，强行占领这一块地方。中国官员唯唯诺诺地退出会晤室。

懒散的中国只有在处理这类涉外事件时，才能表现出少有的高效率。会谈刚罢，外交部门立即通过军事部门，火速前往霍城伊犁总兵府，伊犁总兵府又立即将白房子边防站站长马镰刀传讯归案，经过马镰刀对那纸条的证实以后，懦弱的清朝政府，沉默不语了。

接着，清朝政府承认了沙俄对白房子边防站所辖这块领土的主权，命令白房子边防站从五十五平方公里以内迁出，重新建站。

接着，清朝政府给伊犁总兵府下达了就地处死白房子边防站站长马镰刀的命令。

与狼共舞

这是一个悲哀的日子。马镰刀被五花大绑，捆在马上，离开了边防站。他心爱的狼狗，几次蹿到马背上，都被那位面目凶恶的差官，用鞭子毫不怜惜地打下马来。边防站全体官兵，踩着陷入大腿的积雪，把马镰刀送了一程又一程。耶利亚用手扶着马镫，随着马缓缓而行。她被这件事情弄糊涂了，呆呆地不知说什么好。

"今年的雪大，明年的蚊子会很多的，你们要有个思想准备。"马镰刀皱着眉头说。他对官兵们的过于感情外露，有些看不惯。他认为不管怎么样，他还会回来的，当然不会再当站长了。他将前往伊犁总兵府，解释事情的整个经过。他还没有料到事情的严重后果。

他用仇恨的目光眺望着边境线外边的那座边防站，一群沙俄士兵正在积雪的院子里踢足球，雪原上传来阵阵愉快的尖叫声。他的眼前浮现出那个留着山羊胡子的老头，他的总是眯起的、不敢正视人的眼睛，他的让人怜悯的一大把年纪，他吮吸酸奶子时的那种贪婪的神情，他的感恩戴德的语言。

马镰刀在这一刻，对人类——这个站起身子用两只脚走路，从而腾出两只手，干着各种各样的坏事的高级动物，深深地失望了。他感到好像有一把尖刀，向他那行侠仗义的胸膛捅来。

他们在荒原上走了十天，才走到伊犁总兵府。这十天马镰刀有许多次可以逃跑的机会，他都没有跑，他想向上属解释一下。

没有必要解释了，上属早就对这位当年的"草原王"心怀戒心了，正好趁这个机会除掉他。即使，话又说回来，上属想保护他，也是没用的，盖着朱红大印的命令，早就通过驿站，层层送了下来。

马镰刀听到这个事情所产生的后果时，他吓呆了。他双膝跪倒，号啕大哭。

"我有罪呀！我有罪呀！"这位壮汉撕着自己的胸膛，痛心疾首地呐喊。

他主动请求以死来弥补自己的过失。

就在行刑的前一天晚上，大雪满天，朔风怒吼，马镰刀挣脱手铐，越狱出逃。

伊犁总兵府向各地发了通缉令。马镰刀在暴风雪中走着，他不知道自己走了多少天，因为在暴风雪中，是很难分辨出白天和黑夜的。风像刀一样地划过他的脸，沉甸甸的雪团打得他直不起腰。他的大衣，不知怎么搞的，被风给剥走了，只要一剥走，就不可能再找回来了。风能一直把它吹到天上去，大衣斜斜歪歪地，像一只张着翅膀的兀鹰。风又能把它吹得在地上滚着走，像吹动一卷沙蓬。

马镰刀强迫自己无休止地走下去。现在的走法，已经没有任何目的性了，只是为了不被冻僵。在草原上，冻死一个人是微不足道的事情。他一边走，一边用耳朵听着，这时候，如果能碰上毡房，他就活命了。

他突然听到一阵细微的叫声，开始，他以为这是风的尖叫，后来把帽子卸下来，细细地听。

这是婴儿的叫声，其间还有母亲的温柔的抚爱声。

他大喜过望，连想也没有想，就向那声响的地方奔去。他听见了有别于风雪的另外的声音。

他看见了两扇小小的窗户，窗户透出淡淡的蓝光。他又向前走了两步。

他看见那亮光动了起来，向他移了过来。他松弛的神经一下子紧绷到了极点。"狼！"他大喊一声。

他拿出马刀，一个箭步冲过去，手起刀落，狼的半个脑袋被砍下来了。

他蹲下来，把狼抱在怀里，暖了暖自己冻僵的身子。他突然发现，狼的腿上带着一个夹子。这就是说，附近有牧人，狼是中了牧人的夹子，不能行走，才在冰天雪地里呼喊的。

他已经凭多年的经验，意识到暴风雪快要过去了。他准备在这里搂着狼，待到天亮。可是，现在他突然改变了主意，他明白自己依然处在危险中。单独的狼在这样的夜晚是不会出来行动的，它们会抱着自己的母狼在家里安睡。这肯定是一群跋涉中的狼群中的一员，它的叫声就是在呼唤同伴：它遇难了。它等待同伴折回头来，咬断它的被夹子夹住而夹子又紧紧地嵌进肉里的那条腿，然后跟上队伍前进。

意识到自己的危险处境后，马镰刀用马刀割开狼半截脑袋上的皮，抓在手中，用一只脚踏住狼头，然后死劲一拽，只听"嚓嚓"两声，一个整张的狼皮就留在他手中了。前后八分钟，正是平日剥一只羊的速度。

马镰刀把狼皮反披在身上，提着马刀，准备赶路。

已经晚了，他看见眼前这片雪地上，布满了绿莹莹、阴森森的星星一般的眼睛。狼群迅速地移动着，将他围在中间。

"足足有两百只狼！"他在心里对自己说。

一只狼凶恶地冲了过来，嘴巴直取他的颈部。马镰刀一刀砍去，狼从他的腋下溜走了。片刻，第二只狼又冲了过来，马镰刀一刀落下，又空了。看来，狼并不急于取得胜利，它们只是想先消耗他的体力。

由于他无暇顾及，所以包围圈越缩越小了。

"不能这样！"马镰刀暗暗提醒自己。他瞅了个机会，躲过扑上来的狼，跨前两步，把一个正在旁边观战的狼一刀劈死。狼血溅了他一手一脸。

别的狼也被这一刀吓坏了，一下子后缩了十几丈。

狼群中又酝酿了一阵。接着，它们采用了一种新战术。成百条狼组成了一个里三层外三层的圆圈，围着马镰刀转起来。

圆圈就这样越缩越小，它们欺马镰刀是孤身一人，顾了身前顾不了身后。

马镰刀也想到自己形单影只。这时候，他想起了自己那条心爱的狼狗，有它在身边就好了。狼狗曾经有孤身一个与狼群搏斗的经历。它看见狼多，无法顾及身前身后，便躲在边防站那个三角形屏障的墙角。这样，三面都是屏障，敌人只能从一面进攻了。现在，马镰刀也多么想找一个墙角呀！可是，这是在荒原上。

他没有一步退路了，于是打起精神，像个疯子一样钻进狼群，挥起马刀乱砍，刀法也已经乱了。到后来，地上已经有八条狼的尸骸了。

就在这时候，他看见了那头指挥这场恶战的母狼。这是一头罕见的白狼，一条后腿瘸着。它已经很老很老了，狐狸越老越红，狼越老越白。此刻，这只老狼像个老谋深算的女巫一样，正满怀信心地看着这场战斗接近尾声。届时，它将得到一顿美餐。

马镰刀一声怒吼，跃前一步，挥刀向白狼砍去，不料脚下一虚，身子软软地倒了下来，马刀也飞了出去。

群狼一声欢呼，都把嘴巴伸了上来。

就在这时候，雪原上传来一声凄厉的叫声。一个黑影，闪电般自远处飞奔而来，狼群被这意外的来客惊呆了，就连母狼也甚感异样。

边防站的那条狼狗其实一直跟在它的主人后边。只是到了伊犁之后，土肥水美，那里许多母狗对这位体形健美、精力旺盛的荒原来客表示了好感，而它也就整天沉湎于寻乐之中，等到想起它的主人的时候，主人已经越狱逃跑。它循着气味，步步追赶，一直赶到现在。

马镰刀艰难地用手指了指那条母狼，便浑然不知人事了。

狼狗明白了他的意思，只一跃，便跃到母狼跟前。母狼丝毫准备也没有，被狼狗致命地咬住了脖子。母狼的几个保镖在狼狗身上乱撕乱咬，可是狼狗毫不松口。

当狼狗松开口以后，我们看见，白母狼的脖子已经完全断了。

头狼死了，狼群不知道怎么办才好。它们将这一人一狗围定，不再进攻了，但是丝毫没有放他们走的意思。

狼狗遍体鳞伤，它蹲在主人身边，不时用舌头舔一下嘴角。

天，放晴了，这是一个异常寒冷的雪原的早晨。一位青年牧人来拣他的夹子的时候，被这场面吓坏了。他将自己放牧的牛群、马群、骆驼群全部赶过去，冲散了这支狼群，救出了马镰刀和他的狼狗。

减员的狼群将同伴的尸首撕成碎片吃掉以后，又开始它们的迁徙了，它们在迁徙中又去产生它们尊敬的老狼。当然，这是与我们人类无关的事情。

这位青年牧人说他听见了晚上的厮杀声，但他没有敢开门。他为此表示歉意。

青年牧人用最丰盛的食品招待他，并且在他离开时，将自己骑的那匹打有铁掌的伊犁马送给他。

尽管好客是草原人的美德，但是，这种礼遇是不是有些过分了？而且，他没有问马镰刀是什么人，从哪儿来，又到哪儿去。而且，他没有按照通常的惯例，将他的妻子介绍给客人。

马镰刀将受伤的狼狗留在青年牧人的家里养伤，他自己则骑上骏马，踏上了路程。突然，他想起了这位牧人是谁。他转过马头，滚鞍下马，跪倒在地。

"卸下你的帽子吧，求您！"

牧人卸下他的帽子。正是耶利亚原来的丈夫。

"骑上我的马，赶快走吧，防止我又翻心了，来杀你。你的事情已经传遍了整个草原，大家都明白你越狱的目的是什么。去吧，亲爱的朋友，从这里一直向西北，越过黑山头，就是布尔津。你沿着布尔津河一直走，走到布尔津河与额尔齐斯河交汇处，再沿额尔齐斯河往下走，一连走八个白天和晚上，你就到白房子边防站了。"

马镰刀再一次深深地跪倒，要他原谅那不愉快的往事。

"我早就已经原谅了。我现在有妻子和孩子，我们生活得很幸福。耶利亚这样的女人不是我们这些安分守己的男人所能留住的，她是为那些草原上的英雄而生的！快起来吧，朋友。问候耶利亚好，她其实是一个很善良的人，你要好好地保护她。草原上流行一句格言，格言是这样说的：永远不要欺侮无靠的女人。"

野苹果

1972 年的冬天，也就是距那次事件整整七十年后，本文作者作为一名普通的边防军士兵，从遥远的内地来到这里服役，而且就在白房子边防站。

　　这块草原地带不像先前那么荒凉了。五十五平方公里的争议地区，就驻有中国边防军的三个边防站，它们依次是白房子边防站、红柳边防站和大沙山边防站。正规部队以外，还驻有生产建设兵团185团。这个团除一个武装值班连以外，其余连队都是一手拿枪，一手从事农业生产。连队和边防站呈一字形，沿边界摆开。

　　这个不知镰锄为何物的荒原，正在接受建设者的改良，人们发现，只要能引来水，这块土地是可以生产农作物的。

　　一块块的条田修建起来了，在这些田地里生长着春小麦、向日葵和铺天盖地、艳丽无比的罂粟花。一位中年妇女正在引水灌田，她的语音告诉你，她是1965年的那批上海、天津支边青年。

　　我们在边防站接受了两个月的边防政策教育。我们学习"边防政策二十条"，背会了"不吃亏、不示弱、不主动惹事，不挑起边界事端；有理、有利、有节"的边防政策总原则。我们还肤浅地知道了沙俄侵略中国的历史，懂得了"一八八三条约线"、苏图线、双方实际控制线这些名词所包含的意义。

　　我们还在边防站站长的带领下，登上瞭望台，看到了对面一公里远处，那个和我们所对应的边防站。

　　那个边防站院子里，有一座纪念碑式的尖顶袖珍建筑物，在阳光下闪闪发光。我们问站长这是什么。

　　站长支吾其词，他显然是怕引起我们的精神负担。他说，以后再告诉你们吧。

我们还学习了列宁的教导：爱国主义是千百年来培养起来的对祖国的一种神圣的感情。

最后，我们就上岗了，艰苦的边防生活就开始了。农民妈妈不久会接到我们的第一封信，和一张骑着边防站那匹最老实的老马所拍摄的照片。

年轻的我，怀着建立功勋的渴望，从沼泽地与沙漠的接壤处，挖下一棵野苹果树。我把它栽在院子里，营房的左首，然后到那个利用杠杆作用吊水的水井旁，打了一桶水。我希望自己能像树一样扎根边防。

一桶水倒下去，马上就渗完了。又一桶水倒下去，也没见存住。我一口气为这棵树浇了十几桶水，可是，地下好像有个看不见的大口似的，把这些水都吞掉了。

我有些害怕：虽说沙土渗水，但也不能渗得这么快呀！我叫来了全班的战士。

我们拔掉了这棵树，然后用砍土镘和铁锹，向下挖去。

后来我们挖到了圆木上面。撬掉圆木，才发现这是一个地道。在地道的顶端，我摸到一堆像西瓜一样的圆圆的东西。抱起一颗，拿到亮处一看，是骷髅。

一共从地道里挖出十几颗白生生的骷髅。边防站立即用无线电向上级做了汇报。

司令部一班人马，连同医生，以最快的速度，赶到了边防站。他们仔细地研究了这些人头骨，认定他们是沙俄士兵的。

　　在和上级通了长时间的电话以后，他们指示，仍然将这些骷髅埋进地道里，并且将地道堵死。关于这件事，谁也不许再提。事情已经过去很久了，没有必要再为那些人头进行一次次无休止的会晤了。

　　而我，依旧将那棵野苹果树栽在那里。

　　在全站军人大会上，分区的那个作战参谋，绘声绘色地为我们讲述了这块争议地区的由来，讲述了马镰刀的故事。从他的故事中，我们知道了，马镰刀潜入边防站后，召集旧部，深夜越过界河，用马刀割掉道伯雷尼亚以下十九颗人头。

　　关于马镰刀的最后结局，这位作战参谋说，有理由相信，他将十九颗人头扔进地道里，封死地道口后，便带领他的曾经做过强盗的士兵们，流窜到别的地方去了。至于到什么地方去了呢？他说，很可能是在中国与印度、巴基斯坦接壤的边境地区从事走私活动，当然按年龄推算，马镰刀早已死了，但是那个组织还存在着。

　　我自以为知道了这个故事的全部，其实我错了。五年以后，当我就要离开边防站的时候，在一次执勤中，我意外地遇到了一个女人。从她那里，我知道了这个故事的真实的结局。

女巫

　　人们一直传说着，荒原地带居住着一个神秘的女人，她不住帐篷，不住毡房，而是住在和地面一样平的地窝子里。和她无缘的人就是乘马踏过她的窝棚顶，也不会遇到她；和她有缘的人，经常会在暴风雪的夜晚，或者迷路的途中，得到她的帮助。谁也不知道她多大年纪了，谁也不知道她是从哪里来的，大家都有些怕她，尽管她从来没有伤害过人。有些好奇心强的人，想调查一下她生活的来源靠什么，结果发现，每年的冬天，常常有一些面目不清的人，乘着爬犁子，不知从什么地方来，为她带来一年的食品、盐巴、茶叶，还有一些药片。

　　临离开部队的前夕，一想到就要和这块土地告别了，和马镰刀的故事告别了，和我的那匹伊犁马告别了，心里实有几分不舍。在一个星期天，我请了假，跨上自己的坐骑，来到了空旷的草原上。后来我迷路了。我生怕自己不慎而越界，铸成大错。正在万分着急的时候，我想起牧人们的说法：迷路之后，你就放松缰绳，马儿会自己找路的。

　　马儿带着我向一块陌生的地方走去，最后，停在了一座窝棚的旁边。一位女主人坐在窝棚外边洗衣服，就着木盆，怀里抱一块石头——那是用动物内脏做的类似肥皂的东西。

　　她没有丝毫惊奇的意思，好像早就料到我要来了。她不动声色地站起来，请我进屋。

　　倒是我美美地吃了一惊，甚至比在地道里抱着那些骷髅时更吃惊，我明白自己遇见传说中的那个女巫式的人物了。

　　不知是她首先告诉我的，还是我自己首先猜到的，总之，当第一杯奶茶落肚后，我就知道她其实是许多年前那令草原上的人们为之倾倒的耶利亚了。

也许是她自己说的，是我的诚实的面貌取得了她的信任，是她急于要把那个故事的结局告诉世人。

她依然那么年轻，漫长的岁月没有给她身上留下丝毫痕迹，这真是不可思议的事情。只是她的满头黑发现在完完全全变白了，白得如同北欧人那种天生的银发。

关于她的那些淫荡的故事，现在还在草原上广为流传着，阿肯们把她编进歌里去，训诫后人。夫妻们在同房前，将她的故事作为培养他们情欲的作料。

我好奇地打量着她，甚至有些神不守舍。当我盯住她那双初看乌黑，细看是暗蓝色的、宛如深潭一般的眼睛时，我只能够对自己说，我看见的是一个圣女。

重返白房子

马镰刀伏在马鞍上，沿着额尔齐斯河艰难地走着。他的双腿已经失去知觉，只是机械地夹住马鞍。那天晚上与狼恶斗时，流了许多汗水，衣服上又溅了许多狼血，现在这些都冻成冰碴子了，紧紧地裹在他的身上，活像穿了一身硬铠甲。

暴风雪停了，呜呜的西北风在猛烈地撕裂着低垂的浓云。整个额尔齐斯河河谷响起一阵歌唱般的喧嚣。

有一条近路他是知道的，却不敢去走。雪落了足有整整一米厚，风把高处的积雪卷到低洼的地方，形成一个个雪的陷阱，一不小心就会连人带马掉进去，再也出不来了。所以，他只能顺着河，绕着圈子。马镰刀完全地变样了，只几天工夫，生活便把这位血气方刚的男人，折磨得皮包骨头了。脸上被狼抓下的爪印，现在已经结痂，时不时地向外渗着血水。干裂的嘴唇上，长短不齐地长满胡茬。他的眼睛，茫然地注视着前方，暗淡无光，平时的矜持和自信，现在都跑得无影无踪了。

一条巨大的狗鱼，在蔚蓝色的冰层下面，自由自在地游动。这是一条母鱼。肚子鼓鼓的，眼神里刻满了一个鱼类母亲的忧郁之色。它秋天在北冰洋受精之后，便溯鄂毕河而上了，从鄂毕河来到额尔齐斯河。明年春天，春潮泛滥，冰雪消融的时候，它将在一条河汊产卵，然后驾着春潮重返北冰洋。

这些鱼儿多么幸福呀，它们没有祖国，可以在地球上任何一处水域里自由自在地游荡，而不必有越境之虞。它们不为任何人承担信义，也不知什么叫廉耻，该干什么就干什么，它们也不会有叛卖、阴谋、背信弃义的举动。

那个条子的事给了马镰刀致命的一击。他现在才发现自己貌似凶恶的外表下，有一颗善良的充满人类之爱的心，可惜这颗心被无耻地利用了。这些天，他的眼前时不时地浮现出道伯雷尼亚的那张假惺惺的脸，和那把翘起的时时伸到人面前的山羊胡子。他觉得那胡子仿佛一把雪亮的匕首，紧紧地插在他的滴血的心脏上，一走动就疼痛。

五十五平方公里的土地呀！

他紧紧伏在马鞍上，伸出双手搂住马的脖子，靠马的体温取暖。"我是不会放过道伯雷尼亚的！"他在心里对自己说。这一刻，他的暗淡无光的眼睛明亮起来，射出两道阴森可怕的野狼般的目光。这目光因为疲惫不堪而显得愈加狰狞。

"当他干着叛卖的阴谋的时候，他忘记了，他的冤家是当年令人闻风丧胆的草原王！"马镰刀自言自语地说。

终于，马镰刀望见了白房子边防站屋顶上那个被烟熏黑了的烟囱。他还看见，耶利亚像失掉魂儿一样站在房顶上，向他来的这个方向眺望，风把她的裙子吹得卷起来，缠在身上，在天与地之间摇曳。

瞭望台上的那面国旗，正在缓缓地降下来。整个边防站哭声一片。不光是人类，动物也意识到要发生什么变故了。马儿在马厩里，长一声短一声地叫着，蹄子把冻得发硬的土地刨成了小坑。羊群不在草垛子旁边吃草，却在头羊的带领下，成一路队形，从边防站的院子里穿过去。由于清理库房，老鼠也被惊动了，一只老鼠吱吱叫着，在院子里的雪地上乱窜，一会儿就直挺挺地冻死了。

边防站要后撤一公里，离开这块争议地区。新的站址将建在哈拉苏自然沟以外。

这天夜里，马镰刀带着包括他在内的二十名中国士兵，倒提马刀，越过了边境。

复仇的火焰

道伯雷尼亚莫名其妙地高升了，连他自己也感到意外。

看到那只邮差送来的公文袋后，他在心里说，退伍通知下来了，马上就要见到在远方热切地期盼着他的妻子了。从此，他们将在莫斯科的小屋檐下，凭他的退休金，过一个平平常常的安逸的晚年。

打开火漆封着的公文袋，他惊呆了：这是一项升迁命令。他被任命到他的上级部门——那个要塞军区担任督察员。这种职务通常是给那些有着特殊的功勋，或者和上级某要人有特殊关系的退役军官设置的，是一个既体面又有实惠的闲职。

"乌拉！我们的体察一切的、至高无上的沙皇陛下！"这位沙俄老兵滴下了几滴浑浊的泪。

可是，当静下来冷静地一想，他又觉得这事有些蹊跷了。

他想起了他的战友们的一个个悲惨的老年。

《一位哥萨克沦落在库班河对岸》这支歌，真实地表现了这些出身低微的沙俄低级军官的悲惨的命运。

这歌儿自那天胡杨树下的一场邂逅后，一直时时萦绕在他的耳边，搅乱他的日渐衰老的心。近些天来他老是神魂不定，感到似有一场变故将要发生。

道伯雷尼亚是一个小心谨慎的人。那张马镰刀即兴写下的条子，他本该在举步跨过界河的时候，交还给他，可是那天晚上大家都太激动了，两人都忘掉了这件事。

第二天他记起这张条子的时候，已经找不着它了。他记得他是顺手装在莫合烟口袋里的。

莫合烟口袋被好几个士兵动过了。道伯雷尼亚的烟荷包是大家的烟荷包，谁的手都往进塞。他的烟从商店里买回来以后，还要用酒熏一熏，再加上一点点烟土，这是他多年来养成的习惯。

他问遍了拿他烟荷包的人，大家都承认用过他的烟和那裁成细条的卷烟纸，但是，没有见到那张纸条。

"也许，是谁用它卷烟抽了！"道伯雷尼亚宽慰自己说，"但愿不出事才好！"

他的一生都有小人伴随着，他吃够了这些人的亏。

他担心这件事将对他的退职和以后的生活产生影响，然而，现在命令宣布了，不管怎么说，这是一件值得庆幸的事情。

一位沙俄老兵在边界度过了他的一生，没有和棺材板结婚，这本身就够了，一切奢望都不该再有了。

不过他仍然没有排除自己那种不祥的预感。

对面——中国边防军的活动规律出现了一些变化，他们巡逻的次数减少了，巡逻的路线也有了一些变化。而最令他不安的是，那只经常在界河左右出没的狼狗消失了。狼狗消失是一种现象，如果狼狗没死，而是出走了的话，这意味着狼狗的主人——马镰刀也不在边防站了。为了证实自己的想法，他爬到瞭望台上，用望远镜瞄准对面的院子，观察了许多天。

他自己的边防站里，也发生了一些变化，那位士官生被指定为临时负责人。很明显，等新兵开春一到，道伯雷尼亚和三分之一的老兵一走，他就接任站长了。

"那只母狗便会成为站上的女皇了！"道伯雷尼亚无可奈何地望着，眼睛里露出一种俄罗斯式的忧郁。

他总觉得这位花花公子有什么事情瞒着自己。一个肚子里藏不住隔宿屁的人，要想独自占有一个秘密是很难的，这秘密会在他肚子里，烧得他日夜难受。

这天夜里，暴风雪在吼叫了整整一个星期后，突然停了。荒原显得异样地安详，位于界河西侧的这座小小的边防站，孤零零地陷入一片雪海之中。

夜已经很深了，道伯雷尼亚查哨回来，正准备休息。今年的雪大，明年会有很多的蚊子的，到那时自己虽然不在边防站受罪，但是，留下的弟兄，还有新来的弟兄，可是要受苦了。

他突然听见狗沙哑地叫了一声，仔细一听，又没有动静了。他犯了疑心，轻轻地从墙上取下了刀。

二十个士兵打成一个通铺，顺着墙排成一溜。现在，有两个铺位是空的，一个士兵站哨去了，一个士兵，也就是士官生，趁风雪刚停，到远远的兵站运蔬菜去了。道伯雷尼亚本该是睡在站长室的，可是，冬天来了时，他就搬进通铺了，一则是近些天每夜常常做些噩梦，他心里有几分胆怯；一则是快要离开边防站了，他想和士兵们多待一阵。

正当道伯雷尼亚见没了动静，想将马刀重新挂到墙上的时候，突然一声响动，大门被一脚踢开，随着一股寒气，闯进一个蒙面大汉来。

道伯雷尼亚一惊，大喝一声，举刀迎了上去，将那蒙面人逼到门口。

"快起床！"道伯雷尼亚喊了一声。

士兵们糊里糊涂地爬起来，乱作一团，衣服、鞋子也顾不着穿，便握起马刀，溜到了床边。

那蒙面大汉力大，挺起马刀步步逼来，道伯雷尼亚只有防守之力，没有进攻之力。

这当儿窗子被砸得粉碎，蒙面人一个接一个跳将进来，屋子里乱作一团。

蒙面汉欺道伯雷尼亚年老，马刀左一下右一下直向他面门上砍。一刀砍来，道伯雷尼亚举刀一迎，那刀却顺势滑下，只听"嚓"的一声，他的小腹被划了一刀子，肠子流了出来。

道伯雷尼亚回刀刚将这一横刀格开，不料这刀却一个回转，并未收回，而是直取道伯雷尼亚脖子。随即，他感到一个凉飕飕的东西，搁在他脖子上了。

"蒙面汉，我与你前世无冤，后世无仇，如何下此杀手？"道伯雷尼亚见必死无疑，索性不还手，壮着胆子问道。

"无冤有冤，有仇无仇，你我明白，且将这颗人头用上一用，再讨冤仇不迟！"

"你到底是哪方好汉，这偌大荒原地带，我无名的不知，有名的皆晓！"道伯雷尼亚想激起那蒙面汉撕下面纱。这招显然灵验了。

"好！我刀下不杀无名之人，也叫你死个明白！弟兄们，取下遮脸儿！"

只听嗖的一声，二十个大兵一齐撕下面罩儿。道伯雷尼亚定睛一看，原来是马镰刀一干人马。那些大兵也不愧是马镰刀平日所教，只几个回合工夫，便像马镰刀逼住道伯雷尼亚一样，个个都将那锋利无比的马刀，搁在了这些睡梦初醒的沙俄士兵颈上。

见是马镰刀一行，道伯雷尼亚轻松了一些，问道："不知何事，冒犯马大人，昨日以酒相待，今日兵刃相见！"

马镰刀哈哈一笑："我正想借这口刀，来问你个究竟呢！"

"此话怎讲？"

"我且问你，这胡杨树地段一场聚会，我马镰刀是对也不对？"

"对！"

"你道伯雷尼亚是对也不对？"

"也没错！"

"那一张二指白条，可曾是你要我所写？"

"正是！"

"那，且将那条子还我，便留你一颗人头。"

"条子已经不在了！"

"哪儿去了？"

道伯雷尼亚一惊，从夏天到冬天，自己一直担心的事情果然发生了。他猛然想起那条子很可能是士官生拿走的！因为有人看见，士官生躺在营房装病的时候，偷偷给上峰写过信，他将那信交给军邮兵的时候也有人见过。

血祭雪原

那条子确实是士官生拿走的。士官生拿走条子时，不曾想过能因这张条子，引出这么大的一场变故。最初，他只是想赶在道伯雷尼亚前边，告他一状。他总疑心，道伯雷尼亚在临退休前，一定会将自己的难堪的行径告诉给继任的，那样，他的面子和前程就算全完了。

当士官生得知这件事的结果时，他吓坏了，他明白自己干了一件蠢事。聊以自慰的是，他的目的达到了，他取得了上级极大的信任，他将在道伯雷尼亚之后，接任这个站的站长，而到那时候，这个站也许就搬迁到界河那边去了。

上级并没有处分道伯雷尼亚，这是士官生所没有想到的。不管怎么说，道伯雷尼亚被提升了，想到这一点，士官生受谴责的良心也就得到了一点安慰。

按说，边防线这几个月来发生了这么大的变化，道伯雷尼亚应该知道的，可是，大雪封路，上级预备到明年开春以后，才派人来实际勘察。再则，上级几次发来的有关这方面的绝密公函，都被士官生抢先得到，并模仿道伯雷尼亚的笔迹，签了回执。所以，道伯雷尼亚还蒙在鼓里。士官生的想法是稳妥的，等明年开春，他担任站长后，道伯雷尼亚即便知道了这一切，也就无可奈何了。可是，现在需要保密，他知道这个老兵一旦动起火来，是不得了的事情。

据沙俄政府后来向中国政府提出的抗议中说，是马镰刀和他的士兵们割掉道伯雷尼亚他们十九颗人头的，但是眼前这位活着的证人说，是道伯雷尼亚和他的士兵们自刎而死的。我更倾向于这位单纯的女人的话。

她说，马镰刀头头是道，叙述完这几个月来的变故后，道伯雷尼亚和他的士兵们惊呆了。他们吆喝着寻找士官生的时候，才突然记起这个花花公子已在这个早晨离开了。愤怒的他们请求架在脖子上的刀子缓一缓往下砍，然后砸开士官生枕边那只上锁的箱子，终于在里边发现了足以证明这场事故的证件及那张地图。

"我有罪！我镇守的五十五平方公里的土地呀！"马镰刀怆然落泪。

听完马镰刀叙述了经过，沙俄老兵道伯雷尼亚万箭穿心。"圣母啊，你降下甘霖一般的泪水，冲洗掉蒙在我身上的耻辱吧！"道伯雷尼亚痛心疾首地叫道。

马镰刀感到诧异，道伯雷尼亚趁机说出了事情的原委，众沙俄士兵也在旁边七嘴八舌地解释。听到是这么回事，马镰刀的手软了下来。他看见了明晃晃的马刀映着一张苍白的农民式的脸，脸上挂着两行老泪。

"该说的都说完了，用我的头，去祭你们的土地吧！"道伯雷尼亚说完，猛地将头往刀刃上一碰。

马镰刀眼疾手快，抽回马刀。"对不起，惊扰各位了！"他双手一拱，说。

众中国士兵也收回了他们的马刀。马镰刀在人群中寻找士官生的面孔，道伯雷尼亚说，他早已借故逃离边防站了。

马镰刀一刀剁去，士官生叠得整整齐齐的黄军被被剁成两截，黄军被里有一只银碗。

两国巡逻兵抱头痛哭。马镰刀掏出自己当强盗时留下的一点云南白药，为道伯雷尼亚抹上，包扎伤口。

马镰刀决定离开。正当他刚刚回头，就要跨出门坎时，突然听到身后道伯雷尼亚一声怪叫。

"孩儿们，举起刀来，不必让朋友们动手，就让我们自己这些不值钱的头，来祭他们的土地吧！"道伯雷尼亚一声吆喝，不等人们反应过来，便拿起刀来，举向自己的脖子。一颗人头掉在了地上，一股鲜血直冲上天花板，将白白的天花板染得片片花斑。

立即，十九颗曾经在半年前在胡杨树地段歌唱过的人头落地了，像西瓜一样滚了满地。

马镰刀想阻挡，可是为时已晚。他半跪下来，将这位老兵的身子放正，让他静静地躺在岗位上，然后，俯身拾起人头。

在这一刻，他脑子里又回旋起《一位哥萨克沦落在库班河对岸》这首歌。

马镰刀和他的士兵们提着人头回到了中国边防站。按照中国的传统形式，将这些人头一字儿摆好，点上蜡烛，洒上酒，在这寒冷的冬夜里，为祖国这块土地作了祭奠。然后，就像亲爱的读者已经知道的那样，将这些朋友们埋在了这里，这里许多年后将会长一棵野苹果树，那是一位后来的士兵兄弟栽的。

那么，难道沙俄的军医也看不出来，这些人头其实是自刎的吗？耶利亚告诉我，他们是应当知道的，当马镰刀当强盗的时候，她见过他杀人，自杀和被杀是很容易分辨出来的。

我问起了马镰刀的下落。

"他们死了，集体自杀的，像道伯雷尼亚一样。那天早晨，雪原上静静的，没有一丝风，天干冷干冷。太阳从东方升起来了。太阳升起的最初是一顶光柱。那光柱不是一顶，而是三顶，在它左右的山巅上，还有两顶。东方美极了，后来，从那中间的一根光柱的尾部，太阳跃上了雪原。所有的二十个中国边防军士兵都跪倒在土地上，面对东方，为自己的失职而哭，为这块荒凉的不再属于自己的土地而哭。马镰刀说，我是一个不忠不孝的人，对祖国，对家人，我都无缘再见他们了。说着，大叫一声，拔刀自刎。随后，士兵们也就一个个地倒在这白皑皑的雪地上了。"

有一个没有死，就是那个汉族巴郎子。临自刎前，马镰刀掏出笔来，写了一封短信，让他交给耶利亚，然后再自刎。那巴郎子找到耶利亚，打开条子一看，原来那条子上写着：你不该死的，你还年轻，领上耶利亚，永远离开这个地带吧。你要好好地待她，这是一个善良的女人，草原上有一句格言叫作"永远不要欺侮无靠的女人"，这是一位朋友向我说过的话，现在我将这话连同耶利亚一起托付给你了。

汉族巴郎子看到这封短笺后，大哭一场。他请求耶利亚和他一起走，而耶利亚默默地回绝了。于是，荒野上，孤独的两个人来到马镰刀他们行义的地方，掩埋了他们，然后，一个骑着马儿，向内地方向走去；一个在荒原上搭了一顶窝棚，钻到了地下。荒原便变得死寂了。

不知过了多久，双方的政府才发现这里发生的这场血腥事件，于是便开始处理后事，于是便物色新的士兵来这里驻守。不过，不知是出于什么原因，也许是被马镰刀和道伯雷尼亚的这种行为震慑了，双方都没有再提这块争议地区的事，所以，它直至今日，还由中国军队占领着，成为漫长的中苏边界上，一百多块争议地区中，仅为中方所占领的三块中的一块。然而，读者如果细心的话，用苏联地图和中国地图比较一下，一定会发现在这一带，有 55.5 平方公里是重合在一起的。

至于马镰刀他们的尸骸在何处，耶利亚始终笑而不答。她是怕我们这些被种种欲望驱使着的现代人，去打搅那已经沉睡的灵魂吗？她是等待天数，等待某一天，也有一个像我这样的人，在栽棵树的时候，无意中与他们相逢吗？不得而知。

我感慨地望着这位半人半神般的女人。我想象着当时她被这场变故所震惊时的表情。耶利亚被人类的种种丑行和壮举所震慑，她张开吃惊的眼睛看着世界，那眼睛开始出现人世的悲凉。她缩回窝棚里，从此从大地上消失了。她开始信守贞操，从不与任何男人来往，宛如中国古典女子们一样。对她来说，马镰刀死了，世界上所有的男人也就随之而死了。她没有痛苦，没有欢乐，像一位没有知觉的生物那样活着，尘世上所发生的一切都不能使她为之所动。

有报应吗

临告别她时，我忽然想起了那条凶悍的狼狗，我希望耶利亚能谈一谈它的最后的结局。我总觉得，这个为马镰刀的形象做补充的动物，应当有它自己的结局的。果然，耶利亚说话了。她说，狼狗正像它的母亲一样，养好伤回到边防站后，看到人事全非，便加入到狼群中去了。几年以后，在俄罗斯中部，一位沙俄上校军官受到了狼的袭击。上校是在黄昏的时候，从小镇上返回营房的。他的左边是副官，右边是警卫，可是，这只狼径直扑向路中间的他，两只利爪搭在他的肩膀上，黄瓜嘴咬断了他的脖子。这件事，曾经引起了长时间的喧哗，人们说，这狼一定在此之前，与这位上校有着某种深仇大恨。耶利亚问我，这件事有可能吗？

我怎么说呢？我怀疑这是她一个人在地窝子里苦思冥想的产物，或者是草原上人们的一种复仇的渴望。是的，人类在邪恶面前无能为力的时候，往往将目光转向人类以外的自然界，在那里寻求公正和报应。这就是人类至今对这个世界还没有完全失望的原因所在。

我说，这是真的。我愿耶利亚相信这是真的，也愿意自己相信这是真的，也愿意亲爱的读者和我一样地相信。

按照耶利亚的指引，我回到了边防线上。我让我的目光越过界河，久久地停留在那座金碧辉煌的无头烈士纪念碑上。和这边边防站一样，那边边防站也有一批新兵进站了。我看见一位身穿马裤、光着脑袋的军官模样的人，正站在纪念碑的台阶上，向簇拥着的新兵讲着什么。新兵们个个情绪激动，如果有一架五十倍望远镜的话，我一定能看见他们那挂在腮边的泪花。我有许多感慨，但是一句也说不出来。

我的野苹果，一年比一年长得壮实。现在正是春天，它那伞状的枝丫上，开满了红色、黄色、白色等美丽的小花，漠风吹来，洒下阵阵花雨。

我就要向它告别了。我的五年的军旅生活就要结束了，我将要离开马镰刀、道伯雷尼亚、耶利亚以及白房子边防站，重返我那富饶的内地故乡了。落日将它凄凉的余晖照在这块中亚细亚荒原上。我摘下帽子，向这块土地告别，向与这块土地毗邻的那块土地告别。当帽子在天空画着一个又一个圆圈的时候，我突然想起，地球是圆的，圆圆的地球是没有死角的，国界线使地球出现了许多的死角。这是人类的一个错误。我还想，当有一天国家消失，国界线的概念已不为人所知时，那时，一位读者偶尔从尘封的书架上，读到这个故事时，他从上边看到的，是一个背信弃义的故事和一个复仇的故事，或者换言之，一个男人和一个女人的故事。

老旦是一棵树

/// 杨争光

一

老旦坐在屋檐下，眼睛像两枚深邃的黑药丸。他在看雨。雨织成细密的薄网，从昏黄色的天空一股一股飘下来，落在院子里。雨不大，但时不时会吹破那张网，吹出些冰凉的水沫，淋在他的脸上，精湿的瘦脸便泛出那种明滑的水光。如果是过去，他就不会这么专注地看雨了。他会立刻把他捂在被窝里，抱着他的女人，或者骑在她身上，制造出一长串欢乐。下雨的时候，男人精气旺，女人阴气盛，他说。他不止一次给双沟村的男人们传授过他的经验。下雨的时候你抱着女人，你会以为你是在水里哩，你会以为你抱的是一条鱼，光丢丢的，信不信由你，你们不信我信，他说。当然，这都是十五年以前的事了。盖上房屋的时候，一片崭新的瓦从房顶上滑落下来，掉在了老旦女人的头上。尖利的瓦棱和女人乌黑的头发一起砸进了头盖骨，她一声没吭，流了一摊污血，死了。他成了鳏夫。

"啐——"老旦朝天上吐了一口唾沫，切断绵长的雨丝，在空中划出一道弧线，啪哒一声。落在水洼里，散成了一朵萝卜花。他吐得很不经意。

老旦的儿子大旦也在看雨，只是心情和他爸有些不同。他三十岁，是个光棍，一颗生姜一样的头，很随便的连接在粗短的脖子上。他坐在上房屋的厅堂里，平展伸着两条腿。两只大拇脚趾从鞋的顶端挤出来，好奇地看着外面的世界。他一手提着一浮生铁梨花，一手抓着一块粗糙的石头。

"啐——"大旦也吐了一口。他一直盯着那口唾沫，看着它飞出去，再落下来，散开，被雨水淹没，然后，他扭过头，看着他爸。他和他爸吐在了同一个地方。这不是一件很容易的事情。他想看看他爸的反应。他爸侧着脸。他只能看见他爸的一只耳朵。他爸一动不动，严肃得像个将军。他感到自尊心受到了极大的伤害。他想让他爸说点什么。他一直想让他爸和他说点什么。

"我真想在犁铧上敲一下。"他突然说。

老旦好像没听见。大旦感到他的自尊心又遭到了一次伤害。

"当！"他真的敲了一下。犁铧发出一声短促的钝响。他爸被吓了一跳，头飞快地向他扭过来。这回，他到底看见了他爸的脸，他爸不说话，只是瞅着他。

"当！"又一声。

大旦迎着他爸的目光，一脸挑衅的神情。

"你能不能不敲？"老旦终于开口了。

"不能。"大旦说。

"要敲你提到街道敲去，甭让我听见，我不想听。"老旦说。

"我敲我的犁铧，你看你的雨，井水不犯河水。"

"敲吧敲吧。"老旦说，"爱敲你就敲。"

"敲就敲。"大旦说。他一下一下敲了起来，不紧也不慢，而且摆出一副要不断地敲下去的架势。他仰着头，偶尔朝他爸斜瞟一眼。

"当——当——当——当。"

老旦终于受不住了。

"你这是敲丧哩！"老旦说。

"不对，我敲犁铧哩！"大旦说。

"犁铧是让人敲的？难道犁铧是锣？你说。"

"狗是看门的还是杀了吃肉的？你说。"

"你敲得人心里瞀乱。"

"我不敲我心里瞀乱。"

"娶不到媳妇能怪我？你和我较什么劲？"

"我没和你较劲，我敲犁铧。"

大旦感到他浑身的肉突然变热了。他站起身，把犁铧提在手里，用石头在上面飞快地砸了起来，犁铧立刻发出一阵急促的生铁声。

"当当当当……"

"你驴日的敲吧。"老旦也站起来,"看你能敲出个媳妇来。"他甩甩袖子,要走。

大旦急眼了,他想他敲犁铧就是给他爸听的,他爸一走,他一个人敲着一定很乏味。

"站住!"他朝他爸吼了一声。

老旦站住了。他看见大旦两眼发红,狼一样盯着他。

"我去白菜地。"老旦说,"你敲你的。"

老旦走了,再也没有回头。大旦看着他爸的背影,眼里像要渗出血来。他恨不能掐住他爸的脖子,把他扭回来。

"敲就敲——"他跳起来,撕扯着嗓子吼了一声。

生铁犁铧愤怒地响了起来。

老旦已走出村口了。他看见东边正在退云。他想雨一停,他的两亩白菜就会疯了一样往上长。他没想到他会碰上仇人赵镇,更想不到后来发生的一切,都与他和赵镇的那一次碰面有关。

二

他听见了一阵踩踏泥水的声音,然后就看见了赵镇。

天说晴就晴了。太阳像圆圆的红柿饼。远处是群山,近处是一片又一片秋庄稼。老旦像一只安静的老狗,看着他的两亩白菜。白菜长势很好,一棵挨着一棵,从湿软的泥土里拱出来,白生生一片，朝着高远的天空。阳光唤醒了它们在雨天里聚积的精力，不时发出那种舒筋展骨的梆梆声。老旦爱听这种声音。他是个种白菜的老手。他从不多种，一年只种两亩。他总能让它们卖出好价钱。

啪叽啪叽，有人踩踏着泥水走过来。雨刚停，路上还有积水。

是赵镇。他走到老旦跟前了，身后还有一位外乡女子。他是个人贩子。每一次出远门他都会领回来一个年轻女人。这次领回来的女子叫环环，她家在北山深处的一个旮旯里。赵镇在她的村子里住了几天，然后就进了她家的门。赵镇说："你跟我走，我给你找个男人，让你过好日子。"她就跟着赵镇来了。赵镇说："我们那里有吃有喝，就是缺女人。"她长得不漂亮，但年轻，不到二十岁的样子，脸上布满太阳长久烘烤过的那种颜色。出家门的时候，她把一块印花手帕塞进裤兜，有意让手帕的一个角从裤兜边上探出来，远看像一只鸟的花尾巴。她觉得这么好看。村上许多女人都这样，花尾巴在裤腿那里一颠一颠的。赵镇说："路上有人问，你就说我是你姨夫。"环环说："姨夫咱走吧。"他们走了两天两夜。走到一天一夜的时候下起了雨。环环说："姨夫咱还走吗？"赵镇说："走。"他们一路踩踏着泥水。湿泥粘在鞋底上，越粘越厚，他们不时地踢甩着。有时鞋和湿泥一起甩出去了，他们就喊叫一声，光着一只脚追过去。这样，他们的路程就会少一些单调。"村上有许多女人叫我姨夫哩"，赵镇也给环环说几句这样的话。

"白菜长得不错。"赵镇站在老旦的屁股后头，微笑着。

"走你的路，你管屎它长得错不错。"老旦说。

老旦从来也不掩饰他对赵镇的仇恨。"我看不惯他，我恨他。"老旦常给人这么说。"为什么？""不为什么。难道世界上的每一件事情都要为个什么？人为什么要吃？你说。肚子饿？肚子为什么要饿？你能说清楚？说不清嘛。"其实，他对赵镇的仇恨由来已久了。那是在他的女人被瓦棱砸死以后，他突然有些无所事事了。最难熬的是晚上，他躺在炕上胡思乱想。他突然想人一辈子应该有个仇人，不然活着还有个屎意思。他觉得这个想法很妙。他甚至有些激动，浑身的肉不停地发颤。以后的许多日子里，一躺在炕上，他就会想仇人，仇人，仇人，浑身的肉打着战。他把双沟村的人一个一个从脑子里过了一遍，挑来挑去，便挑中了人贩子赵镇。就这么，赵镇成了他的仇人。他巴望赵镇能遇到些倒霉的事情，他甚至希望赵镇出远门的时候栽进车轱辘里，最好不要把他碾死，碾断一条腿就行，让他整天拖拉着走来走去。看着你的仇人拖拉着一条断腿在街上走来走去，你心里会是个什么滋味？可赵镇每一次都会好好地回到双沟村，他活得很滋润。赵镇遇到的事情都是好事情，而且，日子越过越富。每一次领回一个女人，他都会赚一笔钱。老旦怎么看也看不出赵镇会在哪一天倒运。老旦更恨他了。一个人没根没由地仇恨一个人，这听起来好像有些古怪。可老旦不觉得古怪。

"老旦，你能不能对我友好一点？"赵镇看着老旦的后脑勺，

"这么多天没见，我好好问你话，你看你，让我走我的路。"

"我和你没说的。"老旦说。

老旦还想说几句恶毒的话，话还没出口，他听见了女人的声音。是环环。

"姨夫咱走。"环环说。

老旦扭过头来，用那两只药丸一样的眼睛把环环从头到脚审视了一遍，然后，把目光移在赵镇的脸上。

"你驴日的又领回来一个。"他说。

"她叫环环。"赵镇说。

"环环？这名字怪。"老旦说，不知为什么，他的语气缓和了许多。

"怎么样，给你家大旦？"赵镇说。

老旦的眼珠子直了。他没想到仇人赵镇的嘴里会吐出这么一句话来。他想起了大旦给他敲生铁犁铧的样子。他心里有些乱了。

"你驴日的奚落我。"他费了好大劲，终于说出了这么一句话。

"我不和你开玩笑。我不像你，把满世界人的心都看成黑的。"赵镇说。

老旦从赵镇的脸上看不出真假。

"要不要？不要我就给别人说去了，村上的光棍一茬茬往上长哩。"赵镇说。

"姨夫咱走。"环环说。她有些不好意思。

"你再想想，就是这个人，你看过了，想要就去我家。"赵镇说。

啪叽啪叽啪叽，赵镇领着环环走了。

老旦怔怔地看着那两个人拐进了村子。他突然抡起拳头，在大腿上砸了一下。

"驴日的你，我为啥不要！"

他撒开腿朝村里跑，一路上摔了几跤，等跑回家的时候，已变成了泥人。他看见大旦靠着墙壁睡着了，生铁犁铧已被敲成了碎片，散乱在厅堂里。他没叫醒大旦。他踩着生铁碎片来回走了一阵，然后仰起脖子，朝着赵镇家的方向吼了一声：

"驴日的你，我为啥不要！"

大旦被他爸撕裂的嗓门吓醒了。他看见他爸一身泥水，满脸涨红，脖子上直直竖着两条筋，吼叫声早顺墙传了过去，嘴唇还不停地抖动着。他以为他爸在骂他。

"我睡着了，我又没惹你。"他给他爸这么说。

老旦说做饭。大旦说："做饭就做饭，没好吃的，热剩饭。"老旦说："剩饭就剩饭。"他们吃了一顿剩饭，然后就睡了。老旦没告诉赵镇领环环的事，他感到这事没个准头。第二天，他被一阵干脆的爆竹声吵醒了。

三

赵镇回来的那天晚上。他婆娘一高兴，便提前生产了。她在炕上栽来滚去，失眉吊眼地喊叫了半夜，挣出了一堆羊水和一个白白胖胖的儿子。赵镇一辈子什么都不缺，就缺个继承香火的人。他想过各种办法，求神告奶奶，吃种种丸药汤药，闯过红，用过各种姿势，也有过一连十几天抱着婆娘不下炕的经历，结果都令他沮丧，婆娘的肚子怎么也鼓不起来。他恨不能从婆娘的肚子里掏出一块肉，捏成个儿子。有时候他会摸着婆娘的肚子，可怜兮兮地说："你给我生个儿子吧，我把你叫爷哩。"有时候，他会咬牙切齿地在婆娘的大腿上抓一把，让婆娘发出几声猫一样的叫声。他说："你甭叫唤，你给我生个儿子，我把你当我妈一样服侍。"有时候，他会把婆娘折腾成一摊软泥，他说："我就不相信我赵镇整不出一个儿子来。"他奋斗了几十年，他终于整出来了。他险些晕了过去。他激动得像一只公鸡。他实在想不出表达他心情的好办法，便把头抵在衣柜腿上大哭了一声。"爷呀，我的爷呀！"他哭着说。然后，他一蹦子跳到了院子里，大声野气地喊着："灌黄酒去！"有人跑了出去。"买炮！放几串炮！"又有人跑了出去。"磨面，磨五斗面，我要给全村的人喝一顿胡辣汤！"第二天一大早，人贩子赵镇亲自给婆娘热了第一碗黄酒。三长串爆竹一齐爆响，把他五十岁得子的消息传遍了双沟村。当天下午，胡辣汤也做好了。双沟村男女老幼一百多口人，挟着碗筷在赵镇家门口新支的铁锅前排起长队。

爱吃不掏钱的饭，是双沟村人的脾气。不掏钱的饭吃起来香，他们都有这种感受。何况，能吃他的粥，是抬举他哩。一会儿，满街道就响起了那种喝汤的吸溜声。赵镇换上了一身崭新的衣服，戴一顶瓜皮帽，不时走出门，一脸得意的神色，像上了油彩。他抱着手给喝汤的人摇着："你们喝，我婆娘身子虚，我得照看。"然后，再朝那扇大门里走进去。

赵镇家的那只狮子狗，把眼睛瞪得像豆角一样，朝满街喝粥的人吼着。有人说："你看那狗，不悦意了。"有人说："吼你娘的腿，主人施粥，你鼓什么闲劲。"

老旦和大旦一前一后领了一碗粥，圪蹴在一个土堆背后喝着。赵镇得子，老旦的心又疼了一次，但粥不得不喝，不喝白不喝，至少可以省去做一顿饭的麻烦。

"他得意成熊了！"老旦说。他已喝完了一碗，"你等着我，我再去舀一碗，我有话和你说。他驴日的应该蒸些馒头，胡辣汤泡馒头才好吃哩。"他说，他真的又舀了一碗。他感到他应该把那件事告诉大旦了。

"大旦，我把实话给你说了。赵镇又领回来一个女人。"他说。

大旦停止了吸溜，看他爸。

"他问我想不想给你要过来。"老旦说。

"你咋说？"大旦的心提了起来。

"我咋不想要？可他是我的仇人。"老旦说，"受仇人的恩惠，咱先人在坟里会睡不安稳。"

"他又没得罪咱先人。"大旦说。

"他得罪我了！"老旦说。

"我想要。"大旦说，"你压根就不想给我娶媳妇。"

"胡说。"

"哼！"

"你让我再想想，这是和仇人做事哩。"老旦说。

"他给我个媳妇，我给他磕头哩。"大旦说，"这有什么好想的？爱想你想去！"

大旦端着碗走了。在街道的拐角处，大旦把那只空碗高高地举起来，又狠狠地摔下去，叭一声，碎了。老旦眨巴着眼，脖子直了半晌。

事情太重大了。几天工夫，老旦瘦了一圈。大旦无犁铧可敲，便靠着墙壁胡哼哼，累了，就把头埋在胳膊里睡觉。他说他不想做饭，他已做了十几年饭了，做够了，谁爱做谁做去。他说做饭是女人的事。老旦说："我是你爸，我不许你这么和我说话。"大旦说："我是你儿，我不许你坏了我的前程。"老旦说："你看你那死猪样，我真想踢你一脚。"大旦说："死猪不怕烫，还怕踢？踢吧，嘟哩格嘟哩格嘟哩格嘟。"

后来，老旦终于想通了。水从门前过，哪有不舀一勺之理？赵镇这几天高兴，说不定会少要几个钱哩。就这么，他想明白了。那天晚上，他迈着双沟村人很熟悉的那种步子，走到了赵镇家门口。

"哎！"他喊了一声，"把狗拴住！"

赵镇说："是老旦啊，进，进，这几天人来人往，狗拴着哩。"老旦说："不进了不进了，那天你在我家白菜地头说的话还算不算数？"赵镇想了想说，咋不算数，算数。老旦说："我没钱给你，我只种了两亩白菜。"赵镇说："就那两亩白菜吧。"老旦一直背着手，不时地抖着。这会儿，他不抖了。他像不认识赵镇一样，上上下下瞅着赵镇的脸。他没想到赵镇高兴的时候还这么清醒。

"我以为你这几天心里高兴，会少给我要几个哩。"老旦说。

"看你说的，我指这活哩。"赵镇说。

"我的白菜不白种了？"老旦说。

"你换了个大姑娘。"赵镇说。

"噢，噢，白菜就白菜吧。过两天我接人。"老旦说。

"我婆娘坐月子，我想让环环照看两天。"赵镇说。

"一个萝卜让你八头栽呀？"老旦说。

"接人也成。环环白天来我家照看月婆，晚上回你家睡觉，成不？"赵镇说。

"一接过去，就是我家的人，你得付点工钱吧？"老旦说。

"我少要些白菜，成吧？再不成就算尿了。"赵镇说。

"就按你说的办。驴日的你。"老旦说。

事情办成了，但老旦的肚子里好像吃了一只苍蝇，横竖不舒服。第二天一早，有人看见他背着手到村长家走了一趟。

四

村长马林正在给他家的鸡修盖一座房屋。他不抬眼，一听声音就知道是老旦。他听见老旦站在他的背后了。他掂量着一根木棍，想把它塞进墙上的窟窿眼里。他已塞了一排。马林塞了一根，又塞了一根，塞得一丝不苟。他想老旦很快就会给他说点什么。他想错了。老旦伸着脖子，眼珠子盯着墙上剩余的那几个窟窿，好像要等马林塞完以后才开口。马林有些诧异，然后就有些激愤：你驴熊爱等就等着，我塞完木棍，还要上草箔子，还要上泥，还要上瓦，你个驴熊。

老旦似乎很有耐心，脖子一直伸着。

他们开始了一场漫长的等待，后来，马林有些忍不住了。

"你驴熊没见过盖鸡窝得是？"马林说。

"没见过，"老旦说，"实话说，我长这么大还没见过。"他说得很诚恳，他好像定了心要跟马林学一门盖鸡窝的手艺，"我长这么大还没见过像你这么盖鸡窝的。"

"那你就瞪圆眼珠子看吧。"马林说。

"我看这做什么？我没事干看你盖鸡窝？"老旦说，"我死了女人就不养鸡了，你不知道？我家要是有女人，我他妈的就盖鸡窝。可我不会有女人了。"他说。

"大旦总要娶女人的。"马林。

"当然，那是一定的。他娶女人他盖鸡窝去。"老旦说。

"你个驴熊哎！"

马林把最后一根木棍塞进了最后一个窟隆里，然后拍拍手，转过身来，看着老旦的鼻子，"你找我有什么事？"他说。

"赵镇又领回来一个女人。"老旦说。

"就这事？"马林从地上端起一把泥壶，喝了一口茶水。

"你是村长，你得管管这事。"老旦说。

"我只管收粮交税。"马林说。

"赵镇是人贩子！"老旦说。

"我知道他是人贩子。可管了赵镇，咱村上的光棍怎么办？他只贩女人，赵镇好就好在他只贩女人。"马林说，他又吸了一口茶水。

"好事都让赵镇占了。他贩女人发了财，还得了个儿子。"老旦说。

"那你得问赵镇的婆娘去。她要生，谁也没办法。赵镇就不该有个种？"马林说，"这又不是墙上的窟隆，用木棍可以塞住。她要生嘛！"

"我就想让他没种。"老旦说，"好事都是他的，一个萝卜八头栽。"

"有时候，一个萝卜就让一个人八头栽了。"马林说。

"这么说，你下决心不管赵镇了？"老旦说。

"噢。"马林说，"你能管你管去，我不管。"

"你不管你不管，这次领回来的女人要给大旦，我又不吃亏。"

老旦说。

"你个驴熊!"马林说,"人家给你领女人,你还告人家的状,你个驴熊。"

老旦对马林笑了两下。他觉得这事确实有些好笑。

"嗬。嗬嗬。过两天我就给大旦成亲,到时候你来喝白菜汤,一定来,你忙,我走呀。"

老旦背着手,马林看见老旦的手指头在后腰背上得意地动弹着。

两天以后,环环和大旦见了一面。又过了两天,环环和大旦便成了大礼,成了老旦的儿子大旦的女人。按照约定,环环白天在赵镇家照顾坐月婆,晚上回老旦家睡觉。先一天,老旦从白菜地里挖了五十棵白菜。这也是事先的约定。老旦把那五十棵白菜做成汤,给村上的几家头面人物喝了一次。挖白菜的那天,老旦心里很难过,一句话,两亩白菜就成了赵镇的,他想不通。他流着泪给大旦说:"这是咱父子两个一年的血汗。"

"噢。"大旦说。

"你噢屎哩,白菜很容易就成了赵镇的,你还噢吗。"老旦说。

"那你让我说什么?"大旦说。

"你走吧,你先走,我在这里坐坐,我知道你现在想的不是白菜。"老旦说。

大旦背着白菜背篓走了。大旦心想他爸说得对,他这会儿满脑子是环环的身子和大腿。

风一会儿就吹干了老旦的眼眶，他在白菜地里坐了半晌，太阳早已落山，地里的湿气上来，毛毛虫一样在他的屁股上爬来爬去。他想他不能再坐了，再坐下去湿气就会钻进他的肠子里。他希望他的两亩白菜明天就烂在地里，烂成一堆又一堆臭泥，发出粪尿一样的气味。他这么一想，便有了一些激动。他走到白菜地中间，掰开几片叶子，把手伸进去，抓住脆嫩的菜心在里边胡揉乱捏了一阵，然后再把叶子盖好。他一连揉捏了十几棵。

"你们烂了吧，看在我老旦的老脸上，烂了吧。"他对满地的白菜说。

他站在白菜们中间，像一只孤独的老狼。他的手指头上粘满了白菜的汁液。

五

喝白菜汤的人一走，院子里就空空荡荡了。几十个白瓷碗像从地里长出来的一样，圆圆的，朝天张着，每一个碗上都整齐地担着一双木筷子。刚才稀哩呼噜一片吃声，突然就剩下了几十个空碗。老旦愣愣地看着那些空碗，半晌没说一句话。他感到他家的院子像散场后的戏台。大旦的感受和他爸完全不同。他觉得那些空碗都是过时的东西，有一样更新鲜更实在的事情正等着他去做，戏还没开场哩。

"环环，咱回屋去，咱爸就这么爱想事情，让他想吧，咱进屋。"他说。

环环正要转身，老旦却开口了。

"你们回屋，这些空碗咋办？让我收拾？"

"我看你看它们哩。"大旦说。

"我看空碗？空碗有什么可看的？你错了！"老旦说。

环环什么也没说，挽起袖子开始收拾那些粗瓷大碗。大旦愣了一会儿，也跟着一块收拾。粗瓷大碗的碰撞声立刻使老旦的家里有了活人气息。老旦没动，他看着他们收拾。他感到环环还算懂规矩。收拾完了，天也黑了，大旦和环环站在他爸老旦跟前，看他爸还有什么吩咐。

"有二十八个碗是借人家的。让我去还？"老旦说。

"明天还。"大旦说，"我还。"

"这就对了。"老旦说。

"环环你先回屋，我和大旦有话说。"

环环回屋了。大旦直挺挺站着。老旦好长时间没开口。

"说嘛。"大旦说。

"本来要说些话，很重要，不知怎么又忘了。你先去，想起来我叫你。"老旦说。

大旦真想扇他爸一个耳光。

"去，回屋去。"老旦说。

进屋的时候，环环已钻进被窝。被子一直拥到下巴颏跟前，眼睛乌溜溜地看着大旦。大旦感到他身上的骨头突然软了。他想他不能软，一软就什么事也干不成了。这么一想，他感到他的骨头又硬了起来。他插上门，转过身来，迎着环环的目光看了一会儿。

"上来呀。"他好像听见了环环这么说了一声。其实环环什么也没说，环环只是眨了一下眼。环环的眼睫毛很长。

他走到炕前，把两只脚从鞋窝里退了出来。他的眼睛始终没离开环环的脸。可事后，他一点也想不起环环当时的脸是个什么样子。

一只带着土腥味的大脚伸到了环环的耳朵跟前。环环闭上眼睛，她听见一只同样大的脚跨过她的脸，落在了她的另一个耳朵跟前。然后，就听见布单下边的炕席发出一阵不堪重负的咯噌声。咯噌噌，咯噌。

"把灯吹了。"她说。环环的声音很轻。

后来，环环感到了一阵钻心的疼痛。她突然从炕上弹起来，跳下去，捂着肚子蹲在地上。大旦被弹到了炕墙根下，两只眼睛恐慌地看着她，嘴唇抖动着。

"环环，你怎么啦？我怎么你了？"大旦说。他不知道他该不该下去扶她，把她抱上炕来。

"我抱你上来。"大旦说。

环环又摇摇头，从地上站起来，钻进了被窝。大旦一动也不动。

"你来。"环环说。

大旦还是不动。他怕环环哄他。

咯儿咯儿，环环笑了两声。"来呀。"环环说。

大旦放心了。他想他这次得小心一些，不能让环环再把他从她的身子上弹下来。可一挨着环环身子，他就不由自己了。

"环环！"他叫着，"环环！"

大旦感到身子底下的这个女人变成了他身上的一块肉。他和她太亲了。他想给她说尽天下的好话，可他一句也想不出来，只一声一声地叫着："环环，哦，环环。"他想把他化成水，渗到女人的身子里边去。他像在做一件可心而又费力的事，猴急又没办法。突然，他不动了。他的心里正拱动着一种悲酸的潮水。他把脸慢慢贴上环环的肚子。他趴在环环身上哭了起来，泪如泉涌。环环吓了一跳。

"环环，"他哭着说，"你让我没一点办法。"他说："你比我妈还亲！"

环环又感动，又有些怜惜他。她用手指头在大旦多肉的脊背上摩挲着。她没有说话。

第二天一早，环环按本地人的规矩，给她阿公爸老旦请了个安，倒了老旦的尿盆，又给老旦点了一锅旱烟。然后给老旦说："爸，我到姨夫家去呀！"

"姨夫？哪儿蹦出个姨夫？"老旦说。

"赵镇让我叫他姨夫。"环环说。

"噢，噢。"老旦说，"以后甭提赵镇，他和我有仇哩。"

环环觉得阿公爸有些好笑，便咯儿咯儿笑了两声。她笑的时候，总是发出那种咯儿咯儿的声音。

　　"我不骗你，你甭笑。"老旦说。老旦也笑了两声。

　　那时候，老旦的心情还好，但一会儿就由晴转阴了。环环出门的时候，他看见了环环裤兜里露出来的那一截手帕。他突然感到这女人身上有一股妖气。到吃饭的时候，他的心情就更坏了。

　　"娶个女人，还要自己做饭，这算什么世界！"他说。

　　"环环说，赵镇婆娘一满月，她就回来。"大旦说。

　　"满月，满月，我一天也不想让她去。"老旦说。

　　"你事先和人家说好的你怪谁。"大旦说。

　　"你听着，你的媳妇可是用两亩白菜换来的。"老旦说，"裤兜吊着一截花尾巴，惹谁哩？"他说。他看见大旦没有吭声，有些急了："你怎么不说话？"

　　"我说什么？我没什么说的。"大旦说。

　　"你当然没说的，你娶了女人当然就没说的了。打到的媳妇揉到的面，我告诉你，你要治住她。"

　　"做什么治她？怎么治？你说的我不懂。"大旦说。

　　老旦想了一阵，也实在想不出一个非常新鲜的办法。他使劲咽了一口唾沫，说："反正你得治住她。"

　　"白菜是赵镇给你要的。"大旦说。

　　"对，是赵镇，这我知道。我迟早要整倒他。我早就想整倒他了。我不会放过他的。"老旦说。

　　他没想到机会来得那么快。

事情出在环环身上。

六

当人贩子赵镇和老旦的儿媳妇环环通奸的消息在双沟村的巷子里门背后茅墙前饭桌上传得沸沸扬扬，老旦像判官一样审问环环的时候，连环环自己也说不清是赵镇勾引了她，还是她自己送上了赵镇的门。

她每天都去赵镇家，给赵镇的婆娘端饭送水，洗尿褥子。她不但熟悉了赵镇家的住屋、院子、厨房和盛油盐酱醋的坛坛罐罐，也熟悉了赵镇家的各种气味。她常常和赵镇婆娘拥在一个被窝里，说一些女人爱说的话题。赵镇的婆娘是个胖女人，生孩子以后又胖了许多，浑身散发着一种逼人的奶味。她奶水很多，肥大的奶子从衣襟里挤出来，嘟噜噜吊着。小孩吃不了，她就把奶水挤在碗里。环环不知道把这些奶水怎么办。赵镇婆娘说："你放着，让你姨夫晚上吃。"大人吃小孩的奶，这让环环感到新奇。

"奶水养人哩。"赵镇婆娘说。环环想不出赵镇喝奶水的样子。一个满脸茬茬胡子的男人和小孩一起吃他婆娘的奶，一定很怪吧？

那天，环环一进屋，就看见赵镇婆娘用一种怪异的目光看她。

环环立刻想到了大旦和她在炕上的情景。其实，她一路上都想着昨夜的事。大旦的样子让她怎么也忘不了。赵镇婆娘怪异的目光看得她心跳。她觉得赵镇婆娘像看见了她和大旦的作态，脸立刻红了。孩子尿了一泡。她把花布裤子提出去，搭在门口的竹竿上。进去的时候，赵镇的婆娘还在看她。她说姨你甭这么看我，你看得我心里像兔子一样跳。赵镇婆娘仰起脖子笑出一串声音。环环上炕挨着赵镇婆娘坐下。赵镇婆娘还在笑。环环把头偎砸在赵镇婆娘的胳膊里，说，你笑你能笑破天。赵镇婆娘说不笑了不笑了，一笑奶疼。环环取过柜盖上的碗，说，挤，挤出来让姨夫吃。赵镇的婆娘一下一下捋奶子，奶水像水枪一样有力地打在碗上，一会儿就挤出来半碗。环环听着奶水的声音，又想起了大旦的样子。她想大旦的样子很好玩。赵镇婆娘把两个奶子塞进衣襟里，说，松快多了。黏糊糊的奶味在屋子里弥漫着。赵镇婆娘拉拉被子，和环环并排靠墙坐好。

"我是过来人呢。"赵镇婆娘说。

这会儿，环环的心不跳了，脸也不红了。她甚至想问赵镇婆娘一点什么，一时不知该怎么开口。她一直把被头拉到脖子跟前，用牙齿咬着。

"好吗？"赵镇婆娘看着环环的脸。

"什么好吗？"环环装作不懂。

"大旦和你，好吗？"赵镇婆娘说。

"他猴急。"环环一说，脸又热了。

赵镇婆娘又仰着脖子笑了。环环在赵镇婆娘的胳膊上打了一下。

"看你，人家给你说了，你又笑。"环环说。

"不笑了，不笑了，我和你说正经的。"赵镇婆娘说，"你说。"

"我给你说过了。"环环说。

"就一句？就那么一句？"赵镇婆娘说。

环环眨巴着眼，好像在想什么。

"后来？"环环说，"他趴在我身上哭了。"

"怪。这可是有些怪。"赵镇婆娘也眨巴着眼。

"我吓了一跳。后来，我就可怜他。"环环说，"他的样子真让人可怜。"

"唔，"赵镇婆娘说，"唔。"

"男人和女人都这样？"环环说。

"都这样。"赵镇婆娘说。

"都猴急？"

"开始都猴急，后来就不了。"赵镇婆娘说。

"你和姨夫呢？"

"你姨夫？他可是个好把式哩。"赵镇婆娘说，很得意的口气。

"我们那里把做农活的能人叫好把式。"环环说。

"男人和女人的事也一样。"

"我不信。"

"这号事你姨夫给你说不成，要是能说，就让他给你说说。"

"姨你看你，又胡说了。"环环说。

没有人打扰她们，她们谈得很热和。赵镇婆娘要是知道她的话会在环环的心里产生什么影响，她就不会这么和环环说了。她怎么能知道环环的心思呢？人心都是肉长的，可人心不是同一块肉。

环环对人贩子赵镇产生了一种新的感觉。同样是那个人，但感觉不一样了。赵镇的身上，有一种说不清道不明的东西吸引着她。她觉得人太有意思了。当她一个人在偏院里洗刷尿褯子的时候，她就会想起赵镇。也会想起大旦。大旦好像有使不完的劲，泄不完的精力。大旦总是猴急，然后就趴在她身上哭。大旦说，我一辈子都会对你好，我都不知道该怎么对你好了，我没办法。大旦总这么说。赵镇和他婆娘在一起会是什么样子呢？她把四个人想在一起了，一会儿是她和大旦，一会儿是赵镇和他婆娘。偏院是养牲口和堆柴火的地方，那里很安静，环环一个人想着她感兴趣的事情。后来，就发生了她和赵镇通奸的事。

那天，环环又要去偏院洗尿褯子，赵镇婆娘说你看我这身衣服，像在奶缸里泡过一样，臊得难闻。环环说你脱下来我一块洗。赵镇正要出门，赵镇婆娘说把你的也脱下来让环环洗。赵镇说是该洗了，便脱下衣服。又说我帮环环抱过去，给她提几桶水，然后我去玉米地里转转，过些天该收秋了。赵镇没去玉米地，他给环环提了一桶水，倒在木盆里，然后又提了一桶，然后就蹴在环环跟前，看环环洗衣服。水很凉，环环的手在水里浸得红红的。

赵镇在跟前蹴着。环环的心里有些乱，呼吸有些急促。赵镇看了一会儿，朝偏门走去。环环长出了一口气，又憋住了。她看见赵镇没出门，而是把门插上了。赵镇向她走回来。赵镇脸上的茬茬胡子排成一种笑的样子。赵镇把环环的手从水盆里拉出来，握在了他肥厚的手里。

"你和你姨说什么了？"赵镇问环环。

环环低下头。她的手在赵镇的手里一点点发热。

"你姨全给我说了。"赵镇说。

赵镇把环环抱起来，进了柴房，环环感到自己的身子很轻，像棉花一样。在软软的柴堆里，赵镇用一个大男人的温柔款待了环环。赵镇不用蛮力。他知道怎样做能让环环觉得他好。他说他和许多女人睡过，她们都叫他姨夫。

"都是你领来的女人？"

"都是。"赵镇说。

"我姨愿意？"

"傻蛋蛋，你姨怎么会愿意？"赵镇说。

环环不吭声了，一根一根摘着头发上的柴草。能听见他们出气的声音。院子里的阳光很鲜亮。

"孩子一满月，我就回大旦家。"环环说。

"不急，你多待些日子。我找老旦去说，他会愿意的。"赵镇说。

赵镇真找了一次老旦。他说他想让环环再帮一段时间工。

老旦说你想得又美又臭，不成。赵镇说我不要你的两亩白菜了。老旦用药丸一样的眼睛审视了半晌，确信赵镇没耍鬼招，便答应了。

"这还说得过去。"老旦说。

赵镇一走，老旦立刻去了一趟白菜地。他好长时间不去那里了，他没想到它又会回到他的手里，而且很容易，太容易了。他背着手，站在地边上，心直往嗓子眼里跳。世界真奇妙，驴日的这世界！他突然想起了他揉捏过的那十几棵白菜。他跑进白菜地中间掰开叶子，一股臭气呛进了他的鼻子。它们果然烂了。

"驴日的这世界。"他说。

他很后悔，但他立刻就把这笔账记在了赵镇身上。他想他总有一天要整倒赵镇。这么一想，心里就舒服了一些。后来，白菜卖了好价钱，他就舒服了许多。

他是在卖完白菜以后，听到环环和赵镇通奸的消息的。那时候，环环帮工期满，已从赵镇家回来了。

"哈！"他叫了一声，他有些不信。"哈！"他又叫了一声。他信了。

"哈哈！"他叫了两声，两腮喷红，"驴日的，这世界！"他说。等了许多年，终于等来了机会，他不能让机会滑过去。他要让双沟村的人看着他怎么和仇人闹事情。他想，他得一步一步来。他想，应该先和大旦说说。

七

那天傍晚，环环像往常一样，依次点着了两个土炕里的柴火，用扇子猛扇了一阵，浑黄的浓烟立刻弥漫了整个屋子。老旦和大旦像老鼠一样从门洞里跳出来，站在院子里喘气，看浓烟从烟囱里一嘟噜一嘟噜往外冒。天有些阴，烟不往上走，游蛇一样在地上爬动着。一会儿，环环提着扇子，也从门洞里跳出来，和老旦大旦一起等着烟雾消退。他们互相看着，咳嗽了一阵。烟雾弥漫了院子，屋里的烟就少了，他们便走进去，点灯，然后吹灯，然后睡觉。

老旦没点灯。他想一个人躺在黑暗里。他要再想一想他和赵镇的事情。按老旦过去的脾气，他一时也憋不住，立刻会揪住环环问个明白。但这一次的事情太不平常，他必须好好想一想。他恨赵镇，恨了好多年，可一直不具体，这回具体了，他想事情一具体就好办了。一想到这个，心就不停地敲打他胸膛上的那块骨头，发出一阵快活的响声。他感到浑身的血像跑马一样在血管里乱窜。他翻过身想了一阵，翻过身又想了一阵，然后平躺着继续想。夜深人静，能听见大旦和环环在另一间屋里的响动。这种响动惊扰了他许多夜晚，他已很熟悉了。他知道他们在干什么。那种响动在他的心里引起过许多感受，可一句也不能说，也说不出口。大旦是他的儿子，环环是儿媳妇，他怎么说？所以，也仅仅只是感受。就连这感受也是一种罪过，最好没有感受，最好不听他们的响动。可偏偏在晚上，什么声音都会传得很远、很清楚。它要往我的耳朵里钻嘛，我总不能塞着耳朵睡觉，我总不能说睡就睡得人事不省。他总这么安慰自己。有时候他真想让大旦做点什么事情，可三更半夜能有什么事情可做？他想不出来，也就只能忍着，一直到那种响动渗进深深的夜里，他才能安稳地睡过去。现在，那种响动又从老地方传了过来，一切照旧。他甚至能听出，哪一声是大旦弄出来的，哪一声是环环。但现在，老旦已有充分的理由让他们终止那种响动。他想，他决不是和儿子过不去，他决不愿打扰他们。可事情总不能不说，这么大的事情，大旦还蒙在鼓里哩。他一边想着，一边从炕上摸下来，走出屋门。

大旦屋的门窗都关闭着，像一大一小一长一方两个黑框。响动声，就是从那两个黑框的缝隙之间流露出来的。

我实在不想惊扰他们，他想。

我不能这么站在屋外听，他想。

然后，他叫了一声："大旦！"

响动声突然消失了。老旦立刻想到了两只受了惊吓的兔子。他想他们一定张着眼睛，听着屋外的动静。他咳嗽了两声。"是我，大旦。"他说，"你到我屋里来，我有事和你说。"

"明天说不成？"大旦的声音很虚。

"不成。"老旦说。

等听见了大旦穿衣服的声音，他才转回屋，点上油灯。大旦裹着一件棉袄，光着腿来了，一进门就往热被窝里塞，两只手压在屁股底下。

"还是热被窝好，冷死人了。有事你快说。"大旦说。他不停地抖着腿，时刻准备回自己屋里去。环环还在等着他。

"我快说不了。"老旦说。

"快说不了就慢说，总不会说到大天亮。"大旦说。

"说，你说，我听着哩。"大旦说。

"你听个屁。你媳妇和赵镇睡觉哩！"老旦说。

大旦身子一挺，脖子直了。一会儿，又软了，头真的成了一块生姜疙瘩，吊在胸膛上。

"你不知道这事吧？"老旦说。

"我知道。"大旦说。

老旦没想到大旦会说出这么一句，脖子也突然直了。不过，他没像大旦那样软下去。他一直梗着，朝大旦扑闪着眼睛。大旦知道他爸在瞪他。他没抬头。

"你知道？你说你知道？你知道咋不告诉我？你为什么不去问她？你个驴日下的，你看你个驴日下的，你没问她？"老旦说。

"哈！"老旦说。

"环环对我不坏。"大旦说。

"你媳妇和我仇人睡觉，你说她对你不坏。哈！"老旦说。

"环环不去赵镇家就行了。"大旦说。

"一碗水泼出去了，地湿了！"老旦说。

"太阳一晒就会干。"大旦说。

老旦的眼睛不闪了。他一时想不出合适的话来。"我不想这事，不想就等于没有。"大旦说。

老旦还没有想出合适话。

"就这事？说完了没？我走呀。"大旦说。

"你个驴日下的。"老旦说，"你不问我问。"

"你问去。"大旦说。

大旦把两条光腿从被窝里抽出来，两只光脚很熟练地塞进鞋里，走了。

"我当然要问！"老旦冲门外喊着，"我为什么不问！"

第二天吃完早饭，环环要收拾碗筷，老旦拦住了她。

"我有事问你。"老旦说。

大旦朝地上吐了一口，拂袖而去。老旦没理他。环环把身体的重心放在一条腿上，另一条腿伸出去，一只手的大拇指勾在裤兜边上，另一只手托着下巴颏，等老旦问话。

"赵镇勾引你了？"老旦一点弯子也不拐。

"我不知道。"环环说。

"你勾引他了？难道是你勾引他了？"老旦说。

"我不知道。"环环说得很诚恳。

"你把你的那截鸟尾巴塞进裤兜里去。"老旦说。

环环看看裤兜边露出的一角手帕，没动。

"塞进去。"老旦说。

环环很不情愿地把它塞进去。她看了老旦一眼，然后把头转向一边。

"就是你勾引他，你也不能这么说。是他勾引你！"老旦说，"我要让双沟村的人都知道这件事。"

"你不想让我活人，我就死。"环环说。

"这我不管，我这就去找村长马林，到时候你和他们说。"

"我是你家的媳妇，你不嫌丢人？"环环说。

"丢人？对，丢人。就因为丢人，我才要让人都知道这事，舍不了娃，就打不住狼，这话你没听说过？"

八

马林家的屋檐头树杈上挂满了玉米棒子。玉米颗粒饱满，像一排金黄的牙齿。冬天地里没活，鸡窝早已盖好，无事可干的时候，马林就把手抄在袖筒里，在院子里走来走去，仰头看那些玉米棒子。老旦从门外走进来，叫了一声村长。马林的眼睛还在那些金黄的玉米上。几只麻雀飞来飞去，急得喳喳叫，尾巴一翘一翘。它们嘴太小了，一粒玉米也啄不走。

"你看我这些玉米，越来越让人爱。"马林说。

"我没心思，我家有的是。"老旦说，"我儿媳妇让赵镇睡了。"

马林想笑，可马林做出的是一副惊异的表情。

"是吗？"马林说。

"你甭装洋蒜，你早知道了。"老旦说。

"你看，我还真不知道这事。"马林说。

"这回你可得管。"老旦说。

"捉奸捉双，听来的话难辨真假，我怎么管？"马林说，"清官难断家务事。"

"你把村上理事的人叫齐，晚上去我家。"老旦说。

"环环愿意说？这号事她愿意说？"

"你是村长，她敢不说？"老旦说，"问什么她说什么。"

还有什么事能比调查一桩男女奸情更激动人心呢？没有。村长马林很快就找齐了几位理事的人，在晚饭之后来到了老旦家。上房厅里摆着一排小板凳，他们挨个儿坐上去，表情严肃。老旦说倒水。环环便给他们每人倒了一碗水。大旦想出门，马林说你不要走，听听没什么坏处。大旦蹲在墙角，把头埋在两个膝盖之间，像睡着了一样。马林说我看就让环环找个地方坐下说。环环说我不坐，我就站着，站着一样说。马林说那就站着说吧，老旦你坐下。老旦说我蹲着，我喜欢蹲。老旦把头扭向环环说，问你什么你说什么。环环说，噢。

他们问得很仔细。他们说环环不是我们爱管闲事，是你爸老旦让我们管，好事坏事都是双沟村的事，就是管不了听听也好。老旦说就是就是，我就是让你们听听，听听就清楚了。马林说我们知道这号事说起来有些夯口的，说到底不是个光彩事。环环说没什么夯口的，问这号事的人比做这号事的还不要脸。马林他们怔了一下。马林说环环你这不是骂我们吧？环环说我没骂。马林说骂也好没骂也好，我们不和你计较，你比我们年轻，懂事太少，你们说是吧？其他人说就是就是。老旦说咱甭说废话，你们接着往下问。马林他们便接着往下问。环环开始讲那天洗衣服和尿裤子的事了。

"姨夫给我提了两桶水，水很凉，直往人的骨头里凉。我以为姨夫要出门，可他没有，他把偏门插上了。我的心咚咚地跳。"

"后来呢？后来？"

"后来，他走到我跟前，看我洗衣服。"

"那时候你心里咋想的？"

"我没咋想，我洗衣服，水很凉。"环环说。

"再说，往下说。"

"姨夫说你看你的手，红了。我说水太凉，姨夫就拉住了我的手。"

"你甭再姨夫姨夫的。"老旦说。

"甭打断她，让她讲。一打断就会讲乱。"马林说。

"他把我抱进了柴房。"环环说。

马林他们大张着眼睛和嘴，等环环讲下边发生的事。可环环不说了。

"说嘛。"马林说。

"后来，就发生了那事。"环环说。

"太轻巧了，说得太轻巧了。"马林说，"我听不出是谁勾引了谁，你们说是不是？"

"就是。"其他人说。

"他总要先做什么事吧？比如衣服，你的衣服，他总要……你看这话真难出口，他总要先解你的衣服吧？"马林说，"你的衣服是他解的吧？"

环环点点头。环环的眼里涌满了泪水。

老旦站了起来。

"怎么样，是赵镇勾引人吧？事情太明白了。环环，你接着说。"老旦很激动。

"他解了两个钮扣，剩下的是我解的。"环环说。泪水突然夺眶而去。环环受不住那种熬煎了。

"你们太不要脸了，你们想听，我就都给你们说了。他脱了我的裤子。他弄了我。我愿意他弄我。这回你们满意了吧？呜哇——"环环放声大哭。她扭身跑进了屋子，哐一声关上门。

大旦像遭了蜂蜇，一蹦子跳起来，追了过去，摇着门扇。"环环，你开门，环环。"大旦叫着。

谁也没想到环环会这样。他们感到有些尴尬，互相瞅着。他们正听得上心。他们咀嚼着环环的每一句话。环环的话使他们产生了许多联想，他们进入了角色。他们甚至感到和环环干那件事情的不是赵镇，而是他们自己。他们大张着眼窝，看着环环的脸，眼珠子一动不动……他们听得紧张而舒坦。他们谁也没想到环环会哭。他们一时不知道该怎么收场了。

"老旦，你看这事。"马林说。

"一口气好忍。"有人说了一句。

"说的是，一口气好忍。"马林觉得这话说得太是时候了。他站起来，在老旦肩膀上拍了几下，"什么气都是人忍的，你说是吧？那你就忍了吧。多一事不如少一事。"

其他人都从小板凳上站起来，超然而亲切地看着老旦。

"忍了吧。"他们说。

"老旦你在，我们走了。"马林说。

他们排成一队，从大门里走了出去。他们已忘记了尴尬，剩下的只是满足。以后的许多日子里，他们时不时会想起环环给他们讲述的一切。他们会禁不住笑几声。"驴日的赵镇。"他们还会这么骂一句，不带一点恶意。

走出大门，他们听见老旦带着哭腔喊了一声：我怎么能忍？驴日的你们。有人说村长你听，老旦骂我们哩。马林说噢嘛，让他骂去。他们分别隐进各自的家门，黑暗中响起一阵插门的声音。

九

村长马林他们不阴不阳的态度不但没使老旦气馁，反而激发了他久积在心底的一股热情。他好像突然年轻了二十岁。他感到他的头发和二十根指头都散发着精力。第二天一大早，他便开始了一项更为艰苦的努力。他挨家挨户向双沟村的人讲述人贩子赵镇勾引环环的经过。几乎每一户人家都怀着浓厚的兴趣听他讲述。他们对老旦给予了绝对的同情和关切。他们给他让座倒水，让他边喝边说。老旦从来没享受过这么高的待遇。他抱着开水碗，长长地吸一口滚烫的水，然后张开嘴，哈出一口气。

"他驴日的早就谋划好了。"他总是这么开头，"他让环环洗衣服，环环当然得洗，可他驴日的把门插上了。他捏环环的手，你想环环怎么能抵挡得住？他把环环抱到柴房里，柴房是什么地方？柴房和猪圈能差多少？"他说。

"抱到柴房不见得就能弄成事。"有人说。

"咋没弄成？没弄成，我老旦就不给你说了。"老旦说，"难怪他驴日的要多留环环一些日子。他找我说的时候，装得像个人一样，我想让环环再帮几天工，他这么说。"

"赵镇不是白送了你两亩白菜吗？"有人说。

"是啊是啊，可那也叫白送？"老旦说。

每到饭时，老旦便准时回家，吃完饭，又换一户人家，开始另一轮讲述。十几天以后，双沟村的每一个人都能讲述环环和赵镇的故事了，新奇的感受逐渐消失，再听老旦的话，就像刷锅水一样乏味了。

"老旦，你能不能说点新鲜的？"有人说。老旦怔了一下，眼睛扑闪了半响。

"你这是什么意思？"他说。

"话说三遍比屎还臭。"他们说。

"我说过三遍了？难道我给你说过三遍了？"老旦说。他感到他们太不近情理。

"你说过十八遍了。"他们说。

老旦这才发现他们没给他让座，也没倒水。他受到了沉重的打击。他悻悻然走回家，在炕上躺了整整一个上午。他突然有了一种白日做梦的感觉。他感到他这十几天到处给人讲述的故事离他很遥远，也许根本就没发生过。饭做好了，环环站在屋外叫他吃饭。环环总是按时把饭做好。环环不恼也不怒，做饭，扫院，抱柴火烧炕，老旦所做的一切，好像与她无关。

"爸，饭好了，吃饭。"环环说。

吃饭的时候，老旦把环环从头到脚审视了一遍，他从环环身上看不出一点迹象，证明她和人贩子赵镇有过奸情。他有些慌乱了。他想他也许真是做梦。吃完饭，他急匆匆走进屋，关上屋门，在自己的脸上扇了一下。他放心了。"我怎么会做梦？做梦扇脸就不会疼。"他说，他感到身上的血又像马一样奔跑起来了。

他很快就发现双沟村人的兴趣已转移到了老鼠身上。那些天，双沟村家家户户都发现了老鼠，它们不分昼夜地啃噬挂在屋檐头树杈上的玉米棒子。马林召集全村开了一次会，一场逮老鼠的运动很快在双沟村开展起来。他们逮住老鼠后，并不把它们弄死，是用绳子拴住一条后腿，把它们赶到大街上展览。每天都有人逮住一只或两只老鼠。有时候，街道上会出现一排人，牵着十几只老鼠让大家观赏。老鼠们在太阳底下悠闲地跑来跑去。太阳光使老鼠们的眼睛显得贼亮。人们兴致勃勃地品评着老鼠的大小，尾巴的长短。然后，他们就提出来几把铁锨，追赶着把它们一个一个铲死，或者拍死。这时候，街道上就会响起一阵尖厉的鼠叫声。

大旦和环环也参加了，因为他们家也发现了老鼠。逮住了，就兴高采烈地到街上展览，逮不住，就去街上观赏。

人贩子赵镇让双沟村的人大吃了一惊。那天，他一个人牵着八只老鼠突然出现在街道上。他又去了一趟北山，领回来一个女人，正准备说给村上的一个光棍做媳妇。

"闪开闪开，我家的老鼠来了。"赵镇一脸风光，边走边说。八只老鼠一溜小跑，满街人发出一声声夸张的惊叫。

老旦是双沟村唯一拒绝参加逮老鼠运动的人。双沟村人的堕落使他寒心，他以为双沟村的人一见赵镇就会恶心。他想错了。他们根本没把赵镇和环环的奸情放在心上。老旦眼睁睁看着他十多天的努力，像一堆狗屎一样被风吹干了。赵镇牵着八只老鼠，轻而易举地赢得了双沟村人的一片惊叹。最让他受不了的是，赵镇经过他家门前的时候，好像给环环挤了一下眼。环环竟然没有脸红。环环好像笑了一下。那时候，老旦站在环环和大旦背后，正一眼一眼剜着仇人赵镇。他想他不能再耽搁了，他得行动。他从大旦和环环背后挤出来，跳到街道当中。

"啊呸！"他闭着眼，朝天上喷了一口唾沫星子。

"你们玩老鼠！"他对满街的人说。

"有你们这么做人的吗？我白和你们说了十几天的话。有你们这么做人的吗？"他说。

他满脸通红，来回走了几步，突然停下来，用一根手指头指着赵镇。

"你们为什么不给他脸上唾！"他说。

人们哄一声笑了。他们觉得老旦和老鼠一样好玩。

"你们等着！他赵镇迟早要弄出人命！"他说。

人们笑得更响了。马林走过来，在老旦的额头上摸着。

"老旦，你怕是病了。"马林说。

老旦拨开马林的手，"哪个驴日下的才病呢！"他说。他鼓着全身的力气朝地上吐了一口。

几天以后，老旦和环环进行了一次严肃的谈话。

"环环，全村的人都知道你和赵镇的事了。"老旦说。环环顺着眼。她刚洗完碗筷，用围裙擦着手。

"我给你说话哩。"老旦说。

"噢嘛。"环环说，"你挨家挨户说了十几天，他们还能不知道。"

"我说的都不是捏造吧？你说。"老旦说。

"你这么纠缠我你想做什么？"环环说，"他们早忘了这事。"

"他们忘了我可没忘。"老旦说。

"你没忘你就记着，让它在肚子里给你生儿子。"环环说。

"你应该上吊，给赵镇甩人命。"老旦说。

环环看了老旦一眼，她真想在那张老脸上抓一把。

"我不想死。"环环说。

"我说我要让双沟村的人都知道这事，你说我不让你活人你就死，现在他们都知道了。人说话应该算数。"老旦说。

"我不想死。"环环说。

"你哪怕假装上吊，吊个半死不成？"老旦说，"你一上吊，我就有话找赵镇说了。"

"你真不要脸，"环环说，"我没见过你这么不要脸的人。你逼急了我，我再找赵镇睡，睡给你看。"

"好哇！"老旦叫了一声，"你敢睡，我就敢捉。我正想捉你们一次哩。难怪赵镇给你挤眼的时候，你还给他笑。"

"你等着。"环环说。

"等着。"老旦说。

大旦一直没有吭声，他以为环环只是想气气老旦。他没想到环环会真做。

十

环环在村外土坡底下拦住了赵镇。赵镇婆娘拉肚子，赵镇去城里抓药回来，手里提着几服草药包包，刚走下坡就看见了环环。看样子，环环已等了多时。她坐在一块石头上。环环帮工期满以后，他们再没单独见过面。

"姨夫。"环环从石头上站起来,叫了赵镇一声。即使两个人在一起,她也叫他姨夫。

"是环环啊,你在这做什么?这么冷的天。"赵镇说。

"我等你哩。"环环说。

"有事?"赵镇四下看了看,狗大的一个人影也没有,便在石头上坐下,"来,坐下说。"

环环挨着赵镇坐下。环环的心咚咚跳了起来,脸突然红了。赵镇看着她的脸。

赵镇的气息扑在她的额头上,热热的。

"你说,环环。"赵镇说。

"你去北山的时候,老旦满村里胡说。"环环说。

"这我知道,说让他说去。他说那些话和放屁一样,不咋。"赵镇说。

"我姨没骂你?"环环说。

"骂我?没骂。你姨说老旦不是东西。"赵镇说。

赵镇没说实话。他从北山回来,一进家,婆娘就朝他的肚子蹬了一脚。他趴在炕边上想看看儿子,婆娘一伸脚正好蹬在他肚子上。婆娘说你到街上听去,满村人说你和环环睡觉的事哩!我真想用剪刀把你那东西割了,狗改不了吃屎你。赵镇说有气待会儿撒,我先看看儿子。赵镇拨开小棉被在儿子的嫩脸上亲了一下。赵镇一亲儿子,婆娘的气就消了许多。婆娘说你看这娃越长越像你了。赵镇说多亏你。这下，婆娘不但消了气，还添了许多甜蜜。赵镇坐在炕边上说，你别信老旦的话，他是个什么人你还不知道？婆娘说环环也不是好货，你弄去，弄烂她我才解气。赵镇说好，好，弄烂她弄烂她，世上的女人都烂了你就成了宝贝。婆娘被逗笑了，说，你总是没个正经。这些话，赵镇怎么能给环环说？

"他让我上吊，给你甩人命。"环环说。

"他是谁？"赵镇明知故问。他感到他身子里正一点点发热。

"还能是谁。"环环白了赵镇一眼。

赵镇用眼睛搜寻了一阵，不远处有个草庵子。

"走，咱去草庵里说话。"赵镇说。他给环环挤弄着眼睛。

"我就想气气老旦。"环环说。环环的心又咚咚跳起来。

"走。这里眼宽，让人看见又该胡说。"赵镇说。

一进草庵，赵镇就扑倒了环环。这时，环环的心不再跳了。她的身体里涌动着一股从来没有过的激情。以前和赵镇在一起，她也许还有些羞耻，现在没有了。她甚至渴望赵镇对她的蹂躏。她觉得赵镇对她越狠，她对老旦的报复也就越狠。我让你再满村里说去。她在心里叫唤着。大旦，这不怪我，这怪你爸老旦，他想让我上吊。我气死你老旦，你为什么不来看！

草庵门口的光亮突然被什么堵住了。赵镇和环环吃了一惊。

是老旦。他手里提着一块半截砖头。

坏了。赵镇想。

环环往上翻着眼睛，看着老旦阴森森的模样，不知该怎么办。她想老旦手里的半截砖头很容易砸到她的脸上。

"哈！"老旦叫了一声。

环环出门的时候，他就注意她了。这些天，他一直注意环环。他想环环也许会找赵镇。他一直看着赵镇和环环进了草庵。他觉得时间差不多了，就朝草庵摸过去，顺手提了一块半截砖头。他把他们堵住了草庵里。

"你要干什么？"赵镇说。他趴在环环身上不敢动。他也怕老旦手里的砖头。

"我要让全村的人来看。"老旦说，"你们别动，谁动我就砸谁的头。"

"你叫人去吧，我们穿上衣服。"赵镇说。

"不要动，你动我就砸。穿上衣服就不好看了。"老旦说。

"总会有个过路的人看见我，我就让他叫村上的人来。"他说。

"你心太黑了老旦。"赵镇说。

环环捂着脸哭了。

"你还有脸哭啊，要哭等村上人都来了你再哭吧，哭个够。"老旦说。

赵镇蛤蟆一样突然一个前扑，从环环的头上跃过去，抱住了老旦的腿。老旦没想到赵镇会来这一手。手举起砖头朝赵镇砸下去。砖头砸在了赵镇的脊背上，赵镇哼了一声，但死不松手。

"环环，快，抱住他！"赵镇说。

环环翻起来，抱住了老旦。他们把老旦压倒了。老旦失眉吊眼喊了起来。

"来人啊，要出人命了！"

赵镇和环环轮换穿好衣服。然后，赵镇骑在老旦身上，捂住老旦的嘴。

"环环你快走。"赵镇说。

环环闪出草庵，一溜烟跑了。

老旦努力想咬赵镇的手指头，怎么也咬不到，喉咙里呜呜响着。

"你现在舒坦了吧？"赵镇说，"是你家儿媳妇送上门来的，水从门前过，哪有不舀一勺之理。这是你常说的话，是不？我今天把话说给你。你现在舒坦了吧？"

"呜呜。"老旦想把嘴从赵镇手里挣出来。赵镇松开了老旦的嘴。

"我说的是古人的话，"老旦说，"你让我起来。"赵镇放开了老旦，老旦爬起来，拍拍身上的土。

"你现在喊吧，叫村上的人吧。"赵镇说。

老旦"呀"地叫了一声，一头朝赵镇撞了过去。后来的事实证明他根本不是赵镇的对手。赵镇拳脚相加，在他的屁股、大腿上、肩膀上一下一下砸着，踢着。他抱着头缩成一堆。他很后悔，他没能拿紧那半截砖头，他想砖现在要是在他手上该多好。赵镇的脚又抬了起来，这一次踢在了老旦的尾骨上。一阵剧烈的疼痛迅速滑过脊背，一直疼到了脖根。老旦呻吟了一声，栽倒了。醒过来以后，赵镇早已不见了踪影，被踢砸过的每一处都一揪一揪的疼。他想他确实被赵镇打了，而且打得不轻。赵镇打得很有章法，他不打人能看见的地方，专打身上有肉的地方。怒火在老旦的身子里燃烧起来，他很快就找到了一个简捷的办法。他先把手捂上脸，慢慢伸开五根手指头，然后一用力，从脸上抓了下去，那张瘦脸上立刻出现了五条鲜明的指印，逐渐由白变红，终于渗出了血珠。他并没有就此罢休。他把手又紧紧地攥起来，牙一咬，挥拳朝鼻子砸去。一股酸辣的眼泪从眼眶里挤出来，唰一声，鼻血如注。他胡乱一抹，那张脸就成了鬼脸。

"要出人命了！"

他叫喊了一声，从草庵里冲出去。

十一

老旦在炕上整整躺了三天。他拒绝洗脸。

"我疼。"他说。

每顿饭前，大旦都要给他爸端一盆热水，让他擦脸。老旦总是那句话："我疼。"

"饭我吃，但我不擦脸。"他说。

大旦很为难。老旦在草庵捉奸反遭一顿狠打的消息，很快在双沟村引起一阵骚动。人们又开始说赵镇和环环了，而且，旧事情翻出了新花样。老旦很满意。可大旦的心里却像钻进了毛毛虫，六神无主。被赵镇偷的是他媳妇，被赵镇打的是他亲爸，为男人为儿子都没了脸面，他不知道该怎么办。他揍了环环一顿，环环不哭也不闹，环环说大旦你打我不怨你。第二天起来，环环照样扫院做饭。她就是这么个女人。他想他总不能把环环捏死。

"爸，你擦擦脸，别人看了笑话。"大旦说。

"你嫌难看，是不是？"老旦说。

老旦的脸确实不好看，胡乱抹的鼻血已经干在了脸上，几条指印正在结痂，整个像做出来的一张假脸。

"我已打过环环了。"大旦说，"她像猫一样乖。"

"打她顶屁用。"老旦说。

"那就捏死她？"大旦说。

"我想捏死的是赵镇。你为什么不和他拼命？"老旦说。

"我打不过他。"大旦说。

"我明天就上街去，我让双沟村的人再看看我这张老脸。"老旦说。

"你这是逼我呢！"大旦说，"你想给我难看。"

"你难看什么？赵镇又没打你，你的脸没烂。你难看什么！"老旦说。

大旦不敢想象他爸上街的情景。他爸再上街，他就没脸活了。

"你让我想想。"大旦说。

"你想你的，我上我的街。"老旦说，"明天一早我就去。"

大旦一夜没睡。

第二天一早，他把他爸堵在了屋子里。他满脸发绿。

前半夜他摸着环环的肚子，心里弥漫着一种哀伤的情绪。环环真像一只猫，卧在他的大腿跟前，时不时睁眼看他。后来，她便睡了。她睡着的时候也像一只猫，或许是一只猫精。大旦叹了一口气，然后便咬住牙关，开始想赵镇家的那只狗，那只狗凶恶地朝他瞪着眼，一声不吭，让他骨子里发冷。不叫的狗才咬人哩，他这么想。整个后半夜他都这么想。

"我给你杀了赵镇。"他说。

老旦把儿子审视了一遇。

"你把卖白菜的钱给我，我去买几条狗。"大旦说。

老旦有些糊涂了。

"赵镇家有狗，我先学着杀狗。"大旦说。

老旦明白了。他从木柜里翻出来一包银钱，甩给了大旦。

"再买一把杀猪刀。"老旦说。

大旦很容易买来了十几条狗。他在双沟村周围查看了一遍，最后看中了那座草庵。草庵原是看瓜用的，现在是冬天，没人去那里。大旦本不想用它，因为一见它就会产生联想，后来又想，有联想也好，更能加深对赵镇的仇恨，他能在那里偷环环打人，我也就能在那里杀狗。他把十几条狗拉进草庵，又磨了几斗玉米，把它们喂了几天，然后，磨快了那把杀猪刀，便开始了他的杀狗试验。他把十几条狗一只一只牵出来，用窝窝头招惹它们，让它们向他做出各种咬的姿势，然后，用那把杀猪刀插进狗的致命处。一只狗死于后扑，两只狗死于侧扑，三只狗死于前扑。他想他要去赵镇家，那只狗正面前扑的可能性最大，所以他在练习刺杀前扑的狗上，花的钱和工夫最大。他每天只刺杀一只。他想他不能让它们死得太容易。他要用尽它们的力气。每一只狗都是在做出各种扑咬的姿势之后死去的。有几只狗没伤着致命处，带着流血的伤口跑走了，一路上发出一声声痛苦的哀叫。大旦没追上它们，他为此很后悔。每天傍晚，他都会提着那把沾满狗血的刀子走回家去。

"事情弄大了。"双沟村的人说。

"真要出人命。"他们说。

老旦曾去草庵看过几次，他很振奋。

"大旦，这不只是学杀狗的技术，还练你的心肠呢！练你的胆气呢！"他说。

他感到赵镇的死期不远了。他恨不得赵镇就是那只挨刀的狗。

"大旦，到时候我跟你一起去。杀了赵镇，我立刻洗脸。"他说。

老旦怀着一种激动的心情熬着日子。他觉得时间过得太慢，他有些熬不住了。

"大旦动手吧，我熬不住了，再熬下去我会生病。"他说。

"狗还没杀完哩。"大旦说。

"为什么非要杀完？你就当赵镇是一只狗。"老旦说，"夜长梦多。"他说，"我看就把日子定在腊月初八，赵镇肯定在家。最好不要捅死他，捅他个残废。"

"也许就会捅死他。到时候人心急，刀子就没眼睛了。"大旦说。

"捅死他就便宜他了。捅死他说不定要抵命。"老旦说。

"要抵命你抵。"大旦说。

"我抵。"老旦说，"万一捅死他我就抵。"

腊月初八那天，双沟村的人在恐惧中喝完了腊八粥。赵镇果然回到村上。有人给他通风报信。

"大旦在草庵里杀狗哩。"那人说。

"噢。"赵镇说。

"他一脸杀气。"那人说。

"噢。"赵镇说。

"你出去躲躲吧。"那人说。

"躲了初一，躲不了十五，他要杀你，你没办法。"赵镇说。

"也是，你说的也是。"那人说。

喝粥的时候，赵镇想了一下刀子捅进他身体时的情景，他不知道刀子会捅进他的脖子还是肚子，也许是大腿。他感到他的牙齿有些凉飕飕的。他放下粥碗，进了村长马林家。马林喝得太饱，正抚摸着鼓胀的肚子。

"赵镇你来了。粥喝多了，肚子胀得难受。喝的时候只想多喝，喝胀了又难受，人真是个贱东西。"马林说，"你坐。"

赵镇说不坐了，有人说大旦要杀我你知道不？马林说我只知道大旦杀狗。我问过他，他说他心里难受，杀狗开心哩。赵镇说他真要杀我怎么办？我让双沟村的光棍都娶上了媳妇，没功劳也有苦劳吧？马林说清官难断家务事，大旦又没说他要杀你，这事就不好管。赵镇说大旦的媳妇也是我给领回来的。马林说人不讲良心你有什么办法。赵镇说你要不管以后就甭想让我再领女人回来我领回来，也不给双沟村。马林说村里的光棍，差不多都有了女人，剩下一两个没关系，双沟村的香火断不了，再说你领女人你也没少要钱没少占便宜，你家盖大房的钱是哪里来的？赵镇说我听你说话和放屁一样。马林说我喝胀了还真想放个屁，你走吧。

赵镇把马林的话给他婆娘转述了一遍，婆娘说马林算什么村长马林是屎蛋，然后愣眼瞅着窗户上的麻纸想了一阵，又说，大旦真杀了你，剩我们娘母子怎么办？话音未落，眼泪水已淌过了胭脂骨。赵镇半晌没话，突然抬起头说：大旦也是个屎蛋，弄不好先杀了他。他走出屋门，在院里走了几圈，看着几年前盖的偏房上房，心生出一阵辛酸。人都知道人贩子挣钱，人不知道人贩子的酸苦，更不知道人贩子要被人放血时的酸苦。人里头没一个好东西，人不如一只狗。他这么想着，走到狗窝跟前，蹲下去，对着那只狮子狗瞅了一阵。

狮子狗卧在一堆温热的细土里。细土散发出一股狗臊味，直往赵镇的鼻眼里钻，一直钻进了他的心里。狮子狗也瞅着赵镇，然后站起来摇摇身上的细土，走到赵镇跟前，用头在赵镇的膝盖上蹭着。赵镇把手埋在狗脖子的长毛里抓着。他说："狗啊，有人要杀我，你怎么办？"狗没答话。狗当然不能说话。赵镇解开了拴狗的铁链子。

赵镇没有白爱他的那只狗。当大旦提着那把杀猪刀挤进赵镇家的黑漆大门时，狮子狗一口就咬断了大旦的懒筋。它一声也没叫。

十二

刺杀赵镇的行动，是从午夜时分开始的。吃过晚饭，老旦把碗一推，给大旦说，磨刀吧。大旦看了老旦一眼，便去提那把刀子。

"我看着你磨。"老旦说。

大旦把磨刀石放在上房厅里，老旦端来一碗水。环环在厨房一边洗涮锅碗，一边往上房厅瞄着。老旦说："环环你弄你的事，弄完你睡觉去。"

"磨吧。"老旦给大旦说。

大旦开始磨刀了。大旦一脸悲壮的神色。风一直刮着，冽冽的。后来，风小了一些，天上飘下来几片雪花。大旦打个冷颤。

老旦看了大旦一眼。

"下雪了。"大旦说。

"冬天当然要下雪。"老旦说。

"冷。"大旦说，"我有些冷。"

"你害怕了。"老旦说，"你看你，一把刀磨了多长时间，半夜了。"

"有一瓶酒就好了。"大旦说。

"现在到哪里弄酒去？喝水吧，热水也暖身子。"老旦说。

"那就喝水。"大旦说。

大旦一连喝了两碗开水。

"走吧。"老旦说。

"走。"大旦说。

他们打开门，一前一后朝赵镇家摸过去。雪不知什么时候停了。风依然刺骨，往他们的脖子里钻着。

赵镇家的门紧紧闭着。他们站了一会儿。大旦冷得牙齿打架。

"前边是个大坑，咱父子俩也得跳。"老旦说。

"要先杀了那只狗。"大旦说。

"这是你的事。"老旦说，"撬门，你先把门撬开。"

大旦把刀从门缝里塞进去，没找到门闩。大旦的心突然狂跳起来。

"门没插。"大旦说。

"那就进。"老旦说。

大旦往握刀的手上使了使劲，轻轻推开门，跷进了一只脚，又跷进一只，用眼睛搜寻着那只狗，搜寻着赵镇睡觉的上房屋。

院子里一片黑暗。上房屋的飞檐伸在空蒙的夜色里。

就在这时候，赵镇家的那只狮子狗朝大旦扑了过去，一口咬住了大旦的脚后跟。咯噌一声，大旦知道他的懒筋被咬断了。他没感到疼。他只感到他身上汗毛也咯噌了一声，全竖了起来。没等那只狗咬第二口，他就把那把刀子捅进了它的脖子。狗突然松开嘴，侧身跑了几步，倒了下去，浑身打着抖，喉咙里发出一阵含混的呜呜声，一会儿，就不动了。大旦死死地盯着它。他怕它再爬起来。他想它如果再扑过来，他就只有让它咬了，因为他没从狗脖子里拔出那把刀子。

狮子狗没有爬起来，大旦的脚腕却疼痛难忍了。这时，他才感到他白杀十几条狗。那十几条狗，没有一条与赵镇的狮子狗扑咬的姿势相似，它们扑咬，是为了他手里的窝窝头，而赵镇的狮子狗扑咬就是为了咬他的懒筋。

老旦一进门，就看见了那只狮子狗。

"杀了？"老旦趴在大旦跟前，嗓子激动地颤着。

"它把我的腿毁了。"大旦说。

老旦伸手一摸，摸到一把热乎乎的东西，他知道是大旦的血，一阵揪心的悲哀从他的心底涌上来。他抱住大旦的肩膀放声哭了。

"我的儿啊，啊，啊。"

上房屋里的灯亮了。赵镇披着一件皮袄走出来，看看老旦和大旦，又看看他的那只狮子狗。他蹲在狗跟前，也摸到一把热乎乎的东西，也同样产生了一股揪心的悲哀。他在狗毛上抹着手上的血。

"狗啊！"他叫了一声，抱着一条狗腿哭了，"啊啊啊啊……"

赵镇一放悲声，老旦立刻抹去了老泪。

"你驴日下的还哭？你摸摸狗脖子。那里边有刀子哩。"老旦说，"本来是给你准备的。"

赵镇哭得更伤心了。大旦说回吧，我疼得身上冒汗。老旦说你忍着点，我背你回。他背着大旦，拉开赵镇家的大门，从门槛上跷出去。赵镇止住了哭声："赔我的狗！"

老旦没有回头，他背着大旦在街道上走着。他听见赵镇的喊声从他的耳朵边擦过去，一直传到村街的另一头。声音比人走得快，他想。

大旦一连贴了二十七贴膏药，伤口终于长出了新肉，但被狗咬断的懒筋再也没长在一起。他成了瘸子。

在他养伤的一个多月中，环环精心地服侍他，给他洗伤口，换膏药。环环的手指头像棉花蛋儿。大旦说环环你的手绵乎乎的。环环说以前更绵哩。大旦说噢噢，你偷男人我还觉得你好。你看这事怪不？环环说不怪不怪，过去的事过去了，你甭提说。大旦说噢噢，日他妈不提说了。下炕的那天，大旦瘸着一条腿在院子里走了一圈，然后给环环说，环环你看我以后就这样走路了，你嫌弃就另找个人过日子去。环环说我不嫌弃我就跟你过。大旦说你甭再找赵镇。环环说你看刚还说过去的事不提说了。大旦说不提说不提说我真后悔。环环说怎么啦。大旦说我是个笨人，跟我爸学种白菜都学不成。环环说没成也好，种白菜也不是什么好营生，你爸种了一辈子白菜也没种出个好日子来。大旦说那咋办，不种白菜咋办？环环说想想，咱好好想想，也许能想出个好营生。

几天以后，一个外村人牵着一只母狗来找大旦。大旦正踮着脚在院子里转圈子。他把那人从头到脚看了一遍，又看着那只母狗，一脸迷惑的神情。

"这母狗发情寻儿子哩。"那人说。

"发情寻儿子，怎么寻到我家来了？"大旦说。他有些生气了。

"满世界找不到一只像样的公狗。"那人说。

"噢，噢，难道我家有公狗？"他想把那人赶出去，"你这不是糟蹋人嘛。"他说。

"看你大旦说的话，"那人给大旦笑了一下，"像样的公狗都让你买走了。"

"噢，噢，"大旦想起来了，"有两只没杀，现在可能饿死了。"大旦说。

"咱去看看也许没死，没有公狗，咱方圆几个村子就会绝了狗种。咱看看去，你就当行善积德哩。"那人说。

环环叫了一声，从厨房里跳出来，说，也许没死，给狗蒸的窝窝头要坏，我觉得可惜就把它们倒在草庵里了。那时候你的腿伤好了没几天。

"看去看去。"外村人说。

他们到草庵去了一趟。草庵周围摆满了狗尸。没杀的那两只狗在草庵里，一只死了，另一只还真活着，只是，成了只瘦狗，已没了睁眼的力气。

"你看，它没用了。"大旦说。

"也许你能把它喂起来，"外村人说，"总不能没有公狗。"

大旦想了一阵，说，看你这人是个热心肠，我就试试，过些天你再来。

"一定？"外村人有些不信。

"一定。"大旦说，"你放宽心。怕就怕它不争气。"大旦指着那只公狗。

那人一走，大旦就急急地跛回家。他说环环有了有了，咱要来钱了。环环不明白，直勾勾看着大旦。大旦说真有一只公狗没死，咱只要一门心思养活它。环环还是不明白。

"配一只狗两块钱。"大旦说。

环环噢了一声，到底明白了大旦的心思。

"咱得先养活它。"大旦说。

"那不是个难事。"环环说。

大旦拖着一条病腿挖了一个大坑，埋了草庵周围的十几条狗尸。环环每天给那只公狗煮玉米粥。没几天，那只公狗就站起来了。又过些日子，那只公狗就变成了一只真正的公狗，一见母狗，就火烧火燎地扑过去，看得大旦和母狗的主人心里直发热。大旦给那外村人说我给你少要一块钱，你给人传传话，就说我大旦要办配狗站，谁家母狗发情尽管来。

就这么，大旦很快就把那座草庵变成了配狗站，生意很红火，配狗的人络绎不绝，有时候排着长队。大旦说你们甭排队，我家的狗不是机器，一天只能配一个，最多两个。

大旦用他的公狗挽救了许多母狗，也挣了不少钱。环环说大旦人都说你是个木头，你怎么就灵醒了？大旦用手指头搓搓脖子上的污垢，说梆子也是木头，一敲怪响。环环说过去你不灵醒是缺敲。大旦说就是就是，多亏那个配狗的人，他把我敲灵醒了。他驴熊迟来几天就玄乎了，咱的公狗就饿死了。

后来大旦才知道，双沟村方圆几十里的人对养狗突然产生热情和他有很大的关系。他杀赵镇被那只狮子狗挡住了刀子，许多人一提起就激动。他们说狗不但能看门还能救命。大旦说环环你听见了没有。环环说听见了。大旦说这世界真日他娘怪。环环说就是，我也觉得怪。

那时候，他们已正式从家里搬了出来，在草庵旁边盖了一间木屋。他们准备过两年就盖大房。那时候配狗的人依然很多。大旦的种狗已不是一只而是两只了。他从外地又买了一只。他给人吹嘘说是从内蒙古买回来的，是牧羊犬，不但跑得快，咬人也不惜力，能下狠口。

他对他爸老旦和赵镇已没了一点兴趣。

十三

赵镇很难过地葬了那只狮子狗。他感到狗死得太悲壮了。老旦没有说错，狗脖子里确实捅进了一把刀子，是一把杀猪刀。为了把它拔出来，他很费了些力气。狗血已经凝固，刀子捅进的地方像一个黑洞。狗眼紧紧闭着，嘴却咧开了一点，露出来几颗牙齿，能想见它临死前经历了一段多么难熬的时间。他抚平了狗嘴，又用布条包住了狗脖子上的刀口。狗的死态变得温和了。他把它抱进挖好的坑里，然后填上土。

几天后，他领着外村的一伙地痞二流子来到了老旦家。

"赔我的狗。"他说。

老旦扑闪着眼，把赵镇领来的人扫了一遍。

"它咬断了大旦的懒筋，我找谁赔？"老旦说，"大旦要残废了。"

那时候，环环正给躺在炕上的大旦贴膏药。他们没有出屋。

"上房。"赵镇说。

两个人很快就爬上了房顶。两个人扛来了两根木橼，靠在房檐头。

"赔还是不赔？"赵镇说。

"你敢？你们敢？"老旦冲着房上的两个人说。

"溜瓦。"赵镇说，"谁敢拦，就砸断谁的腿。"

"你们要打抢人！"老旦喊了一声。

"溜！"赵镇说。

房顶的人用脚把瓦蹬成一堆，另一个顺着木椽一个一个往下溜。老旦的眼睛黑了一会儿，又红了。他心里像猫爪子在挠，但没有一点办法。

"光天化日，你们打抢人！"他又喊了一声，然后跑了出去。

他一脚就蹦开了村长马林家的门。

"赵镇溜我房上的瓦呢！"他说。

"他不会平白无故吧？"马林说。

"他让我赔他的狗。"老旦说。

"我就说嘛，平白无故他就不敢，他吃了豹子的胆？"马林说。

"他偷我家的女人，还要溜我房上的瓦。"老旦说。

"你家女人好好的，可他家的狗死了。"马林说，"两码事，这是两码事。"

"他偷我家的女人就不算了？"老旦说。

"你杀了人家的狗。"马林说。

"我忍不下这口气。"老旦说。

"忍不下气也不能杀人家的狗。"马林说，"你也气他嘛！也偷他的女人嘛！有本事就偷他家的女人，有本事就气死他，但你不能杀他，更不能杀人家的狗。"

等老旦再回家的时候，上房屋上的瓦已没了。赵镇吆来了一辆马车，把瓦全装走了。院子里一片狼藉。老旦蹲在屋檐下，他很想哭几声。他捂着脸，没哭出来，他想起了马林说的话。马林给他说的时候，他感到那话比屎还臭，现在想起来又有些道理。他想他无论如何也勾引不了赵镇的女人。但勾引不了他的女人，不一定就找不到气他的办法。

他很快就有了办法。他做了一件双沟村的人想过却从来也没做过的事情。一天晚上，有人看见老旦扛着一把镢头和一把铁锨出了村。他们有些狐疑，他们说老旦这么晚了你扛着这些玩货做什么去。老旦没理他们，他已不想和他们说话了。后来他们才知道，老旦正在挖赵镇家的祖坟。

老旦的心里涌动着一股战斗到底的激情，他不舍昼夜，在乱坟岗里挖着。那些天，赵镇又出门了。有人给赵镇婆娘说了这件事。赵镇婆娘说我不管，那是赵镇先人的坟。等赵镇回到村上的时候，老旦挖坟已经结束，他刨出了几根骨头，他把它们用绳子串起来，横挂在他家的门墙上。他手里还拿着一根。他用它拨弄着绳子上的那一串，挨个儿敲着。

"他敲着你先人的骨头玩哩。"有人给赵镇说。

赵镇的脸一阵红一阵白。过了一会儿，赵镇的脸松活了，他笑了一声。

"让他敲去。"赵镇说，"死了死了，一死就了，人死了要骨头做什么？他哪怕用那些骨头敲锣呢！"

赵镇的话很快就传到了老旦的耳朵里。那几天，老旦敲骨头敲得已有些厌烦，一听赵镇的话，心里便咯噔响了一声，再也不愿敲了。他揪断了绳子，把那几根骨头扔进了村外的土壕里。

"我治不了他。"他想，他沮丧了一会儿。

"我一定要治他。"他想，两枚黑药丸一样的眼里闪出狼的目光。

他很快又有了新的办法。

他心气平和地找了一次赵镇。

"我想站在你家的粪堆顶上。"老旦说。

赵镇很奇怪，他像看怪物一样看着老旦。赵镇婆娘愤怒地叫了起来。

"不成，你站在粪堆上我怎么屙屎尿尿。"

"成还是不成？"老旦盯着赵镇的脸。

"你不嫌臭？"赵镇说。

"我不嫌。我想我会长成一棵树。粪堆里都是养分。"

赵镇笑了。赵镇说成，你去试试，我可不管你的饭。老旦说我不吃也不喝。赵镇说没准你真会长成一棵树，我把你砍了，做箱子柜子。老旦说那得等多年以后，也许你已经死了。赵镇说那就让我儿子做。老旦说你儿子一打开柜子箱子闻到的全是我老旦的气味。

第二天，老旦就站在了赵镇家的粪堆顶上。双沟村的人像看景致一样，一拨一拨来到赵镇家的茅厕跟前看老旦。他们抱着孩子，领着孩子，或者让孩子骑在他们的脖子上，嘻嘻哈哈指手画脚，品评着老旦站立的姿势。老旦和他们已无话可说。他感到他的脚纹正在开裂，从里边长出许多根须一样的东西，一点一点往粪堆里扎进去，头发则往上伸展着。如果他是一棵树，它们就会分成树杈或者树枝条儿。

成人礼

/// 温亚军

吃晚饭时，女人说，上河湾的伍师达这几天要来，儿子已经七岁了。男人正埋头用心地吃拉条子，他喜欢吃拉条子，面筋道。他嘴里嘴外都是没扯断的拉条子，呼噜呼噜的声音像打鼾似的。嘴里塞满了拉条子，没有说话的空隙，男人抬头看了女人一眼，明白女人的想法，他没有响应，又继续埋头吃起来。女人心里不悦，看着男人狼吞虎咽的吃相，暗怨道，好像八辈子没吃过拉条子，饿狼似的！女人心里埋怨，却没有责怪男人。男人是家里的主心骨，地里、圈里的活，出来进去都靠他一个人。自从有儿子后，男人就不叫女人去地里干活，她只负责在家带儿子、做饭，偶尔也帮男人给圈里的马羊添把草料，干一些离家近也不费力气的活。儿子缠人得很，女人上个茅房都跟着，像她的尾巴一样，甩都甩不掉，女人哪儿都不能去，整天窝在家里，烦透了。男人没有单独带过儿子，体会不到女人这份烦恼，他认为，女人在家带孩子天经地义。

一大盘拉条子吃完，男人伸出舌头把盘子里的汤汤水水舔干净，又端起女人早准备好的一大碗面汤，试了试温度正好，咕咚咕咚一口气灌进肚子，才满足地用手抹抹嘴，掏出一支烟点上抽了一口说，你说的是儿子的虚岁，他离成人还差一截呢。

女人说，到年底不就满七岁了？上河湾的伍师达难得来一回呢。

男人站起身说，到年底再说吧，不就行个割礼嘛，离了上河湾的伍师达，儿子就不能成人了？

女人白了男人一眼，都说上河湾伍师达的手艺好，人家可是区长请来给他儿子行割礼的，好多人都想着沾区长这个光呢。

男人不高兴了，没好气地说，我就说呢，你这么心急，原来是想着给区长那条老骚狗捧场……

女人手中的湿抹布飞过来，砸在男人的脸上。

区长曾叫人从卫生院的值班室里光溜溜地捉过奸，祖宗八代的人都丢光了，可有些女人说起区长来，像是他给祖宗增光了似的。

男人的女人不是那种女人，他知道把话说重了，便抹了一把脸上的油腻，弯腰捡起地上的抹布放在桌子边，默默走出屋子，去马圈拌草。

碗筷摆在锅台上没有洗涮，女人钻进被窝把自己裹起来，一个人先睡了。儿子爬在炕沿上推母亲，叫她给自己洗脸，然后讲故事。女人被儿子推得摇来晃去，就是不吭声。

男人进来看到眼前的情景，知道老婆给他怄气，他一点都不生气，把脏兮兮的儿子拉下炕，弄些热水胡乱洗把脸，叫儿子脱衣去睡觉。男人上上下下地把自己洗净了，回来见儿子还坐在炕上，没有脱下一件衣服。儿子是在等母亲给他脱呢。男人突然间来气了，冲儿子吼了一声，儿子吓坏了，嘴角抽动着，眼里泪光闪闪，但没有哭出声。儿子带泪的眼怯怯地望着父亲，就是不脱衣服。男人气愤地抓过儿子，粗暴地几下扒掉他的衣服，把他塞进老婆旁边的被窝里。儿子这下才开始哭，小身子在被子下面一耸一耸的，很压抑，像是受了多大委屈似的。

女人转过身看了一眼身边的儿子，又看了一下男人，转回身搂着儿子睡。女人在乎了，男人的气消了一大半，他关掉灯脱掉衣服，侧躺在女人身边，伸手去揽女人。女人裹着被子的身子拧了一下，把男人的手甩掉了。男人在黑暗中摇摇头，笑了一声，又去抱女人。女人这回没有把男人的手甩开，象征性地挣扎几下，被男人扯开被子抱在了怀里。男人的手顺着女人的衣服钻进去，女人的身子扭动着，转过身来，恶狠狠地对男人说，一边去，我心里正想着区长呢。

男人嘿嘿笑道，去他妈区长，我知道你连正眼都不会看那个老骚狗的，他算啥东西。我是图嘴上痛快呢。

男人这么一说，女人的气全消了，说，你痛快过了，现在该说正事了吧。你刚才都看到了，儿子依赖到了啥程度，这么大了，衣服全靠我给穿脱，越长越小了。

男人叹口气说，是不像话，我小的时候可不是这样。

那你同意这次给儿子行割礼了？

男人抽出手来，解着女人的衣服说，这次下次还不都一样，迟早都得割。只是——和区长那个老骚狗的儿子一起割，我心里不舒服……

这阵子秋收，地里活忙，男人干上一天的活，总要拿女人解解乏。女人不再固执，一边动手解自己的衣服，一边说，他割他的，咱割咱的，各不相干，你不是说，这次下次都一样，那就这次割吧，咱图的是上河湾伍师达的手艺。

男人不吭声，手上使劲把女人胸口的衣服褪下。女人一把拨开男人的手，扯过衣服掩住胸口，对男人轻声说，儿子还没睡着呢。

男人抬起身，凑到儿子跟前看了看，儿子玩一天累了，哭够早就睡着了。男人迫不及待地又扯女人的衣服。女人坐起来自己褪尽身上的衣服，嘴附在男人耳边，小声说，你等等，我去洗洗。男人身上呼地一热，哪还等得及，扯住女人，不让她下炕。可女人一挣脱，鱼似的哧溜跳下炕，闪着白光走了。

地里的庄稼收完后，剩下的活就是把收回来的玉米秸和干草码起来。这个活得两个人干，一人站在草堆上码，一人往上面丢。女人扎一条大头巾，帮男人码草，男人丢上去几个草捆，又跳上草垛去码好，才给女人说，你看我一个人能弄这活，你还是去给儿子的成人礼做准备吧。女人扯下头巾，看着男人上蹿下跳挺自如，想着儿子的事比码草重要，便给男人提来一壶奶茶，带儿子去镇街上买东西了。

先得给儿子买身新衣服。女人心细，在镇街上转了半天，打听到区长给他儿子买的衣服，咬咬牙给自己的儿子也买了同样的一身。她家的日子不如区长家好，但她不能让自己的儿子在成人礼上输给区长儿子，穿同样的衣服，又是一个伍师达行的割礼，她儿子不比区长的儿子差，这样一来，她的心里才平衡。

只是，在给行割礼的伍师达买礼品时，女人动起别的心思，本来该买一双皮鞋的，她却买了一顶帽子。在镇街上转来转去，女人发现，好点的皮鞋都要一百多块钱，差点的又拿不出手。就在她犹豫不知道要不要买好点的皮鞋时，她看到了那顶羊羔皮帽子，颜色极纯，黑得利利落落，既庄重又富贵，一看进眼里心里就熨熨帖帖的。她一下子喜欢上了这顶帽子，一问价，才三十块钱。女人毫不犹豫地选择了这顶羊羔皮帽子。买到自己满意的东西，又省下了钱，女人心里高兴，没想给自己买什么，却想着给自己男人买点啥东西。在街上又溜达几个来回，除过给男人买了一公斤莫合烟外，竟想不出还能买别的啥。男人的衣服不用买，还没到过年的时候呢，他是个怪脾气，现在买了，他认为是浪费，不会过日子的人才这么浪费呢，他一定会发火的。男人一年到头，地里家里地忙碌着，是家里的支柱，该给他买点啥东西才对。买啥呢？女人犯愁了。

　　思忖来思忖去，最后，给男人买了一条红裤带和红裤衩。米年就是男人的本命年，女人想着先把这东西备下，免得到时忘记。

　　天将黑时，女人心满意足地带着儿子背着东西回到家。一进家门，见男人在吃冷馍，知道男人已饿得撑不住了。女人连连向男人道歉，把包袱塞进男人怀里，赶紧去洗手做饭。

　　男人吃着冷馍，在炕边打开包袱，边吃边翻看女人买的东西。男人先翻看儿子的衣服，回过头问了女人价钱，他认为值。儿子毕竟是过成人礼，一生就这一次，是得好点。看到给伍师达买的羊皮帽子，男人很满意，知道了价格，更是对女人大加赞赏，好像女人干了一件了不得的事，把女人夸得有些不好意思，脸红彤彤的，不住地拿眼瞄男人，心里满是欢喜。男人拿起帽子准备往自己头上戴时，发现帽子里的红裤带和红裤衩，或者是鲜红的颜色过于扎眼，男人的眼睛一瞬间被刺得睁不开。他把这些东西掏出来打开，眼前更是一片跳跃的红色，像一把正在熊熊燃烧的火苗，蹭地一下，把他心里的怒火点着了。男人连问都没问，极冲动地把红裤衩和红裤带揉成一团，扔向女人，冷笑道，好啊，你个不要脸的，说是给儿子行割礼，却给伍师达连这种东西都买好了，原来你早就认识他，我就说呢，你怎么非要这个时候给儿子行割礼，敢情不是为儿子，是为你自己！

　　正在和面的女人还沉浸在男人对她的赞赏里呢，哪里想到男人会突然翻脸，她大吃一惊，不明白怎么把他给惹了，等看清扔过来掉在地上的东西，火气蹭地蹭上来，推开面盆指着男人骂道，你是眼瞎了咋地，不看看这是派啥用场的？不会看还不会问？胡乱发啥脾气。过年就是你的本命年，这是给你本命年用的！

火焰被女人的话浇灭了，男人愣愣地看着女人，他这时的处境很尴尬，想笑笑不出来，道歉说不出口，脸上的表情讪讪的。好久，男人才想起要给自己辩护一下。这……我……我的本命年不是已经过完了吗？他说这话时犹犹豫豫，底气明显不足，可见，他心里还是明白自己本命年的。

你也不问个青红皂白，就骂我，你不是不承认儿子的虚岁吗，咋把自己的虚岁过得这么踏实……

我……我……男人心虚，说不出个所以然来。

谁知道你一天到晚脑子净瞎想啥呢，你自己瞎想也就罢了，还老把我想得不干不净，当我什么人哪？

女人伤心，丢下面盆，干脆不做饭了。她越想越气，渐渐地哭了起来。从一提起给儿子行割礼开始，男人就不给她气顺，她做错什么？她为谁呢？女人越哭越觉着这委屈受大了，一头扎到炕上使劲狠哭起来，一直哭得黑天夜地。

哭够了，女人躺在炕上摆出罢工的架势，无论男人说啥，她都不吭声。男人没法，只好给儿子弄点开水泡馍一吃了事。

这次，男人没有把女人哄转。第二天，男人躲着女人的目光，感觉很别扭。

女人不顾这么多，哭过了，所有的不愉快都随泪水一起流掉了，什么都不往心里去，该干啥干啥，她还指使男人去打听上河湾伍师达到来的具体日期，给儿子割礼能排上第几名。区长出面请的伍师达，应该去问区长，男人没去找区长，在外面转了一圈，回来说，排不排名都一样，反正都得做，早一个晚一个不太重要。女人却不行，见男人不把这排名当回事，自己专门跑去找区长。回来的时候，女人一脸喜悦，说区长其实人不坏，满口答应给她排在第二名。有那么多的孩子等着行割礼，区长却能把她的儿子排在第二，女人觉得很有面子，心情自然很好，甚至还有些暗暗得意。男人却不这样认为，他才不稀罕呢，见女人愉快的样子，心里不舒服，说出来的话像含着鱼刺似的，把女人刺得身心不舒服。两口子闹起别扭，一个不搭理一个了。

秋收结束，上河湾的伍师达来了。

区长的儿子行成人礼，算是件大喜事，想巴结区长的人都来贺喜，当然不能空着手来，他们送来的礼品有衣服、被面、毛毯。礼送得重的，有肥羊，还有送小牛犊的，送这些礼的人大多有求于区长，或者是讨好区长，平时想巴结找不着机会，这下给逮着了。区里的那些干部凑份子，买了一匹枣红色儿马，才两岁的口，这是送给区长儿子最贵重的礼物。区长很高兴，酒席摆满一院子，比普通人家结婚都要大。一时间，区长家人欢马叫，像集市一样热闹。这热闹的欢叫声，却掩饰不住区长儿子的哭叫声。他被伍师达手中行割礼的刀子吓得尿都出来了，但没有人去注意区长儿子的哭声。这哭声是长大成人的标志，吉祥着呢。

转天，给男人的儿子行成人礼，他家没有区长那么排场。男人杀了两只羊，炖一大锅肉，摆了两桌酒席，贺喜的亲戚朋友来了一屋子，也够热闹的。

可是，区长儿子行割礼时那声嘶力竭的哭声，早把男人的儿子给吓坏了，要给他行割礼时，却找不着他的人。伍师达把行割礼的家什摆好，要他们把儿子抱过来时，男人和女人一直忙着招呼客人，偏偏忽略了真正的主角，这会儿急了，奔来跑去喊叫着儿子的名字，把能找的地方找了个遍，也没找着儿子。男人急得眼里冒火星，看自己的女人，眼里噼里啪啦地打火，吓得女人一边找儿子，一边躲自己男人。平时女人专门看管儿子，这会儿儿子找不见，肯定是她的错。女人比男人更着急，她一直都没有停歇过，儿子添的这份乱，慌得她腿都软了，眼里泪水涟涟，看着挺可怜的。

这个可怜的女人还算幸运，有人在她家的干草堆顶上发现了儿子，女人像看到自己的救星，扑腾着要爬上干草堆抱儿子。草堆又高又大，女人怎能爬上去。有人搬来木梯，女人慌乱地爬上去。儿子在干草堆上蜷缩成一团，眼里是汪汪的泪水，脸也被泪水弄得花了。看到母亲上来，儿子这才委屈地哭出声。女人抱着儿子下来时，奇怪地想，没有梯子，儿子是怎么上到干草堆上的呢？

男人闻讯跑过来，从女人怀里抢过浑身发抖的儿子，把他送到伍师达跟前。帮忙的人一拥而上，七手八脚帮伍师达摆开阵势。女人取来早煮好的鸡蛋，边跑边剥皮，跑到儿子跟前，把一个囫囵熟鸡蛋塞进儿子嘴里，叫他咬着止疼。

　　割礼开始了，男人才擦拭一下额头的汗，脸上露出笑容，冲着众人发烟，叫女人从锅里捞肉，开席。

　　在一片喝酒的混杂声中，男人没管儿子的哭叫声，他偶尔朝儿子那边扫一眼，吆喝着众人喝酒、吃肉。倒是女人，一边忙碌，一边竖着耳朵听儿子那面的动静，儿子的哭声穿过所有的声音，十分清晰地灌进女人的耳朵里，女人的心跟着儿子的哭声一颤一颤的，手下迟钝了许多，男人不时地催促她，不一会儿，她的眼泪止不住涌了出来。大家都在忙着喝酒吃肉谈天，没人注意女人的情绪。只有男人，看到女人的眼泪，他别过头，破天荒地再没有责怪女人。

　　上河湾的伍师达手艺的确不错，一支烟工夫，他就使一个儿童完成了成人仪式。男人把伍师达让到酒桌上敬酒时，女人抱着还在哭泣的儿子，脸上苦苦的，不知该怎么哄劝儿子，只是把儿子抱得很紧，紧得儿子快喘不过气来，暂时停止哭泣，在母亲的怀抱里挣扎。

　　吃完肉，喝好酒，伍师达该走了，女人把儿子交给男人，从屋里拿出给伍师达的谢礼。伍师达客气地推让了一下，往自己包里装礼物时，他的眼睛突然一亮，拿起那顶黑羊羔皮帽子戴在自己头上，兴奋地说，这帽子不错，上河湾还没人戴呢，看来今年冬天，我要戴着它出风头了。

　　苦着脸的女人笑了，就这么一句赞赏的话，女人知足了。她买这顶帽子，算是买对了。

　　晚上，到了该睡觉时，男人没和女人商量，在大屋里给儿子新搭了个床。女人收拾完厨房进来看到小床，她看了一眼蜷缩在大炕上的儿子，心里不是滋味。按她的想法，要儿子先在炕上和他们一起睡，等他伤口好后再分开。可看男人的表情，女人没敢开口。按理说，行完成人礼的孩子，算是成人了，就得和大人分开睡，如果女人这个时候说出自己的想法，肯定会遭到男人的反对，她还记着白天找不到儿子的情景呢，怕男人骂她。女人默默地铺好小床，去炕上抱儿子。

　　儿子脸上还挂着泪珠，见母亲来抱他，又哭起来，他推开母亲的手，紧紧抓着被角，好像被子此刻就是他最可靠的支撑似的，他拒绝到小床去睡。女人的心顷刻之间又让儿子的眼泪泡软，她跪在炕上不动弹了。女人想着，就是叫男人骂一顿，还是想让儿子在大炕上睡几天。男人已经走来拨开女人，上炕硬把儿子抱下来，放到小床上。儿子哭得昏天黑地，挣扎着要下床。男人冷着脸对儿子吼道，再哭，就叫伍师达来，把你的小鸡鸡全割掉！

　　儿子已经领略过伍师达刀子的厉害，害怕伍师达真的会来割他的小鸡鸡，吓得再不敢动，也不敢哭出声，却把哭声压在喉咙里，两只泪眼可怜巴巴地看看母亲，又看看凶神似的父亲。

　　女人的心碎了，泪水哗地冲出来，她扑过去抱住儿子，和衣和儿子躺在小床上。

　　儿子哭累了，慢慢地睡了。女人轻轻爬起来，伸展一下酸麻的腰腿，去洗漱完毕，回来又要往儿子的小床上躺时，男人严厉地把她叫住了，回到炕上来！是你要给儿子行割礼，你现在也不能给他开这个头。

　　女人回头看一眼炕上的男人，男人冷冷地盯着她，好像她是一贴膏药似的，一个不留神，她就会粘到儿子身上不好揭下来。女人看着睡熟的儿子，伸手抹去儿子脸上的泪痕，慢慢地回到炕上，在另一头和衣躺下来。

　　男人起身关掉灯，脱了衣服要挨着女人睡，女人负气挪开身子，离男人远了点，大睁着眼睛看着黑暗中的屋顶发呆。

　　儿子睡得一点都不踏实，麻醉药的劲早过了，偶尔会疼得哭上几声。女人只要听到儿子那面稍有动静，就爬起半个身子，在黑暗中往小床那边瞅。每当这时，男人警告的声音会及时响起，女人叹口气，又倒下睡觉。女人一点睡意都没有，她翻来覆去在炕上烙大饼，倒把男人给引了过来。他毫不犹豫地伸手解女人的衣服，被女人毫不犹豫地推开，他又去解，显得很有耐心，可女人没给男人机会，她爬到炕的另一头，用被子把自己紧紧地裹了起来。

　　男人愣了好一阵，才憋声憋气地说，你别趁我睡了，去小床那边，否则我饶不了你！

　　不一会儿，响起男人的鼾声。女人等了一阵，才爬起身，正要下炕时，男人突然说道，你干啥？我的话都不听了！

　　女人的身子僵住了，停了一会儿，她咚的一声，把自己甩在炕上，继续翻过来折过去，折腾了半天，就是没一点睡意，大脑反而越来越清醒。女人的肚子也叽哩咕噜叫唤起来,她突然想起,忙乎了一天只顾招待客人,自己竟忘记吃饭,怪不得睡不着呢。一意识到自己没吃饭,她的饥饿感更加强烈,想爬起来去吃点东西,可又担心惊动男人骂她,硬挺着没动。硬撑着睡吧,睡着就不饿了。女人心想。

夜是静谧的,显出小床那边儿子鼻息声的沉稳和安静,还有炕那头男人粗重鼾声的香甜。在两个男人的睡梦里,女人迷迷糊糊睡着了。

女人是被噩梦惊醒的,她爬起来一看,天已经麻麻亮,炕上除过她之外,空荡荡的。她转过头,看到男人半个身子悬在小床边上,盖着一半被子,侧身搂着儿子睡的。

女人的眼窝一热,泪涌出来。她是被男人和儿子的睡相惹出泪水的。

长篇存目

路　遥《平凡的世界》

陈忠实《白鹿原》

贾平凹《浮躁》《商州》《高兴》
　　　　《古炉》《带灯》

高建群《最后一个匈奴》

红　柯《西区的骑手》《太阳深处的火焰》

陈　彦《装台》

京　夫《八里情仇》

后 记

  《百年乡愁：中国乡土小说经典大系》是张丽军教授作为首席专家的 2021 年度国家社科基金重大项目"百年中国乡土文学与农村建设运动关系研究"的资料选编成果。项目团队核心成员田振华、李君君等参与了全过程选编工作，张娟、沈萍、彭嘉凝、陈嘉慧、姚若凡、胡跃、林雪柔、徐晓文、宣庭祯等参与了编校工作，在此对他们的辛勤劳动表示感谢！

  在具体编撰过程中，本套"大系"还得到了张炜、韩少功、周燕芬、王春林、何平、孔会侠、苏北、育邦、刘玉栋、刘青、乔叶、朱山坡、项静等作家与学者的大力支持与帮助，在此深深致谢！

  需要特别说明的是，因为选入本套"大系"的作品跨越百年之久，在文字、标点等方面，我们在充分尊重作家初版本的基础上，依据现代语言文字规范统一做了修订。

编 者
2023 年 7 月 4 日